ET L'ÉGYPTE S'ÉVEILLA

Tome 2
le Feu du scorpion

Christian JACQ

ET L'ÉGYPTE S'ÉVEILLA

Tome 2
Le Feu du scorpion

roman

XO
EDITIONS

DU MÊME AUTEUR

(Voir en fin d'ouvrage)

© XO Éditions, 2010
ISBN : 978-2-84563-487-9

- 1 -

Serrant son garçonnet blessé contre son cœur, le paysan courut plus vite qu'il n'avait jamais couru. Il s'efforçait de ne penser qu'à son but, impossible à atteindre : le camp retranché du chef de clan Taureau où il trouverait abri et protection.

Mais comment oublier le viol et l'assassinat de sa femme et de ses filles, le massacre de ses vaches, la destruction de sa ferme ? S'emparant d'un pilon, il avait assommé un Libyen qui commençait à égorger son fils et s'était enfui, dissimulé par les hautes herbes.

Les Libyens… Envahissant le nord des Deux Terres, ils avaient semé mort et désolation. Prenant plaisir à tuer, à piller et à brûler, ces barbares exterminaient et torturaient. Ils ne gardaient prisonniers que les jeunes hommes, les adultes en pleine santé et les femelles appétissantes, tous réduits en esclavage.

Une flèche siffla aux oreilles du rescapé. Ses poursuivants avaient retrouvé sa trace et gagnaient du terrain. Et le camp fortifié était encore loin, si loin… Puisant au fond de lui-même une énergie insoupçonnée, il reprit de l'avance.

— On s'en sortira, murmura-t-il à l'oreille du gamin.

Seul avantage : sa connaissance du fouillis végétal et boueux, sillonné d'innombrables ruisseaux alimentant des mares. Habitués aux zones désertiques, les tueurs libyens y progressaient avec difficulté, et quelques-uns tombaient dans le piège des sables mouvants. Dérangés, les serpents d'eau ne manquaient pas de mordre chevilles et mollets.

Si le paysan parvenait à traverser indemne la forêt de papyrus, il déboucherait sur une esplanade et apercevrait le camp fortifié, son unique espoir de survie. À cet instant, serait-il à portée de tir des archers ennemis?

*

Ouâsh, le chef des tribus libyennes coalisées, observa les décombres fumants de la ferme ravagée et les cadavres suppliciés de ses habitants. Grand, la tête carrée, les yeux noirs, le menton dédaigneux, il ne se lassait pas de ce genre de spectacle.

Taureau, le plus puissant des chefs de clan, avait commis deux erreurs fatales. D'abord, croire que les tribus libyennes seraient toujours divisées et incapables de s'allier pour attaquer son territoire; ensuite, fort de cette certitude, le trop confiant despote avait quitté le Nord à la tête de son armée afin de conquérir le Sud, ne laissant derrière lui qu'une faible troupe chargée de protéger ses domaines et ses paysans.

Une obsession hantait Ouâsh : devenir le maître absolu des Deux Terres. La réalisation de ce rêve exigeait une horde de guerriers placés sous son autorité. Utilisant ruse et patience, celui qu'on surnommait « le menteur » avait réussi à éliminer ses concurrents et à imposer sa loi.

La stratégie de la terreur était un plein succès. Ne rencontrant qu'une faible résistance, Ouâsh se débarrassait des vieillards, des faibles et des malades, et formait un troupeau d'esclaves qui assureraient le bien-être de leurs nouveaux seigneurs. Son conseiller, Piti, un quadragénaire chauve aux joues gonflées, menait chaque assaut avec un maximum de férocité. En quelques mois, les Libyens occuperaient la totalité du Nord et s'y installeraient de manière définitive avant d'envisager une nouvelle progression.

Embarrassé, Piti s'approcha du commandant suprême.

— Seigneur, un homme s'est enfui.

— Manque de vigilance.

— Le gaillard s'est montré habile.

— Il faut le rattraper !

— J'ai confié cette besogne à Ikesh.

Le chef des Libyens sourit. Le fuyard n'avait aucune chance d'échapper à ce tueur-né.

— En représailles, exécute des prisonniers ; la moindre rébellion doit être sévèrement châtiée. Quand Ikesh nous ramènera ce déchet, je m'en occuperai moi-même.

*

Un Libyen victime des sables mouvants, deux autres mordus par des vipères... Cette chasse à l'homme n'était pas une partie de plaisir. Et traverser un dédale de papyrus freinait l'ardeur des poursuivants du révolté qui avait osé s'attaquer à un fantassin du guide suprême.

— On continue, ordonna Ikesh. Je sens l'odeur de notre proie.

Les ordres du géant noir ne se discutaient pas. Originaire de la lointaine Nubie, il avait été soldat du clan d'Éléphante, aujourd'hui disparue, avant de s'engager dans l'armée de Lion puis de rejoindre la Libye et de se mettre au service d'Ouâsh, un véritable chef de guerre capable d'écraser les clans qu'affaiblissaient leurs incessantes rivalités. Mercenaire expérimenté, Ikesh aimait la violence et ne reculait devant aucun danger, à condition d'être respecté.

Ouâsh avait eu raison de lui confier le commandement de son commando d'élite, chargé d'enfoncer la maigre ligne de défense mise en place par Taureau à la frontière nord-ouest de son vaste territoire. Affrontement bref et brutal, victoire totale, et découverte d'un monde bien différent de la Libye. Effectuer une percée avait été un jeu d'enfant, la ruée des envahisseurs surprenant les bourgs tranquilles que gardaient de petites garnisons. Ikesh abattait les soldats ennemis, Piti s'occupait des civils et le guide suprême, Ouâsh, constatait son triomphe.

L'imprévoyance de Taureau ne surprenait pas le colosse. À l'image de ses homologues, il n'imaginait pas une invasion libyenne ; sa réputation ne suffisait-elle pas à décourager les tribus divisées ? En s'éloignant, il avait laissé le champ libre à une véritable armée, correctement préparée. Afin de s'imposer, elle devait se montrer impitoyable ; aussi le Nubien approuvait-il la cruauté d'Ouâsh et exécutait-il ses consignes sans états d'âme.

La fuite de ce paysan vindicatif constituait le premier incident notable et portait atteinte à la réputation du guerrier noir. Il le ramènerait vivant à son maître, et sa mise à mort serait un spectacle éducatif. Nul ne se risquerait à imiter cet insolent.

Enfin, Ikesh et ses hommes s'extirpèrent de la masse végétale.

Surpris, ils s'immobilisèrent. Au centre d'un terrain plat couvert d'herbe drue, une sorte de forteresse dont les hautes palissades étaient formées de pieux taillés en pointe.

Le premier dispositif de défense digne d'intérêt.

Serrant toujours son enfant, le paysan courait à perdre haleine.

Un Libyen banda son arc.

— Laisse, ordonna Ikesh, je m'en occupe.

À bout de souffle, les poumons en feu, le fugitif approchait de l'unique porte d'accès du camp retranché de Taureau.

Le Nubien était contrarié ; forcé d'abattre sa proie, il mécontenterait son seigneur. Néanmoins, avoir découvert ce nid d'ennemis lui vaudrait des félicitations. Et lancer un assaut d'envergure lui reviendrait.

Sa flèche décrivit une ample courbe et retomba à une vitesse impressionnante, frappant le paysan entre les épaules.

Malgré la douleur, le malheureux ne lâcha pas son fils.

— On s'en sortira, petit, je te l'ai promis… promis !

Les jambes continuaient à se déplacer, la volonté demeurait intacte.

Du haut de la palissade jaillirent des flèches qui contraignirent Ikesh et le commando libyen à reculer.

Et la porte de la forteresse s'entrouvrit.

Un pas, un deuxième, un troisième… Le blessé s'obligeait à avancer. La vue brouillée, vomissant du sang, il tint debout jusqu'au moment où des bras l'empêchèrent de tomber et le portèrent à l'intérieur de la capitale de Taureau.

Alors, conscient qu'il était en sécurité, il se relâcha et sentit que sa vie s'enfuyait. Discernant à peine le visage de ses sauveurs, le mourant se cramponna à un poignet.

— Mon gamin… Occupez-vous bien de lui.

— Ne t'en fais pas. Ici, il ne risque rien.

Le paysan sourit ; apaisé, il rendit le dernier soupir.

La porte s'était vite refermée, et les réfugiés s'attendaient à un assaut massif. Mais l'ennemi se retira.

Le commandant de la place forte s'approcha du cadavre.

— Ils ne tarderont pas à revenir. Pauvre gars… Son courage n'aura pas été inutile, on va soigner son rejeton.

Un costaud souleva le petit corps.

— Il est mort, lui aussi.

- 2 -

En pénétrant sous terre, et en franchissant le seuil du temple des scarabées, le jeune Narmer tentait de triompher de la deuxième épreuve que lui imposait l'Ancêtre. Après avoir assimilé les qualités de la chouette, sa vision nocturne, sa capacité de faire silence et de descendre au plus profond de soi-même, il avait vécu nombre de transformations qu'évoquait le signe sacré du scarabée. Mais la traversée des ténèbres aurait-elle une fin heureuse?

L'Ancêtre… Ce génie de l'autre monde présent parmi les humains afin de leur enseigner les paroles de puissance. À Narmer, seul rescapé du clan Coquillage massacré par un mystérieux prédateur qu'il s'était promis d'identifier, l'Ancêtre avait fixé un objectif impossible à atteindre : franchir sept étapes et acquérir sept forces de création pour connaître l'invisible et façonner un pays aimé des dieux.

L'entrée du sanctuaire disparut, la bouche du monde inférieur se referma.

Un monde obscur et glacé, peuplé de grouillements inquiétants et de chuchotements menaçants. Désormais, impossible de reculer et quelle direction prendre? Perdu au sein de cette immensité étouffante, l'explorateur aurait pu mourir de peur ou perdre la raison.

La vision de la chouette ne suffisait pas, tant les ténèbres étaient épaisses; elle lui permit cependant d'éviter un gouffre et d'apercevoir une multitude de galeries. Songeant à l'étoile à cinq branches que l'Ancêtre avait gravée dans la paume de sa main droite, Narmer l'ouvrit.

Un faisceau de lumière en jaillit.

Grâce à lui, il discerna les chemins sans issue, les parois aux roches aiguisées, les plafonds menaçant de s'écrouler.

Comment choisir la bonne direction ? Partir au hasard le conduirait à l'échec. Il ne disposait que d'une arme, dérisoire en de telles circonstances : le grand coquillage à sept appendices, emblème sacré de son clan dont il avait hérité.

Narmer le posa sur le sol.

La relique fut animée d'un lent mouvement de rotation, et son appendice majeur se pointa vers un couloir suintant d'humidité.

Au moment où le jeune homme s'y engagea, un éboulement se produisit derrière lui. S'il avait hésité davantage, il aurait été enseveli.

Et il revécut la tragédie qui avait bouleversé son existence de pêcheur, voué à couler des jours tranquilles dans les zones marécageuses du Nord. Une horde dévastait le village du clan Coquillage et tuait tous ses habitants, notamment son chef et la petite voyante dont la perspicacité lui avait sauvé la vie. Décidé à la venger, il espéra découvrir le visage de l'assassin. Mais ce ne furent qu'enchevêtrements d'ombres hurlantes, frappant et frappant encore.

L'une d'elles se jeta sur Narmer.

D'instinct, il lui opposa la lumière de l'étoile. Transpercé, le spectre se transforma en fumée noirâtre et nauséabonde. Le voyageur la traversa, ressentant l'âme du clan Coquillage et ses vertus le renforcer. Son peuple martyrisé n'était pas mort, il continuait à vivre en lui.

Le responsable du massacre s'enfuyait, ne laissant comme trace qu'un peigne en ivoire, orné de la figure stylisée d'une gazelle. En poursuivant son chemin, Narmer assista à une scène atroce. Entouré de ses impitoyables guerriers et de ses meutes de prédatrices, l'orgueilleux Lion, chef d'un clan conquérant, assassinait la belle et douce Gazelle. Désarmée, génie de la diplomatie, elle avait tout tenté pour empêcher la guerre. Avant d'expirer, elle sourit à Narmer. Il parcourut de nouveau le désert en compagnie de la jeune femme qui lui apprenait à choisir les bonnes pierres afin de réaliser un rêve : bâtir des sanctuaires à la gloire des divinités.

Et l'âme du clan Gazelle anima la démarche de Narmer, lui faisant entrevoir un monde harmonieux où ne s'appliquait pas la loi du plus fort. Lui donner naissance impliquait de vaincre les deux chefs décidés à conquérir le pays au prix d'un bain de sang, Lion et Crocodile. Alliés improbables, ils s'apprêtaient à détruire l'armée de Taureau et de Scorpion, immobilisée devant Nékhen, la cité sacrée du Sud. En refusant d'en ouvrir les portes, les Âmes à tête de faucon ne condamnaient-elles pas leurs protecteurs à périr ?

Une nouvelle tragédie se préparait.

Crocodile… Un tueur froid, à la tête de troupes redoutables et rusées ! N'était-ce pas lui, le briseur de paix, le destructeur du clan Coquillage, le manipulateur de l'ombre, le maître de la violence aveugle ? La volonté de combattre fit ressurgir Oryx, le chef d'un clan courageux et fier, mais coupable d'une faute fatale : avoir tenté de s'emparer d'Abydos, le territoire de Chacal. Oryx avait payé cette erreur de sa vie, incapable de résister à l'assaut de Lion, heureux de se débarrasser d'un rival.

La force d'Oryx anima les jambes de Narmer. Bondissant, il franchit un précipice et atteignit l'entrée d'une vaste galerie aux parois polies. Le coquillage confirma qu'il s'agissait de la bonne direction.

Au loin, le voyageur de dessous terre aperçut la vieille Éléphante, à la tête de son clan. Elle le guidait vers la savane du grand Sud, à l'abri des conflits qui déchi-raient son ancien domaine. Sa mission accomplie, elle s'endormait à l'ombre d'un sycomore et ses yeux, rem-plis de bonté et d'intelligence, transmettaient à Narmer l'âme de son peuple. La sérénité d'Éléphante apaisa le cœur du jeune homme et lui permit de contrôler ses émotions. Avançant d'un pas décidé, il écarta des ombres torturées et admira l'envol d'une cigogne bat-tant de ses larges ailes.

Coquillage, Gazelle, Oryx, Éléphante... Ces quatre chefs étaient morts et, selon la décision de l'Ancêtre, ils ressuscitaient en Narmer.

Mais la digne Cigogne, en dépit de son grand âge, était, elle, bien vivante !

Que signifiait cette apparition, sinon la nécessité de changer de monde, de quitter les ténèbres des défunts et de rejoindre la lumière ? Levant les yeux, Narmer dis-tingua une trouée. De l'air frais l'enveloppa, une silhouette sortit de la pierre.

Celle de Neit, la prêtresse, dont il était tombé éperdu-ment amoureux. Neit, demeurée dans le Nord qu'avaient attaqué les Libyens. Était-elle libre, prison-nière ou... morte ? À contempler la silhouette, Narmer fut persuadé que la jeune femme avait échappé aux envahisseurs. Sans doute se cachait-elle, avec l'espoir de rejoindre le Sud.

Il s'approcha, Neit disparut ; et le doute lui serra la gorge. Une vision de l'au-delà, ultime message d'une défunte... Non, puisqu'elle succédait à l'envol de Cigogne ! Le chemin du temple des scarabées ne mentait pas, les étapes du parcours révélaient la vérité.

Repérant du bout des doigts les aspérités de la roche, Narmer entama une longue et dangereuse ascension. Plus il s'élevait, moins il avait droit à l'erreur, car la chute serait mortelle.

La hargne d'Oryx et la prudence d'Éléphante...
Narmer déploya les qualités nécessaires pour atteindre
le sommet de ce boyau vertical. À proximité du but, une
gueule de brute aux yeux exorbités poussa un cri strident et le menaça de ses dents pointues. Surpris, le
grimpeur lâcha prise ; se tenant à la paroi de la main
gauche, il frappa le monstre de son poing droit.

Aussitôt, le bec d'un immense pélican perça le crâne
du gardien de l'orifice marquant le terme du monde
nocturne. Le péril écarté, Narmer se retrouva face à
l'oiseau au plumage lumineux qui libérait la course de
la barque solaire à travers les étendues célestes.

Le bec du pélican s'ouvrit largement.

Comme il n'existait pas d'autre issue, le voyageur y
pénétra, conscient qu'il connaissait peut-être ses derniers instants. L'ultime transformation ne consistait-elle
pas à retourner au sein de l'océan sans limites d'où nais-
saient les multiples formes d'existence ?

Incarnation de la mère Ciel, le pélican mit au monde
Narmer une nouvelle fois. Son enfant traversa son corps
et sortit au jour, baigné de la lumière du soleil de l'aube,
vainqueur des ténèbres.

Ébloui, tremblant, peinant à croire qu'il revoyait son
pays, Narmer sentit le museau humide de son âne, Vent
du Nord, lui toucher la main. Des larmes de joie emplis-
saient les yeux de l'animal.

La tête du quadrupède se posa sur l'épaule du rescapé
de l'abîme qui le caressa longuement.

— Mon fidèle compagnon... Toi, tu ne trahiras
jamais !

Seigneur d'Abydos, seuil de l'au-delà, le chef de clan
Chacal s'approcha. Élancé, les yeux orange et vifs, il
considéra le jeune homme avec étonnement.

— Tu es le premier humain à sortir vivant du temple
des scarabées, observa-t-il. Suis-moi, l'Ancêtre t'attend.

- 3 -

Abydos[1] avait été « la Montagne de l'Éléphant » avant de devenir le territoire de Chacal, chef d'un clan hostile à la guerre et préoccupé d'accomplir les rites envers les défunts reconnus « justes de voix ». Connaissant les secrets des routes de l'autre monde et de leurs impitoyables gardiens, Chacal comptait les cœurs, jugeait les humains et guidait les êtres de rectitude.

Le maître d'Abydos ne possédait-il pas la clé de l'immortalité qu'abritait un coffre aux pouvoirs redoutables que lui seul pouvait manipuler? Désirant assurer la pérennité de son clan, Oryx avait vainement tenté de s'emparer du territoire sacré. Modestes mais braves, les troupes de Chacal étaient parvenues à repousser les guerriers du désert.

Après le début de la guerre des clans, Lion avait envoyé un commando chargé de prendre possession du site laissé à l'abandon, Chacal et les siens ayant rejoint l'armée de Taureau. Narmer passa près des cadavres de lionnes et de soldats, abattus par le rayonnement de l'Ancêtre.

Immense, vêtu d'un long manteau, la tête couverte d'un masque triangulaire, la pointe en haut, il fixa le jeune homme de ses yeux de perles blanches.

---

1. Cité sacrée d'Osiris, en Haute-Égypte, à 500 km au sud du Caire.

À la fois terrifié et fasciné, Narmer s'agenouilla.

— Tu as franchi les épreuves de la chouette et du scarabée, admit l'Ancêtre d'une voix si profonde et si puissante qu'elle faisait trembler la terre. Que t'a révélé le temple des profondeurs ?

Narmer relata ses visions.

— Dépositaire de l'âme des clans disparus, reprit l'Ancêtre, tu dois à présent mener le grand combat, car l'heure n'est plus à la paix. L'assassinat de Gazelle a éteint tout espoir de négociation avec Lion, Crocodile et leurs alliés, les Vanneaux. En cas de triomphe de cette coalition, le pays entier sera maudit et calciné, privé d'ancêtres. Es-tu décidé à te battre, au péril de ta vie ?

— Je le suis.

— La troisième étape consiste à terrasser les Vanneaux et à maîtriser ce qui constitue leur force : l'effet de masse. Tu apprendras à l'utiliser sans en devenir esclave, et tu distingueras la connaissance du savoir. La première t'offrira l'intuition créatrice et l'accès au monde des dieux, le second les moyens d'agir. Ne mésestime pas les Vanneaux ; ils paraissent faibles, lâches, divisés, mais leur nombre et leur capacité de trahison sont de véritables dangers. Au service de Lion et de Crocodile, ils formeront une vague inquiétante et une foule meurtrière. S'y opposer ne sera pas facile, l'issue du combat apparaît incertaine. Persistes-tu à vouloir le mener ?

— Je persiste.

— Nul humain n'avait réussi à percer les ténèbres du temple du scarabée et à ressortir au jour. Cependant, ne crois pas avoir éprouvé toutes les formes de peur et de désespoir. En essayant de franchir la troisième étape et de vaincre les Vanneaux, tu subiras bien pire. Courage et détermination ne suffiront pas.

— Ne m'avez-vous pas révélé les formules de puissance, l'esprit des clans défunts ne continuera-t-il pas à m'animer ? Je n'ai qu'une hâte : rejoindre Taureau et mon ami Scorpion à Nékhen, combattre et triompher ! Grâce à vous, je les mettrai en garde contre les Vanneaux.

— Ouvre ta main droite.

Narmer s'exécuta.

— L'étoile à cinq branches y est définitivement gravée, affirma l'Ancêtre. Elle te relie à la porte du ciel et te permettra de parcourir le chemin du mystère. Mais la puissance des forces destructrices décidées à ravager ce pays est d'une telle intensité que le soleil et les étoiles sont peut-être condamnés à disparaître.

Une crainte douloureuse envahit Narmer, sans lui ôter l'envie de lutter. En le rendant lucide, l'Ancêtre lui donnait l'énergie.

Et il osa lui poser la question qui le hantait :

— J'ai vu la silhouette et le visage de la prêtresse de Neit. Est-elle… vivante ?

Une timide lueur sembla animer le regard de pierre de l'Ancêtre, et sa tête s'inclina.

— N'agis pas de manière désordonnée, exigea-t-il. Affronter l'adversaire est ton premier devoir, lié à la préservation d'Abydos. Rien ne renaîtra si ce domaine sacré tombe aux mains de l'ennemi.

— Ne veillez-vous pas sur ce sanctuaire ?

— Sois attentif aux paroles de Chacal, il te dictera ta conduite.

Une lumière aveuglante enveloppa l'Ancêtre, contraignant Narmer à s'éloigner.

— Ne restons pas ici, lui recommanda Chacal.

En compagnie de Vent du Nord, ils marchèrent vers une dune dont le flanc était sillonné de traces en zigzag trahissant le passage de serpents de belle taille.

— Grave cet endroit dans ta mémoire, ordonna le chef de clan.

Narmer regarda autour de lui, prenant plusieurs points de repère, notamment la chapelle principale du site et les tombes des chacals.

— Je ne l'oublierai pas, promit-il.

Chacal se mit à creuser. Gestes précis, rythme soutenu, effort maîtrisé... Apparut le coffre mystérieux contenant la puissance divine démembrée et reconstituée.

— Nulle relique n'est plus précieuse, Narmer; elle seule incarne le passage de la mort à la vie. Jamais elle ne quittera Abydos que mon peuple et moi sommes momentanément obligés d'abandonner afin de lutter aux côtés de Taureau. Si nous disparaissons, tu sauras où trouver le coffre; et si tu disparais, le pays sera livré aux forces du Mal.

— N'es-tu pas le seul à pouvoir le manier sans être dévoré par les flammes?

Chacal eut un léger sourire.

— Une étoile n'a-t-elle pas été gravée dans ta main? Touche le coffre mystérieux.

Crispé, Narmer obéit.

Le bois était brûlant, mais ne lui infligeait pas de blessure.

— Enfouis-le toi-même.

Le sable recouvrit le trésor.

— Reverra-t-il le jour? s'interrogea Chacal. Au moins, il échappera à la folie des destructeurs.

Narmer ressentit la tristesse du chef de clan qui aurait souhaité vivre en paix et célébrer des rites. La guerre l'obligeait à emprunter un autre chemin et à rejoindre son peuple, exilé à Nékhen.

— Nous ne voyagerons pas les mains vides, annonça Chacal.

Intrigué, Narmer le suivit jusqu'à une chapelle annexe; le maître des lieux en ôta les verrous de bois. À l'intérieur, des dizaines de corbeilles et des étoffes soigneusement pliées.

— Beaucoup d'animaux et d'hommes vont mourir lors des combats, prédit Chacal, et nous devrons les inhumer dignement. C'est pourquoi ce matériel nous sera indispensable.

— Comment le transporter ? Malgré sa robustesse, Vent du Nord ne supportera pas un tel poids !

— Des ânes sauvages habitent les collines avoisinantes. Le tien saura-t-il les soumettre à son autorité ?

Vu l'importance de l'enjeu, Narmer demanda au chef de clan de l'exposer clairement à Vent du Nord et de ne pas dissimuler les difficultés de l'entreprise.

Attentif, l'âne leva l'oreille droite en signe d'approbation.

— Le temps presse, ajouta Narmer.

L'âne gonfla ses naseaux, banda ses muscles, poussa un braiment d'une rare puissance et s'élança au galop en direction des collines.

— S'il échoue, précisa Chacal, il ne reviendra pas. Ses congénères deviendront féroces et se ligueront pour l'abattre.

Pendant des heures interminables, Narmer ne cessa de fixer l'horizon. Impossible, hélas ! de prêter assistance à son compagnon. Le perdre serait un coup terrible ; privé de ce confident irremplaçable, d'une vaillance à toute épreuve et d'une intelligence exceptionnelle, le jeune homme serait très affaibli.

Assis, les jambes repliées et croisées devant lui, Chacal méditait, s'emplissant de l'esprit de son domaine qu'il redoutait de ne plus revoir.

Au couchant, s'éleva une colonne de poussière agitée par le vent. Sortant du halo jaunâtre, à la tête d'une trentaine d'ânes en file indienne, Vent du Nord avançait avec fierté. Ses flancs étaient couverts de sang, le sien et celui des fortes têtes qu'il avait dû convaincre au prix de rudes combats.

En dépit de la fatigue, l'œil du triomphateur demeurait vivace.

— Je vais te soigner, assura Narmer. Une bonne nuit de repos, et tu nous conduiras à Nékhen.

- 4 -

Tout en mastiquant des oignons, Taureau observait le mur d'enceinte de Nékhen, la grande cité sacrée du Sud, et son unique porte d'entrée qui demeurait obstinément fermée. La tête carrée, le cou épais, le torse large, la musculature imposante, les jambes inébranlables, le puissant chef de clan était un seigneur incontesté, au regard noir et aux colères redoutées. Autoritaire, il commandait une armée nombreuse où figuraient des taureaux de combat, véritables monstres capables d'encorner et de piétiner des dizaines d'adversaires.

L'humeur de leur maître s'assombrissait de jour en jour. Certes, son système défensif ne cessait de s'améliorer, grâce aux équipes formées par Narmer : fossés profonds, postes d'alerte et de surveillance, buttes servant d'abri aux archers d'élite, espaces dégagés et piégés, hérissés de pieux dont les pointes finement taillées dépassaient à peine. En cas d'assaut, les troupes de Lion et de Crocodile subiraient de lourdes pertes, et la contre-attaque serait meurtrière, peut-être décisive.

Mais l'instinct de Taureau démentait ces prévisions optimistes, et la réalité lui apparaissait plus sombre.

Coincée entre ses ennemis et la cité sacrée, son armée commençait à s'impatienter et à perdre le moral. Bientôt, les problèmes d'intendance deviendraient sérieux, et maintenir un minimum d'hygiène n'était pas une sinécure. Beaucoup de soldats regrettaient d'avoir quitté le Nord et des conditions d'existence plutôt agréables; nombre d'officiers, sous l'influence du général Gros-Sourcils, buté et ombrageux, préconisaient une ruée massive afin de sortir de cette situation étouffante.

La décision appartenait à Taureau, et à lui seul.

Certains, cependant, commençaient à lui reprocher de trop écouter Scorpion, un aventurier récemment engagé. En compagnie de son ami Narmer, parti avec le chef de clan Chacal sauver Abydos d'où ils ne reviendraient probablement pas, Scorpion avait procuré à Taureau une milice formée au combat rapproché et quantité d'armes nouvelles d'une efficacité remarquable.

Méfiant, Taureau n'avait rien à reprocher à ces alliés inattendus. Ils se comportaient de façon loyale et ne lui contestaient pas le droit d'adopter la stratégie finale, sans renoncer à lui prodiguer d'intéressants conseils.

Sûr de lui, Scorpion s'approcha. De belle taille, admirablement proportionné, les cheveux très noirs, il possédait un regard à la fois perçant et charmeur. Sa parole envoûtait, sa force de conviction modifiait l'avis des plus obstinés. Et quiconque l'avait vu combattre savait que son courage dépassait les bornes de la témérité, comme si une puissance occulte l'animait. Avant de le prendre à son service, Taureau lui avait tendu une embuscade à laquelle le jeune homme avait brillamment échappé.

— Chasseur a remis les archers à l'entraînement, déclara Scorpion. Des soldats inoccupés risquent de perdre leur précision.

Serviteur indéfectible de Scorpion qui l'avait arraché à son existence solitaire et sauvage, Chasseur était le meilleur des tireurs d'élite.

— Impossible de manœuvrer dans ce réduit, se plaignit Taureau; mes fantassins, eux, s'encroûtent!

— D'après les guetteurs, l'ennemi renforce son encerclement.

— Je sais, je sais…

— Autrement dit, ni Lion ni Crocodile n'ont l'intention de lancer l'assaut.

— Crocodile mise sur le temps et souhaite nous voir crever d'ennui et de faim !

— Un calcul intelligent, estima Scorpion.

— Toi, que préconises-tu ?

— Nous disposons de flèches, d'arcs, de frondes, de bâtons de jet, de javelots, de boucliers, et nous croupissons comme des peureux en admirant les superbes murailles de Nékhen et les hauts mâts de son temple. Flottant au vent, les drapeaux des dieux nous narguent et les Âmes à tête de chacal nous laissent dépérir. Un chef de ton envergure acceptera-t-il longtemps une telle déchéance ?

— N'essaie pas de me flatter et sois plus clair ! exigea Taureau, furibond.

— Enfonçons cette porte et emparons-nous de Nékhen. Cette ville regorge de nourriture et de richesses, ses fortifications nous rendront invulnérables et nous préparerons la destruction de nos adversaires.

— Tu ignores les pouvoirs des Âmes ! Moi, j'ai voulu conquérir Bouto, leur cité sacrée du Nord, et leur apparition m'a contraint à rebrousser chemin. Et personne n'a jamais osé m'accuser de couardise ! Qu'elles aient une tête de faucon à Bouto ou de chacal à Nékhen, les Âmes sont indestructibles. Les offenser nous condamnerait à périr, et ta bravoure n'empêcherait pas le châtiment. Si nous avons la possibilité de résider ici, c'est en raison de la présence des membres du clan de Chacal qui attirent la bienveillance des Âmes de Nékhen.

— Admettons, céda Scorpion. À quoi cela nous avance-t-il ? Nous pourrirons donc sur place, indemnes !

— Il nous faut attendre le retour de Chacal et de ton ami Narmer. Préservée, la magie d'Abydos éclairera notre chemin.

— Leur entreprise n'était-elle pas une folie ? Libérer Abydos, à deux !

— Former une milice contre moi, n'était-ce pas insensé ?

Scorpion sourit ; le colosse ne manquait pas d'arguments.

— Nous avions pris l'initiative ; aujourd'hui, en dépit de nos forces, elle appartient à l'ennemi. Abydos rasée, Chacal et Narmer abattus… Cette vision ne hante-t-elle pas tes nuits ?

— Narmer n'est pas un homme ordinaire, Chacal dispose d'un flair exceptionnel. Ils reviendront et nous reprendrons la main.

— Les journées s'écoulent et nos hommes s'usent, rappela Scorpion. Combien de temps encore patienteras-tu ? Notre ultime chance de succès consiste à effectuer une percée. Je suis prêt à commander un groupe de volontaires.

— Souviens-toi de notre pacte · c'est moi qui donne les ordres.

— Ne tarde pas, Taureau ; sinon, nous serons anéantis sans même combattre.

— Je tiendrai compte de ta lucidité. Dresse-moi un rapport quotidien sur l'état de nos troupes.

Visiblement énervé, le général Gros-Sourcils accourut en martelant le sol de ses jambes épaisses.

— Pourquoi la milice de Scorpion est-elle favorisée, au détriment de nos propres soldats ?

— Inexact, objecta l'accusé.

— Tes mercenaires n'ont-ils pas reçu double ration de poisson séché ?

28

— Ce n'est pas une faveur, mais une juste récompense. La nuit dernière, ils ont creusé un nouveau fossé, au risque d'être surpris par une patrouille adverse.

— Tu as toujours une explication !

— Mes miliciens ne jouiront d'aucun privilège. Et lorsqu'il faudra combattre, nous verrons si tu te montres à leur hauteur.

Gros-Sourcils serra les poings.

— Désires-tu vérifier immédiatement ?

— Ça suffit ! trancha Taureau. Nous avons d'autres préoccupations, ne croyez-vous pas ? Après notre victoire, vous aurez le loisir de vous affronter en duel. Pour l'heure, maintenez la discipline et dissipez les appréhensions. Pas un soldat ne doit douter de ses supérieurs.

— Tâche prioritaire, avança Scorpion : nettoyage des nattes et passage du barbier.

— Exécution, ordonna Taureau. Gros-Sourcils, tu me présenteras une armée propre et fière.

Le visage fermé, le général s'éloigna.

— Il te déteste et tu le méprises, constata Taureau ; vos ressentiments m'indiffèrent, à condition qu'ils ne nous affaiblissent pas.

— Ce serait mal me connaître.

Le calme de la voix contrastait avec le feu du regard.

« Si Scorpion ne joue pas son propre jeu, pensa Taureau, un être aussi dangereux sera une arme majeure, voire décisive. »

Le chef de clan scruta le ciel.

— Les émissaires de Cigogne sont partis depuis longtemps ; espérons que les flèches ennemies ne les ont pas atteints. Privés de leurs observations, nous serions presque aveugles.

Fidèle à Taureau, la vieille dame avait demandé à ses servantes expérimentées de survoler la région, d'observer l'ennemi et de signaler ses éventuels mouvements.

— Elles respecteront les consignes de prudence, assura Scorpion.

Taureau songeait à ses vastes territoires du Nord qu'occupaient les barbares libyens ; Scorpion à Narmer, parti libérer Abydos. La guerre des clans avait ravagé un monde ancien où des tribus, obéissant à leur maître, respectaient les bornes reconnues par tous. Ce fragile équilibre rompu, le chaos et le malheur ne seraient-ils pas les vrais vainqueurs des affrontements à venir ?

- 5 -

À la tête de ses « gens de l'arc », guerriers inégalables, le guide suprême Ouâsh commençait à prendre la mesure de sa formidable conquête. Les maigres poches de résistance étaient éliminées une à une, et le Nord tout entier appartiendrait bientôt aux Libyens. Restait à organiser l'occupation qui se transformerait peu à peu en installation définitive.

La priorité consistait à faire construire des forteresses par les esclaves afin que les garnisons soient en parfaite sécurité, bien nourries et dotées du meilleur confort. Les paysans, durement imposés, travailleraient pour leurs nouveaux maîtres, lesquels choisiraient les femelles à leur goût. Les éventuels fauteurs de troubles seraient exécutés en public, et des messagers ne cesseraient de parcourir le delta en vantant les mérites du grand Ouâsh, garant du bonheur de ses sujets.

Un aide de camp apporta une jarre de vin à son chef. Assis sur un tabouret rustique, il assistait de loin à la facile conquête d'un bourg dépourvu de défense. Les vainqueurs mettaient le feu aux masures et emmenaient le bétail. Seuls avaient été épargnés les adultes valides.

Les joues rougies d'indignation, Piti interpella le guide suprême :

— Seigneur, un couple a osé résister ! Il a blessé l'un de nos hommes.

Le visage carré, Ouâsh se leva.

— Montre-moi ces rebelles.

À pas rapides, il atteignit l'aire de dépiquage des grains où gisaient les coupables, mains liées derrière le dos. L'homme était jeune et robuste, son épouse plutôt jolie, les seins petits et les jambes fines.

— Relevez-les, ordonna Ouâsh.

Battu à coups de pied et de poing, le résistant peinait à tenir debout. Malgré une plaie au visage, la femme gardait le regard haut.

— Implorez mon pardon, agenouillez-vous et baisez-moi la main. Je vous épargnerai peut-être une fin atroce.

— Taureau t'anéantira, barbare! proclama le rebelle.

— Taureau s'est enfui et ne reviendra pas. À genoux, vite!

Le front baissé, le prisonnier fonça vers le Libyen.

Protégeant leur chef, plusieurs soldats interrompirent la course de l'agresseur et le plaquèrent au sol.

— Pendez-le par les pieds à une branche d'arbre, ordonna Ouâsh, narquois, et que les archers le prennent pour cible. Ce fou mourra lentement, très lentement.

Le guide suprême s'approcha de la femelle.

— Toi, te montreras-tu plus raisonnable?

Elle lui cracha au visage.

Aussitôt, un serviteur procura de l'eau à son maître qui se nettoya avec calme.

— Dénudez-la, exigea-t-il.

Humiliée, la jeune femme ne baissa pas les yeux.

Ouâsh ramassa une pierre et, d'un geste précis, expédia le projectile d'une main rageuse. Il toucha sa victime à la poitrine.

Bravant la souffrance, elle se redressa et fixa son bourreau.

— Lapidez-la.

Les Libyens se déchaînèrent.

Leur excitation écourta le supplice, et les dernières pierres ne frappèrent qu'un cadavre couvert de plaies.

En l'apercevant, le Nubien Ikesh n'éprouva aucune émotion. S'il voulait asseoir son autorité, Ouâsh ne devait pas changer de ligne de conduite.

— Enfin, te voilà ! M'as-tu ramené le fuyard ?

— J'ai été contraint de l'abattre.

— Tu me prives d'un plaisir, Ikesh !

— Désolé, seigneur, la situation ne me laissait pas le choix.

— J'espère que tes explications me satisferont.

Piti en saliva. Le conseiller du guide suprême n'appréciait guère le géant noir, craignant qu'il ne prît trop d'importance.

— Le fuyard a tenté de se réfugier dans un camp fortifié, probablement la capitale de Taureau. Ma flèche l'a foudroyé avant qu'il n'en franchisse le seuil.

Ouâsh fronça les sourcils.

— Un camp fortifié… De quelle taille ?

— Énorme, et les palissades culminent à une hauteur impressionnante. De là-haut, les archers atteignent une belle distance. Si mon commando avait attaqué, il aurait été exterminé. L'essentiel était de vous avertir.

— Exact, Ikesh, je te félicite.

Piti avala sa déception.

— Ainsi, tu aurais déniché le centre de la résistance. Excellent ! Démanteler l'ultime bastion de Taureau achèvera notre conquête du Nord. En route.

Au passage, Ouâsh cracha sur la dépouille de la paysanne martyrisée.

*

Au sein de la capitale de Taureau, c'était le branle-bas de combat. Certes, l'avant-garde libyenne avait battu en retraite, mais le commandant de la place forte ne se faisait aucune illusion. Elle allait prévenir son chef et, d'ici peu, l'armée des envahisseurs lancerait un assaut massif.

Quantité de réfugiés, vieillards, femmes, enfants et blessés avaient trouvé un refuge précaire. Les réserves de nourriture ne tarderaient pas à s'amenuiser, il serait bientôt impossible de s'aventurer à l'extérieur de l'enceinte. Et les archers ne devraient tirer qu'à coup sûr, afin d'économiser les flèches.

Composée de guerriers formés à bonne école, la garnison saurait s'opposer à l'ennemi. Combien de temps tiendrait-elle ? L'envahisseur possédait l'avantage du nombre et, d'après les rescapés, sa férocité ne connaissait pas de limites.

Seule chance de survie : le retour de Taureau et de ses troupes. À ce sujet, hélas ! le commandant ne disposait pas d'informations, et il n'avait qu'une seule consigne à respecter : garder sa position.

D'ores et déjà, il avait imposé un strict rationnement et disposé des guetteurs en permanence. Une vingtaine de vaches, rapatriées en urgence, offriraient un lait précieux jusqu'à épuisement du fourrage. Ensuite, elles comme les bœufs gras fourniraient de la viande.

Le commandant vérifia que la grande porte d'accès avait été consolidée selon ses directives.

— Nous protégerez-vous de ces bandits ? demanda un vieillard d'une voix grelottante.

— Sois sans crainte, nos palissades sont infranchissables. Les Libyens s'y casseront les dents.

Le commandant ne s'était pas autorisé à occuper les appartements de Taureau, composés de plusieurs pièces en enfilade à l'intérieur d'une vaste hutte. Peut-être la guerre des clans, au Sud, serait-elle de courte durée. En ce cas, la colère du puissant maître du Nord serait dévastatrice, et les barbares fuiraient en désordre.

— Les voilà, annonça un guetteur.

Le commandant grimpa quatre à quatre l'escalier menant au sommet des remparts.

Et ce qu'il vit l'effraya.

À l'orée du terrain dégagé où trônait le camp fortifié, des milliers de soldats libyens.

— On ne croyait pas qu'ils seraient aussi nombreux, balbutia le guetteur.

— On tiendra, promit le commandant. Archers, ne tirez que sur mon ordre.

À l'évidence, un seul assaut suffirait; une vague de cette ampleur submergerait les défenseurs.

Ouâsh patienta, heureux de voir la peur s'installer chez les assiégés. Elle rendrait les tirs moins précis et minerait le désir de résister.

Le guide suprême leva le bras, une première ligne s'élança.

Contrairement aux prévisions du chef des Libyens, les bras des archers égyptiens ne tremblèrent pas, et la quasi-totalité de leurs flèches touchèrent leurs cibles.

Irrité, Ouâsh envoya à l'attaque une meute hurlante qu'encourageait Ikesh. Beaucoup tomberaient, mais la majorité parviendrait jusqu'à la palissade.

La grande porte s'entrouvrit.

Apparut un taureau colossal, brun-rouge. De sa patte antérieure gauche, il gratta furieusement le sol avant de charger, tête baissée.

Ses cornes effectuèrent un ravage et le monstre sema la panique. Transperçant et piétinant, le taureau de combat désarticula l'adversaire. Ikesh tenta en vain de rameuter ses troupes, pressées de regagner un abri; trois piques s'enfoncèrent dans les flancs de la bête, sans amoindrir sa férocité.

Après s'être acharné sur quelques blessés, il se campa fièrement au centre du champ de bataille et, calmé, regagna le camp retranché sous les acclamations des membres de son clan. Le commandant n'avait eu d'autre possibilité que d'utiliser la meilleure arme confiée par son seigneur.

*

Pour l'exemple, Ouâsh étrangla l'un de ses officiers, coupable d'avoir détalé lors de la charge du taureau sauvage. Les pertes étaient considérables, certains soldats frissonnaient encore d'effroi. Rassembler les égarés et reconstituer une armée digne de ce nom prendrait du temps.

— Toi, Ikesh, forme un bataillon capable d'éliminer cet animal. Notre prochain assaut sera le bon.

— Je vous le déconseille.

Le regard noir du guide suprême devint menaçant.

— Oserais-tu me dicter ma conduite ?

— Quand j'étais au service d'Éléphante et de Lion, j'ai constaté que les chefs de clan possédaient des pouvoirs surnaturels. Taureau a doté ce monstre d'une magie qui doit être brisée. En l'absence de son maître, quelqu'un entretient sa force ; il nous faut l'identifier afin de supprimer cet obstacle. Sinon, nos attaques échoueront.

Ouâsh ne prit pas l'avertissement à la légère.

— Et si ce magicien réside au cœur de la place forte ?

— Possible, seigneur. Mais il peut aussi animer le monstre de l'extérieur.

— Comment le saurons-nous ?

— En interrogeant les prisonniers et les esclaves, à ma manière. L'un d'eux nous fournira forcément un renseignement.

— Hâte-toi, Ikesh, ma patience ne sera pas infinie.

— Comptez sur moi, seigneur.

Cette trêve ne mécontentait pas le chef des Libyens. Elle servirait à restaurer la cohésion de ses troupes et à mieux les préparer pour franchir la dernière étape de la conquête du Nord.

Pas un des réfugiés du camp retranché ne survivrait.

Et Ouâsh transformerait en allié le magicien ennemi.

- 6 -

Satisfait de la précision de ses tireurs d'élite qu'il contraignait à s'entraîner quotidiennement, Chasseur commençait à regretter son existence d'antan, solitaire et sauvage. Lui qui avait tenté de tuer Scorpion était devenu son fidèle serviteur, sans imaginer être impliqué à ce point dans une guerre des clans.

Portant une fine moustache et les cheveux courts, le menton pointu, Chasseur possédait des dons d'instructeur. À la fois patient et rigoureux, il formait des combattants à l'efficacité remarquable.

Soudain, l'un d'eux manqua sa cible. Chasseur intervint aussitôt :

— Manque de concentration, mon garçon !

— Je vous assure que non, chef ! J'ai appliqué strictement vos consignes.

Le gaillard paraissait sincère. Comment expliquer son erreur grossière ? Méticuleux, Chasseur examina son arc.

Et son visage pâlit.

— Apporte-moi ta flèche.

Les craintes de l'instructeur furent confirmées. À pas pressés, il se rendit auprès de Scorpion qui passait de longues heures à scruter les murailles de la cité sacrée de Nékhen, dont la grande porte demeurait obstinément close. Les délibérations des trois Âmes à tête de chacal se termineraient-elles un jour ?

— Regarde ça, lui dit Chasseur en montrant l'arc et les flèches.

Scorpion ne mit pas longtemps à comprendre.

— Ces fentes… un sabotage ?

— C'est certain !

— Un traître parmi nous…

— Il appartient soit à notre milice, soit à l'armée de Taureau. En dégradant notre matériel, il nous condamne à la défaite.

— Je vais alerter Taureau, promit Scorpion, et nous garderons étroitement l'arsenal.

— Préviens aussi le Maître du silex, recommanda Chasseur ; le saboteur pourrait s'attaquer à la fabrication même de nos armes. Sache que nos hommes sont inquiets et mécontents. Pourquoi demeurons-nous inertes, coincés entre l'ennemi et les murs de cette ville ? Serions-nous incapables de briser l'encerclement ?

— Nous attendons le retour de Narmer et de Chacal. Porteurs de la magie d'Abydos, ils parviendront peut-être à convaincre les Âmes de Nékhen de nous prêter assistance.

Chasseur ne cacha pas son scepticisme.

— Plus personne ne croit à ce retour ; le sacrifice de Narmer aura été inutile. Tâche de surmonter l'obstination de Taureau !

— Les cigognes devraient nous fournir des renseignements précieux.

Chasseur haussa les épaules.

— Les malheureuses auront été abattues ! Il faudra bientôt combattre, Scorpion ; sinon, nos troupes perdront le moral et se déliteront. Une révolte n'est pas à exclure. Prends une initiative avant qu'il ne soit trop tard.

— Rassure-toi, j'y songe.

*

Barbu à la carrure imposante, le Maître du silex n'avait qu'une religion : le travail. Où qu'il se trouvât, il bâtissait un atelier avec les moyens du bord et fabriquait des armes. En dépit des difficultés de la situation, il continuait à produire des pointes de flèches, des projectiles pour les frondes et des javelots. Exigeant, infatigable et peu causant, il menait son équipe à la dure.

— Tiens, Scorpion ! Tu veux vérifier nos résultats ?

— Observe cet arc et cette flèche.

Le jugement ne tarda pas à tomber :

— Sabotés... As-tu identifié le coupable ?

— Malheureusement non.

— En tout cas, ce n'est pas un de mes gars ! Crois-moi, je m'en serais aperçu.

— Surveille-les d'encore plus près.

— Quand passerons-nous à l'offensive, Scorpion ? Dans les rangs, ça gronde !

— Tranquillise-toi, le moment approche ; ne relâche pas ta cadence et signale-moi le moindre incident.

— Compte sur moi.

Le Maître du silex admirait Scorpion qui l'avait arraché au ventre de la montagne où, adorateur de la pierre, il espérait passer le reste de ses jours. Se mettre au service d'une juste cause et lui fournir des armes sans cesse perfectionnées le satisfaisait pleinement. Mais la stratégie adoptée ne conduisait-elle pas au désastre ?

Scorpion retourna contempler la grande porte de Nékhen ; aucun bruit ne parvenait de l'étrange cité, comme si elle était perpétuellement endormie. Cette situation ne pouvait plus durer ; détestant se sentir enchaîné et réduit à l'impuissance, Scorpion aurait aimé entraîner les soldats de Taureau à l'assaut de la coalition adverse et lui rompre les reins ; mais impossible de défier ainsi le chef de clan. Ne restait donc qu'une solution : s'introduire à l'intérieur de la ville sainte en compagnie de quelques courageux et forcer les Âmes à coopérer.

De douces mains se posèrent sur ses yeux.

— Ne commets pas de folie, mon tendre amour ! Occupe-toi plutôt d'une femme abandonnée.

Les seins ronds et fermes de Fleur, la maîtresse en titre de Scorpion, lui caressèrent le dos, et la belle l'embrassa dans le cou, éveillant son désir.

Amante insatiable, Fleur acceptait tout de l'homme de sa vie, même ses infidélités, à condition qu'il ne lui échappe pas. Aussi avait-elle déjà supprimé l'une de ses rivales, sans encourir les foudres de Scorpion, amusé par tant de détermination. Exigeant de le suivre partout, la jeune femme aux longs cheveux et à la grâce irrésistible ne redoutait pas de mourir. Et chaque soldat respectait la compagne de Scorpion, la sachant inaccessible.

Enfiévré, il se laissa attirer sous la hutte de roseau édifiée à l'intention du couple ; d'épaisses nattes offraient un confort appréciable.

— Oublie tes soucis, aime-moi davantage pendant que nous sommes vivants !

Ce langage plaisait à Scorpion, et il appréciait toujours autant les charmes de sa maîtresse, prête aux jeux sensuels les plus débridés. En l'absence de rivale, Fleur connaissait un bonheur total en donnant mille plaisirs à son amant. Qu'importaient la guerre et les combats futurs, seuls comptaient la jouissance et l'instant présent !

Jamais elle ne lui permettrait de la quitter.

*

Le visage allongé, l'œil triste, la chevelure blanche et grise, la cheffe de clan Cigogne soignait les malades en

42

utilisant des herbes médicinales. Soutien indéfectible de Taureau, la vieille dame déplorait l'effondrement du monde paisible qu'elle avait connu lorsque les clans respectaient le pacte de paix. Il lui était aisé, alors, de communiquer avec les dieux et de dispenser leurs volontés à ses homologues. Guerre et violence troublaient l'esprit de Cigogne dont les fréquentes méditations s'orientaient vers le désenchantement. Taureau et ses récents alliés parviendraient-ils à éviter le chaos ?

Résignée, Cigogne continuait cependant à exercer ses dons de guérisseuse ; et ses dévouées servantes prenaient des risques considérables en survolant un territoire peuplé d'ennemis afin de procurer à Taureau de précieuses informations. Grâce à elles, son puissant ami savait que les Libyens, contre toute attente, venaient d'envahir le Nord en y semant la désolation.

Pourquoi les dernières émissaires tardaient-elles à revenir ? D'aucuns pensaient qu'elles avaient été abattues ; Cigogne, elle, gardait espoir. Expérimentées, elles savaient prévoir le danger et l'éviter.

Un battement d'ailes lui fit lever la tête.

Et sa servante, épuisée, se posa à ses pieds. Avant même de boire, elle parla longuement. Cigogne lui offrit de l'eau, soigna une patte blessée et, de sa démarche saccadée, se dirigea vers la hutte de Taureau qui l'attendait, impatient. À ses côtés, Scorpion.

— Je déplore la perte d'une de mes messagères, déclara Cigogne, émue. Deux membres de mon clan tentent de survoler le Nord et d'observer l'avancée des Libyens, et j'ignore si elles échapperont aux gens de l'arc.

— Abydos ? s'inquiéta Taureau.

— Le site paraît abandonné ; à ses abords, des cadavres de lionnes et de soldats.

— Narmer ? demanda Scorpion.

— Lui, Chacal et un groupe d'ânes ont été repérés en direction de Nékhen.

Un large sourire anima les visages de Taureau et de Scorpion.

— J'ai de mauvaises nouvelles, ajouta Cigogne. Nous sommes encerclés, et des milliers de Vanneaux ont renforcé les troupes de Lion et de Crocodile. Quand ils décideront de nous écraser, comment résisterons-nous?

- 7 -

Peu avant le lever du soleil, Chacal implora l'esprit de ses frères défunts afin qu'ils l'assistent lors du périlleux voyage vers Nékhen. Le coffre magique dûment enterré, Abydos bénéficierait d'une protection efficace, même en l'absence du maître de ce territoire.

Chacal regagnerait-il un jour, fût-il lointain, le domaine de ses ancêtres ? Ici, il avait contemplé les routes de l'au-delà et découvert l'ampleur du monde divin. Et le génie de son clan consistait à transmettre sa vision à des êtres désireux de dépasser leurs limites et de prolonger l'œuvre du Créateur.

Narmer appartenait à cette espèce rare. En cette époque de désordre, il paraissait apte à combattre le trouble et à rétablir la justesse ; mais cette tâche écrasante n'était-elle pas hors de sa portée ?

Abydos s'enfonçait dans le silence et, si les forces du Mal triomphaient, il n'en ressortirait pas. Le secret de l'immortalité serait à jamais perdu, et le pays retournerait à la sauvagerie.

Autour du sanctuaire, Chacal disposa de petites pierres qu'avaient animées les rites ; elles formeraient une enceinte capable de résister quelque temps aux profanateurs. Son labeur achevé, il rejoignit Narmer qui emplissait les sacs que porteraient les ânes, sous la conduite de Vent du Nord, veillant à la discipline.

— Nous pouvons partir, décida Chacal.

— L'Ancêtre assurera-t-il la protection d'Abydos ?

— Nul ne connaît ses intentions.

— Ne les perçois-tu pas ?

— La route sera longue, Narmer, et remplir notre mission est la seule manière de modifier le destin.

En signe d'approbation, Vent du Nord dressa l'oreille droite. Mesurant 1,40 mètre au garrot, pesant près de 300 kilos, il avait de grands yeux mobiles en amande, le museau et le ventre blancs et la queue peu touffue. Fier de son exploit, il surveillait son troupeau et matait la moindre tentative de révolte ; les fortes têtes s'étaient inclinées, et même un jeune quadrupède teigneux ne se manifestait plus. Désormais, Vent du Nord obtiendrait de ses subordonnés ce qu'il souhaitait.

La caravane se mit en chemin à la première heure du jour ; Chacal parvint à ne pas se retourner, s'obligeant à ne songer qu'au long et difficile parcours que la petite troupe devait accomplir. Il était exclu de longer le Nil dont les Vanneaux occupaient les bords ; seule voie possible : le désert de l'Ouest, peuplé de mille dangers.

Dès le milieu de la matinée, la chaleur devint pénible. Vent du Nord choisissait la meilleure piste, Chacal indiquait les points d'eau. À leur approche, il imposait une longue halte, redoutant la présence de fauves. Les lionnes, notamment, savaient tendre des pièges, surtout au coucher du soleil.

— Là-haut, s'exclama Narmer, une cigogne !

Le grand oiseau survola les voyageurs en battant des ailes sur un rythme soutenu ; il traça un cercle et disparut en direction du Sud.

— C'est une messagère de la cheffe de clan Cigogne, indiqua Chacal. Elle va lui apprendre que nous sommes vivants et que nous tentons d'atteindre Nékhen.

La gravité du ton impressionna Narmer.

— Pourquoi sembles-tu pessimiste ?

— En progressant vite et en prenant peu de repos, il nous faudra au moins cinq journées de marche forcée. Et je ressens un grave péril.

— Une attaque de Lion et de Crocodile ?

— Peut-être…

— Plus grave encore ?

— Je le crains.

— Peux-tu préciser la nature du danger ?

Chacal regarda au loin.

— Notre idéal commun m'interdit de te mentir. Un épais brouillard m'obscurcit la vue, et je suis incapable de discerner le véritable ennemi qui nous empêchera d'atteindre notre but. Je connais les tueurs de Lion et de Crocodile, leurs odeurs, leurs ruses… Celui-là, le guetteur des ténèbres, sait se dissimuler. Il nous attend, Narmer, et j'ignore si nous parviendrons à lui échapper.

— Nous ne sommes pas sans forces !

— Certes, l'âme des chefs de clan disparus survit en toi ; mais la puissance qui se dressera sur notre route est capable de tous les détruire.

L'angoisse de Chacal était communicative. Néanmoins, les quatre premières journées de voyage se déroulèrent sans incident notable, à l'exception des attaques permanentes des puces des sables et des morsures du soleil. Préparé en Abydos, un onguent à base d'armoise atténua ces désagréments.

Les réserves de fourrage pour les ânes et les miches de pain venaient à épuisement ; grâce à ses efforts et à l'itinéraire choisi par Vent du Nord, le petit groupe approchait de Nékhen et s'apprêtait à connaître sa dernière halte, à la nuit tombante. Chacal s'était-il trompé ?

En s'allongeant, Narmer contempla les étoiles. Au milieu du ciel, elles dessinèrent le visage de Neit au sourire triste. Vivante ! Oui, mais elle subissait une épreuve redoutable.

Soudain, un vent violent se leva ; provenant de l'est, il souleva des nuages de sable qui fouettaient les chairs. Les ânes s'accroupirent et se serrèrent les uns contre les autres ; Narmer demeura prostré près de Vent du Nord. Quant à Chacal, il resta debout, face à la lueur rouge, source de la tempête.

*

L'animal de Seth, dieu de l'orage et des perturbations cosmiques, observait ses proies. Après avoir obtenu l'âme du jeune conquérant Scorpion, en échange d'une force colossale et d'une inépuisable capacité à combattre, le démon du désert se réjouissait de la poursuite de la guerre des clans et attendait l'affrontement final entre Taureau et ses ennemis coalisés. Le sang coulerait à flots et la violence serait poussée à son paroxysme. La violence qui n'était ni un moyen ni le produit des circonstances, mais une fin en soi. Au terme de ce conflit débuterait une autre guerre, suivie de beaucoup d'autres… Connaissant le ventre des humains, nourri de cupidité, de haine et de mensonge, l'animal de Seth n'avait guère de difficulté à recruter d'excellents disciples.

L'alliance de Chacal, connaisseur des routes de l'au-delà, et de Narmer, dépositaire de l'esprit des clans disparus, lui déplaisait. Ces deux-là ne tentaient-ils pas d'instaurer une nouvelle paix ? Dans l'incertitude, mieux valait les supprimer. En commettant l'imprudence de traverser son domaine, le désert, ils s'offraient à sa colère.

Ici, les pouvoirs de Chacal et de Narmer se révélaient inefficaces ; en rougeoyant, les yeux de l'animal de Seth déclenchaient le tumulte des éléments. La terre tremblait, l'air brûlait, les nuages noirs masquaient les étoiles. Quand ils éclateraient, la pluie battante créerait des torrents qui noieraient les audacieux.

Un bruit étrange intrigua le démon.

Le braiment d'un âne! Un braiment d'une intensité incroyable, tellement assourdissant que l'animal de Seth fut ébranlé. Contraint de reculer, il cessa d'incendier la nuit.

*

— Vent du Nord nous a sauvés, constata Chacal.

L'air devenait à nouveau respirable, l'orage se dissipait. Le museau toujours dressé, le cou raidi, les dents menaçantes, le quadrupède resta en alerte. Narmer parvint à lui caresser le front et le félicita chaudement.

— Ce n'est peut-être qu'un répit, redouta Chacal. Si l'aube se lève, nous essaierons de repartir.

Le soleil ressuscita. À proximité, des autruches entamèrent une danse et des babouins se mirent en prière afin de vénérer la lumière naissante et de la renforcer. Pourtant, Vent du Nord hésitait à reprendre la route, et Chacal ne dissimulait pas son inquiétude.

— Nous devons nous rendre à Nékhen, rappela Narmer.

— Puissent les dieux nous envoyer un signe; sinon, nous échouerons.

L'âne fixait une dune.

À son sommet, apparut un ibex aux cornes recourbées, au pelage fauve et au menton taché de noir. Il bondit, puis dévala la pente avec aisance, accourant vers Vent du Nord, qui ne recula pas.

Les deux animaux grattèrent le sol de leurs sabots et se défièrent du regard. L'ibex se détourna et s'agenouilla devant Narmer.

— Observe sa corne, recommanda Chacal; elle t'offre le sens du temps car chaque année, elle forme un bourrelet caractéristique. La dignité de cet être est celle de la vie. Grâce à lui, nous atteindrons Nékhen.

- 8 -

Nerveux, Lion caressait le manche d'ivoire du couteau à lame de silex avec lequel il avait égorgé la jolie Gazelle, la cheffe de clan suffisamment naïve pour sacrifier son existence au service de la paix. Entreprise utopique et gênante… L'athlète à la chevelure flamboyante était heureux d'y avoir mis fin ! La tendre diplomate devenue inutile, il fallait bien s'en débarrasser.

Lion n'avait jamais respecté de manière stricte le pacte conclu entre les clans ; ambitieux, il se sentait capable d'imposer son autorité à l'ensemble du pays, à condition d'anéantir l'armée de Taureau, l'ex-maître du Nord aujourd'hui abandonné aux envahisseurs libyens. Malgré leur courage et leur efficacité, les guerriers de Lion n'étaient pas assez nombreux ; aussi le souverain s'était-il allié à un personnage redoutable, le chef de clan Crocodile, impossible à manipuler. D'une indépendance farouche, lançant ses tueurs au Nord comme au Sud, Crocodile ne respectait pas les frontières reconnues par ses homologues et ne leur accordait aucun crédit.

Accomplissant en secret un remarquable exploit, Lion avait pourtant réussi à le convaincre d'unir leurs forces afin de terrasser leurs adversaires. Ensuite – sujet brûlant à éviter –, l'un des deux s'imposerait. Éliminer Crocodile présentait tant de difficultés que Lion préférait songer à la grande bataille qui se préparait devant la ville sainte de Nékhen, au portail obstinément fermé.

La chance servait Lion. En quittant son vaste domaine du Nord, Taureau était tombé dans un piège. Croyant à l'appui des Âmes de Nékhen, il se trouvait encerclé, hésitant sur la conduite à suivre. N'osant pas s'attaquer aux murailles de la cité sacrée du Sud, il aurait dû tenter de briser la nasse avant qu'elle ne devînt trop hermétique. Et chaque heure qui passait la renforçait.

Aide décisive du destin : l'engagement des Vanneaux sous les ordres de Crocodile. Ils affluaient par milliers et formeraient une masse dévastatrice. En dépit de lourdes pertes, elle submergerait les soldats de Taureau ; et Lion porterait un coup fatal au colosse épuisé. Restait à maîtriser son impatience : pourquoi tarder à déclencher l'assaut ?

Depuis quatre jours, impossible de contacter Crocodile. Ses lieutenants ignoraient l'endroit où il rôdait et attendaient un retour imminent. Irrité, Lion piétinait ; prendre seul le commandement des forces coalisées provoquerait la colère de Crocodile et romprait l'alliance.

Lion ne cessait de haranguer officiers et soldats, exigeant une parfaite discipline et ne supportant pas une seule entorse à la hiérarchie. Un regard de travers, et la sanction tombait ; les nerfs à fleur de peau, l'irritable chef de guerre effrayait ses propres hommes. Et si Taureau, sortant de sa léthargie, prenait le premier l'initiative et tentait de briser le carcan ? Lion serait obligé de réagir vigoureusement, en espérant que l'ensemble des coalisés lui obéirait. Or, les contacts avec les officiers de Crocodile manquaient de chaleur, et rien ne garantissait leur loyauté.

— Alerte ! hurla une sentinelle.

Lion courut aux avant-postes. La vision de sa crinière empêcherait les soldats de perdre pied, face à la ruée des taureaux de combat.

Bibliothèque publique d'Ottawa

North Gloucester
613-580-2535

Emprunts 2018/12/16 13:16
XXXXXXXXX1777

Titre	Date retour
1. Le feu du scorpion :	2019/01/06

Pour accéder à votre compte
visitez www.biblioottawalibrary.ca
www.facebook.com/OPLBPO
www.twitter.com/opl_bpo

Mais il ne s'agissait que d'un groupuscule composé de Vanneaux et de Crocodile. Consternée, la sentinelle se prosterna aux pieds de Lion en implorant son pardon. Il haussa les épaules et s'étonna une fois encore de l'allure si particulière de son allié.

Le front bas, le nez proéminent, la peau calleuse, le regard insaisissable, Crocodile semblait toujours assoupi. Pourtant, jouissant d'une ouïe et d'un odorat exceptionnels, il pouvait se montrer d'une vivacité inattendue. En mésestimant sa puissance, ses adversaires avaient perdu la vie. Ne dormant jamais deux soirs de suite au même endroit, Crocodile inspectait ses sujets à l'improviste et entretenait un réseau d'espions, y compris dans son propre clan, redoutant en permanence d'être trahi. Cette méfiance innée était sa meilleure protection.

Suivant le chef de clan, les trois Vanneaux qui lui avaient vendu leur peuple misérable, vivotant sur les bords du Nil. Craignant leur nouveau maître, Mollasson, Vorace et Gueulard étaient prêts à lui lécher les pieds et à satisfaire ses moindres désirs.

Grand, voûté, le nez lui mangeant la figure, les paupières lourdes, lâche et manipulateur, Mollasson avait menti aux siens en leur promettant la prospérité s'ils combattaient pour Crocodile le libérateur contre Taureau le tyran ; la richesse, c'est à lui qu'elle serait attribuée. Et il continuerait à pratiquer son activité favorite : mentir.

Trapu, lourd, le visage lunaire, Vorace voulait du pouvoir ; à lui de recruter de force les Vanneaux et de les envoyer au massacre. Son compère, Gueulard, au front bas et aux lèvres épaisses, ne songeait qu'à manger, à boire et à prendre des femelles. Gueulard suivait le sillage de Vorace, lequel admirait Mollasson. Bien que chacun d'eux fût prêt à jouer son propre jeu, ils étaient conscients de la valeur de leur association. En agissant ensemble, ils se complétaient; séparés, ne courraient-ils pas à l'échec? Tout en s'épiant, ils continueraient donc à s'entraider, en flattant au maximum l'inquiétant Crocodile.

Lion fulminait.

— Ça ne peut pas durer! Si Taureau avait attaqué, j'aurais dû ordonner, en ton absence, une contre-offensive! Notre alliance implique une véritable coopération.

— Calme-toi, cher allié; j'avais une tâche urgente à remplir, et nos trois dévoués serviteurs sont porteurs d'excellentes nouvelles.

Mollasson eut du mal à incliner sa grande carcasse.

— Seigneur, la totalité de mon peuple s'est ralliée à votre cause. À condition de les nourrir correctement, les Vanneaux se battront en première ligne. Mes amis et moi les avons persuadés que leur lutte, sous votre autorité, leur procurerait une bien meilleure existence.

— Ma venue a été déterminante, précisa Crocodile, et j'ai séparé nos auxiliaires en deux groupes; le premier occupera le bord du fleuve et empêchera le repli de l'ennemi, le second constituera la première vague d'assaut.

— Nous n'avons pas d'expérience militaire, rappela Mollasson, et nous souhaitons nous occuper de l'intendance.

— Accordé, décida Lion. Que pas un Vanneau ne déroge à la discipline.

— Comptez sur nous, promit Gueulard.

D'un signe, Lion congédia les trois compères, heureux de voir leurs plans se réaliser. Qui, de lui ou de Crocodile, serait l'ultime vainqueur? Peu importait, puisqu'ils serviraient d'indispensable relais avec les Vanneaux. Et demain, ils jouiraient d'innombrables avantages pour avoir contribué au triomphe de manière décisive. Mollasson avait envie de dormir, Gueulard de se soûler à l'alcool de dattes et Vorace d'inventorier les denrées détournées à son profit.

— Je t'ai rarement vu aussi prévenant, dit Lion à Crocodile.

— Nous avons besoin de la masse des Vanneaux. Un grand nombre sera massacré, Taureau subira des pertes et s'épuisera. Alors, nous frapperons le colosse meurtri et il s'effondrera. Les Vanneaux survivants deviendront des esclaves dociles.

Jusque-là, le plan convenait à Lion.

— Il faudra se débarrasser de ces trois larves.

— Nous aviserons, objecta Crocodile; leur veulerie est une qualité non négligeable. S'ils ont l'intelligence de ne pas nous trahir et de rester à leur place, nous continuerons à les utiliser.

Le déjeuner fut servi aux deux chefs de clan, à l'abri du feuillage d'un sycomore. Ils apprécièrent les cuissots d'une antilope abattue la veille.

— Nous disposons d'une nouvelle arme, murmura Crocodile, énigmatique; la préparation fut longue, mais j'espère qu'elle sera efficace.

— Montre-la-moi!

— Impossible.

Lion fut irrité.

— N'aurais-tu pas confiance ?

— Au contraire! En te dévoilant ce secret, je te prouve la solidité de notre alliance.

— Et tu refuses de me montrer cette arme!

— Je n'en ai pas la possibilité, car elle se trouve en territoire ennemi.

Décontenancé, Lion peinait à garder son calme.

— Veux-tu dire que Taureau se l'est accaparée?

— Certes pas! Il en ignore l'existence.

— Évoquerais-tu… un traître ?

— Ta perspicacité me ravit.

Lion restait incrédule.

— Aurais-tu acheté l'un des membres de son clan ?

Le sourire de Crocodile fut celui d'un carnassier sur le point de dévorer sa proie.

— Il s'est engagé à nous aider en sabotant le matériel et en pourrissant le système de défense.

— Qu'exige-t-il en échange ?

— La création de son propre clan et un vaste territoire.

— Serais-tu prêt à le satisfaire ?

— J'ai horreur des traîtres, précisa Crocodile d'une voix grinçante. Le partage des terres ne s'effectuera qu'entre toi et moi, et seuls nos deux clans subsisteront. Au soir de notre triomphe, je confierai ce vendu à mes reptiles.

— Son nom ?

Crocodile hésita.

— Tu parlais de confiance, rappela Lion.

— Désires-tu vraiment le connaître ?

— Vraiment.

Crocodile céda.

Lion hocha la tête, admiratif.

- 9 -

Le chauve Piti amena un jeune guerrier auprès d'Ouâsh, le guide suprême des Libyens.

— Seigneur, ce garçon désire vous prouver sa valeur.

— De quelle manière ?

— En tuant le taureau sauvage qui protège la place forte ennemie.

— Son plan ?

— Lancer une nouvelle attaque, provoquer la sortie du monstre, nous retirer en simulant une panique et le laisser agir avec une vingtaine de camarades. Ils utiliseront un filet de pêche pour immobiliser la bête et lui perceront le corps de leurs lances.

— Risqué, mais intéressant.

Le soldat s'agenouilla.

— Nous réussirons, seigneur, et votre gloire se répandra à travers le pays !

— Ta récompense sera à la hauteur de l'exploit.

— Le succès ou la mort !

— Nous attaquerons au couchant ; prépare tes hommes.

Exalté, l'intrépide se retira.

Ikesh, le géant noir, se permit d'intervenir :

— C'est de la folie ! Les cornes du taureau déchiquetteront ces insensés.

— Ils me donnent l'occasion de vérifier ta théorie, indiqua le guide suprême. Si une force surnaturelle anime ce quadrupède, nous adopterons une autre stratégie.

*

À l'intérieur du camp retranché, les discussions allaient bon train, portant sur un unique sujet : la victoire du taureau éloignerait-elle les Libyens ou provoquerait-elle leur fureur ? Le commandant, lui, ne doutait pas : les barbares reviendraient, plus nombreux, déterminés à briser le dernier obstacle les empêchant de contrôler la totalité du Nord. Maintenant les défenseurs en état d'alerte et vérifiant la stricte application des mesures de rationnement, il courait d'un endroit à l'autre et ne s'accordait qu'un minimum de repos.

Les blessures du taureau s'étaient guéries d'elles-mêmes, à une rapidité stupéfiante. À l'évidence, l'animal jouissait d'une protection magique. Avant de partir pour le Sud, Taureau n'avait pas omis de fournir aux siens une arme dissuasive. La présence du monstre, dormant paisiblement dans son enclos, rassurait les réfugiés.

— Les Libyens reviennent ! hurla un guetteur.

Grimpant au sommet des remparts, le commandant constata que l'ennemi déclenchait une offensive comparable à la précédente.

Les archers abattirent les premiers assaillants, et la ruée se brisa ; au terme d'une brève hésitation, la vague se réorganisa.

— Envoyons le taureau ! exigea un vieux soldat.

Le commandant céda. La porte de la place forte s'entrouvrit et le colosse aux naseaux fumants s'élança. Sa charge provoqua une belle débandade mais, au moment où le vainqueur reprenait son souffle, une meute de Libyens jaillit des hautes herbes et lança un filet qui enveloppa le corps de la bête.

Consternés, les défenseurs de la capitale de Taureau crurent que la magie venait d'être brisée. De nombreuses piques allaient déchirer les chairs du quadrupède et priver les assiégés de leur meilleur guerrier.

Déjà, les Libyens s'acharnaient, tel un essaim de guêpes.

Mais ils crièrent victoire trop tôt, car l'animal, se redressant avec vigueur, déchira les mailles du filet en encornant deux barbares. Libéré, il parut encore plus puissant; revanchard, il châtia ses agresseurs en les poursuivant, jusqu'au dernier.

Provenant de la place forte, des acclamations saluèrent son nouvel exploit.

*

— Je vous avais prévenu, dit le Nubien Ikesh au guide suprême. Ces inconscients n'avaient aucune chance.

— Leur bêtise est riche d'enseignement, estima Ouâsh; ces courageux gamins auraient abattu une bête normale. Tu avais donc raison : une force occulte l'anime, et nous devons l'en priver.

Les joues rondes de Piti se gonflèrent.

— Nous avons perdu beaucoup d'hommes! Contentons-nous d'encercler cette forteresse et attendons que les assiégés se rendent, faute de provisions.

— Les sorties du taureau sauvage rompront notre dispositif, annonça Ikesh, et nos pertes s'alourdiront. Ou nous éliminons ce monstre, ou nous renonçons à détruire cette place forte.

Piti s'enflamma.

— Notre guide ne renonce jamais!

Ouâsh leva la main en signe d'apaisement.

— Observons les habitudes de nos ennemis sans nous faire remarquer, décida-t-il, et repérons leurs points faibles. Si nous capturons des défenseurs, ils parleront.

*

Les Libyens semblaient avoir quitté la région. D'abord sceptique, le commandant finit par croire que la puissance du taureau sauvage les avait découragés. Incapables de le tuer, ils préféraient consolider leurs positions avant d'envisager un autre assaut.

Les nerfs des réfugiés se détendaient; ici, ils étaient vraiment en sécurité. Vénérant leur sauveur qui goûtait de nouveau la paix de son enclos, la plupart croyaient au retour prochain du chef de leur clan. À la tête de son armée, Taureau écraserait les Libyens.

Ne jouant pas les rabat-joie, le commandant laissait l'espoir grandir mais demeurait vigilant; des tours de garde étaient organisés jour et nuit, et la discipline ne se relâchait pas.

Quand les citernes furent presque vides, il se résolut à former trois équipes préposées à la corvée d'eau. Elles sortirent de la forteresse une nuit sans lune en prenant trois directions différentes.

Pendant leur absence, le commandant se rongea les sangs; l'ennemi ne leur tendrait-il pas un piège? Par bonheur, ils revinrent à l'aube, indemnes. Dépités, les Libyens avaient reculé, et la capitale de Taureau respirait mieux.

*

Rugueux conduisait la petite troupe chargée de cueillir de l'herbe fraîche pour le bétail résidant à l'intérieur de la place forte. D'un caractère difficile, il méritait son nom. Connaissant bien les environs, il se méfiait des prédateurs nocturnes, surtout des serpents. Les Libyens, eux, avaient disparu.

À l'orée d'une prairie riche et grasse, Rugueux répartit ses hommes, équipés de grands sacs. Ils seraient lourds à porter, mais cette corvée était vitale.

En silence, les ramasseurs se mirent au travail ; Rugueux bouscula un grassouillet à la cadence trop lente et montra l'exemple en accélérant le rythme.

Un cri étouffé l'alerta.

Se redressant, il les aperçut.

Une nuée de Libyens armés de lances, venant de partout.

— On détale ! ordonna Rugueux.

Deux membres du clan de Taureau s'effondrèrent, une lance fichée entre les épaules. Terrorisés, les autres s'immobilisèrent ; quatre Libyens plaquèrent Rugueux au sol et l'assommèrent.

*

Quand il reprit conscience, la nuque douloureuse, Rugueux était agenouillé, les mains liées derrière le dos, face à un géant noir.

— Je m'appelle Ikesh et je suis le serviteur de notre guide suprême Ouâsh, chef de l'armée des gens de l'arc. Toi, quel est ton nom ?

— Rugueux.

— Le peuple libyen a conquis ton pays ; désormais, tu seras notre esclave.

— N'y compte pas ! Je n'ai qu'un maître : Taureau, le chef de mon clan.

— Il t'a abandonné.

— Taureau reviendra, il te fracassera la tête !

— La tienne semble très dure; tant mieux, j'ai envie de me distraire. Si tu réponds à mes questions, je t'accorderai la vie et tu laveras mon linge.

— Je te le répète : n'y compte pas.

Ikesh tourna lentement autour de son prisonnier.

— J'apprécie le courage, Rugueux, mais l'obstination est un grave défaut. Je te conseille d'être coopératif.

— Garde tes conseils !

D'un violent coup de genou dans le dos, le Nubien renversa l'homme ligoté.

— Simple avertissement. Le taureau sauvage de la place forte est animé d'une force surnaturelle, et je veux connaître l'identité du magicien qui rend cette bête invulnérable.

— Tu racontes n'importe quoi !

— Tu parleras, Rugueux. Je t'assure que tu parleras.

- 10 -

Pendant deux interminables journées, les prisonniers restèrent exposés au soleil, sans boire ni manger. Rugueux remonta le moral des défaillants, persuadés qu'ils seraient abattus.

Enfin, le géant nubien s'intéressa à leur sort.

— Debout, ordonna-t-il.

Rugueux fut le premier à se relever et défia du regard le tortionnaire.

— Cette petite attente ne t'a pas ramolli, déplora Ikesh. As-tu réfléchi ?

— J'ai passé mon temps à dormir.

— Le nom du magicien ?

— Il n'en existe qu'un : mon chef de clan.

— Tu me déçois, Rugueux ; néanmoins, j'ai décidé de me montrer clément. Vous allez courir le plus vite possible, et seul le moins rapide sera éliminé.

Les archers libyens se mirent en position. Rugueux comprit qu'il était inutile de discuter et considéra ses compagnons d'infortune avec tristesse.

— Courez ! rugit Ikesh.

Les captifs s'élancèrent, l'un d'eux chuta. Rugueux l'aida à se relever, mais le retard sur leurs concurrents était impossible à combler.

Et les premières flèches volèrent.

Deux traversèrent le mollet gauche de Rugueux, trois se fichèrent dans le cou et le dos de l'homme qu'il tentait d'aider.

Ikesh s'approcha.

— Tu as de la chance ; à quelques pas près, tu aurais été le dernier. De simples blessures… ça s'arrangera peut-être.

Le Nubien arracha les flèches, Rugueux ne put contenir des hurlements.

— Le nom du magicien ?

— Il n'existe pas…

— En continuant à t'entêter, tu provoqueras de grandes souffrances. Pourquoi ne pas te montrer raisonnable ?

— Je ne sais rien, rien !

Ikesh sourit.

— À présent, je suis persuadé du contraire.

Le géant noir attrapa le blessé par la tignasse et le traîna jusqu'à une flaque de boue.

— Bouche tes plaies !

Les Libyens rassemblèrent les rescapés, heureux d'avoir échappé aux flèches : leur soulagement fut de courte durée.

Le regard d'Ikesh leur annonça le pire.

— Votre nouveau maître, le guide suprême de l'armée libyenne, m'a ordonné d'obtenir le nom du magicien qui donne à votre taureau une force surnaturelle. Ou bien vous me fournissez des renseignements, ou bien je vous considérerai comme des trophées de chasse.

Deux soldats apportèrent au colosse un couteau d'une longueur inhabituelle. Grossièrement taillée, sa lame de silex n'en était pas moins coupante.

— Ça… ça signifie quoi ? demanda l'un des prisonniers.

— Je suis un spécialiste du dépeçage et je découperai votre peau en fines lamelles. Ce sera long, douloureux, et la mort viendra lentement, très lentement.

— Ne l'écoutez pas, clama Rugueux, il ne cherche qu'à vous effrayer !

Le poing du Nubien fracassa le nez du contestataire. Ikesh désigna l'un des récolteurs d'herbe, un quadragénaire maigrichon.

— Toi, approche.

Puisque l'interpellé hésitait, le géant noir se déplaça.

— Connais-tu le magicien qui manipule le taureau ?

— Non, oh non !

— Tu mens.

— Non, je vous assure !

— Vérifions.

D'un geste à la fois vif et précis, Ikesh planta la lame dans le ventre du maigrichon qui se plia en deux.

— Je... je ne sais rien !

Le couteau se retira, le sang jaillit, le quadragénaire s'effondra.

Calmement, Ikesh se pencha et lui découpa un morceau d'épaule, indifférent aux cris de douleur.

— Arrête, s'exclama un grassouillet. On ne traite pas un humain de cette façon !

Délaissant sa victime, le Nubien saisit le râleur à la gorge.

— Toi aussi, tu veux tâter de mon couteau ?

— Seul notre chef d'équipe, Rugueux, peut te donner satisfaction. Notre commandant lui a parlé du magicien.

La longue lame trancha la gorge du délateur. Stupéfait, il tenta de contenir son sang en posant ses mains sur la plaie.

Se désintéressant du mourant, Ikesh sortit Rugueux de la flaque de boue. La gravité de sa blessure à la jambe l'empêchait de se tenir debout.

— Sois conciliant, sinon je découpe en morceaux tes camarades. Tu as constaté que je ne plaisantais pas.

Brisé, Rugueux avait encore un espoir.

— En échange de mes révélations, accorde-leur la vie sauve.

— Te crois-tu en état de formuler une exigence ?

— Si tu refuses, je me tais, et tu nous tueras tous.

— Entendu, j'accepte. Si je sens que tu ne dis pas toute la vérité, je les dépècerai un à un jusqu'à obtenir satisfaction.

Ne supportant pas cette abomination, Rugueux était contraint de céder.

L'aidant à marcher, Ikesh le conduisit à la tente du guide suprême, dégustant un civet de lièvre en compagnie de Piti.

— Seigneur, voici l'homme qui nous mettra sur la piste du magicien.

Le regard glacial d'Ouâsh augmenta les souffrances du blessé. Une folie meurtrière habitait ce tyran, imbu de son absolue supériorité.

Les joues rondes de Piti viraient au rouge, signe de contrariété ; en cas de succès, Ikesh ne manquerait pas de faire valoir ses mérites.

— Rugueux est l'un des responsables de la place forte, indiqua le Nubien ; le commandant lui a parlé du magicien.

— Ainsi, conclut Ouâsh, le taureau sauvage n'est qu'un instrument chargé d'une énergie occulte. Qui la lui procure ?

Comme Rugueux tardait à répondre, Piti le gifla.

— Quand notre guide suprême pose une question, la réponse doit être immédiate !

— Ce misérable est impressionné, concéda le chef des Libyens ; laissons-le reprendre son souffle.

66

Le Nubien lâcha Rugueux qui s'affala. Malgré la douleur, il s'aida de son bras droit pour se redresser et garder un semblant de dignité.

— Votre victoire n'est qu'illusion, affirma-t-il, et vous serez chassés de notre territoire. Des divinités nous protègent.

Ouâsh parut intrigué.

— Leurs noms ?

— Les Âmes de Bouto.

— Bouto… Un lieu sacré ?

— Tout au nord des marais… Aucun humain, aucun chef de clan, même Taureau, n'a pu y pénétrer.

— Ces Âmes animent-elles le taureau de combat ?

— Bien sûr, elles…

D'un coup de pied rageur, le Nubien frappa la jambe meurtrie du prisonnier qui faillit tourner de l'œil.

— Tu mens, Rugueux ! Je vais dépecer l'un de tes camarades.

— Non, j'en sais davantage !

— Surtout, ne tente plus de tromper le guide suprême. Sinon, je torturerai les tiens pendant des heures.

Tête baissée, Rugueux demeura prostré.

— Les Âmes de Bouto ne sont pas reliées à notre taureau, avoua-t-il.

— Que t'a confié le commandant ? interrogea Ikesh, menaçant.

— Il a reçu des instructions de notre chef de clan : bien nourrir la bête et, en cas de danger, ouvrir la porte de la place forte et la laisser agir. À sa force naturelle s'ajouterait une énergie magique.

Le guide suprême et le colosse noir échangèrent un regard. Ikesh ne s'était pas trompé.

— Le nom du magicien ? demanda Ouâsh d'une voix douce.

— Il s'agit… d'une femme.

— Te moques-tu de nous ? s'indigna Piti. Comment une femelle disposerait-elle de tels pouvoirs ?

— C'est une prêtresse, au service de la déesse Neit, la grande créatrice ; elle seule entend sa voix et connaît sa volonté. En tissant le monde, la divinité répartit les puissances vitales. Quand elle prononce les formules adéquates, la prêtresse rend invincible le taureau de notre place forte.

— Où réside-t-elle ? interrogea le chef des Libyens.

— À la limite des prairies inondables et des marais.

— Sois plus précis !

— Nul ne connaît l'emplacement exact du sanctuaire de Neit.

Les bras croisés, le Nubien semblait convaincu de la sincérité de Rugueux.

— Ne sais-tu rien d'autre ?

— Je vous ai tout dit.

— Excellente attitude, approuva Ouâsh ; tes révélations nous seront d'une aide précieuse.

Le guide suprême se leva ; de sa haute taille, il dominait le blessé.

— Nous trouverons cette prêtresse, promit-il, réduirons ses pouvoirs à néant, tuerons le taureau et détruirons la place forte. Ikesh, débarrasse-moi de ce pouilleux et de ses camarades.

Rugueux s'agrippa au bras du géant noir.

— Tu m'avais promis…

— Les décisions de notre chef sont irrévocables.

À coups de poing et de pied, Ikesh acheva Rugueux. Puis il égorgea le reste des prisonniers, empala les cadavres et les exposa à bonne distance de la citadelle.

À cette vue, les assiégés trembleraient d'effroi.

- 11 -

Après avoir fait l'amour à une Fleur avide de caresses, Scorpion avait quitté sa couche au milieu de la nuit. À l'exception des chacals de garde, sans cesse sur le qui-vive, le camp militaire dormait.

Silencieux et rapide, le jeune homme atteignit le pied de la muraille de Nékhen. Ne supportant plus cette attente interminable et l'indécision de Taureau, il avait décidé de s'introduire dans la ville sainte et de découvrir ce qui s'y passait. Affronter les Âmes de Bouto ne l'effrayait pas, et il était résolu à ouvrir lui-même la grande porte afin d'offrir à l'armée un refuge imprenable.

Au moment où Scorpion commençait son escalade, un bruit étrange l'alerta.

Un froissement d'ailes.

Levant la tête, il aperçut une cigogne en perdition, hésitant à se poser.

— Viens, lui dit-il, ne crains rien !

Rassuré, le grand oiseau parvint, au prix d'un vol chaotique, à descendre jusqu'à Scorpion qui le prit dans ses bras. Son front était couvert de sang, sa respiration haletante.

— Calme-toi, tu es en sécurité.

Il emmena la blessée auprès de sa cheffe de clan. Malgré son grand âge, Cigogne dormait peu ; voyageant au sein des cieux, son esprit demeurait en contact avec les barques divines parcourant de merveilleux paysages. Elle rêvait du temps où les clans, respectant leur pacte, vivaient en paix. Nostalgie inutile, puisqu'une ère nouvelle était née; mais ne serait-elle pas celle du malheur et de la violence aveugle?

À la vue de sa messagère, elle oublia sa désespérance et devint une guérisseuse efficace, aux gestes précis.

— Je la sauverai, affirma-t-elle.

Scorpion considéra Cigogne d'un autre œil. Contrairement aux apparences, l'aïeule disposait d'une énergie insoupçonnée qu'elle savait mobiliser en cas d'urgence.

— Qu'a-t-elle à dire?

— Ne sois pas si pressé, Scorpion; cette héroïne doit d'abord être soignée et réconfortée. Quand elle sera en état de parler, je l'écouterai.

Le jeune homme avala cette vexation; l'oiseau était peut-être porteur d'informations essentielles. Et seule la vieille Cigogne parlait sa langue.

L'attente fut exaspérante.

Enfin, la cheffe de clan sortit de sa tente.

— Ma messagère est sauvée; après quelques jours de repos, elle volera de nouveau.

— Qu'a-t-elle vu?

— Je dois ces révélations à Taureau, ne crois-tu pas?

— À cette heure, il dort!

— Je m'autorise à le déranger. Tu peux m'accompagner.

Scorpion refréna son irritation; défier la vieille dame, vénérée de tous, ne lui procurerait aucun avantage.

La hutte de Taureau était étroitement gardée par des chacals et des soldats armés de gourdins. À la vue de la guérisseuse au long visage, ils s'inclinèrent.

— Va réveiller ton maître, ordonna-t-elle à un officier.

— Il sera mécontent, très mécontent…

— Urgent et important.

Taureau avait le sommeil lourd et détestait être importuné. Quand Cigogne et Scorpion furent admis à pénétrer dans son antre, le corpulent personnage ne cachait pas sa méchante humeur.

— Que se passe-t-il ?

— L'une de mes messagères vient de rentrer du Nord.

— Ah… De bonnes nouvelles ?

— Fort mauvaises. Les Libyens ont envahi la quasi-totalité de ton territoire, seule ta capitale fortifiée résiste.

Taureau ne parut pas inquiet.

— Les barbares ne parviendront jamais à s'en emparer ! Ma garnison dispose d'une arme décisive qui les dispersera.

— Le monstre que la prêtresse de Neit anime magiquement, précisa Cigogne ; si les Libyens la font prisonnière, ton taureau ne sera plus invincible.

— La prêtresse saura se défendre !

— Puisse la déesse la protéger… Ma messagère m'a également appris que la ville sainte de Bouto est intacte, entourée d'une muraille de brouillard.

— Les Âmes de Bouto résisteront aux envahisseurs, affirma Taureau.

— Leur puissance n'ira-t-elle pas en s'amoindrissant ? s'inquiéta Cigogne. Isolées, attaquées, elles quitteront notre terre.

— Nous n'en sommes pas là !

La vieille dame esquissa un sourire.

— J'ai tout de même une nouvelle réjouissante : ma messagère a survolé Chacal, Narmer, Vent du Nord et un troupeau d'ânes. Ils traversaient le désert et ne se trouvaient qu'à une journée de marche de Nékhen.

— Fabuleux ! s'exclama Taureau ; ils sont porteurs de la magie d'Abydos qui nous donnera la victoire. J'ai eu raison de me montrer patient.

— Je ne partage pas ton optimisme, objecta Scorpion.

— Aurais-tu préféré la mort de ton ami?

Le regard noir du jeune homme devint hargneux.

— As-tu bien conscience de notre situation? Nous sommes encerclés, traverser les lignes adverses est impossible! Narmer et Chacal crèveront de soif dans le désert ou seront transpercés par les flèches ennemies. Une seule solution pour leur porter secours : lancer une grande offensive et briser le dispositif adverse.

Comme Taureau réfléchissait, Scorpion eut l'espoir qu'il accepterait enfin ses arguments et sortirait de sa léthargie.

— Hors de question. Moi, le chef de l'armée, je n'engagerai pas le combat avant la décision des Âmes de Nékhen; soit elles nous ouvrent les portes de la ville et nous disposerons d'une base stratégique, soit elles nous rejettent et j'agirai en conséquence.

— Condamnes-tu à mort Chacal et Narmer?

— Contrôle tes paroles!

— Toi, regarde la réalité en face. Si nous restons inactifs, ils n'ont aucune chance de nous rejoindre.

— Chacal est un chef de clan, il tracera un chemin.

— Utopie! Sans notre intervention, échec assuré.

La grogne de Taureau monta.

— Propose-moi une solution acceptable, Scorpion, et je l'étudierai.

Le front haut, le jeune guerrier se retira.

*

Vent du Nord s'immobilisa, sa troupe l'imita. Chacal huma longuement l'air ambiant.

— Nous ne sommes pas suivis, jugea-t-il, et nous approchons de Nékhen. Progresser nous mettra à portée des guetteurs adverses; je redoute surtout les lionnes en chasse. Elles savent masquer leur odeur en utilisant les vents.

— Si l'armée de Taureau est bloquée et encerclée devant Nékhen, comment rejoindrons-nous les nôtres ?

— La tâche s'annonce périlleuse.

— Veux-tu dire… impossible ?

— Je vais m'assurer de l'ampleur des difficultés.

— De quelle manière ? s'inquiéta Narmer.

— Reste ici en sécurité, avec les ânes ; moi, je m'approcherai au plus près de l'ennemi et tâcherai de déceler un passage.

— Trop risqué, Chacal !

— C'est ma responsabilité de chef de clan. Si je ne suis pas de retour dans deux nuits, regagne Abydos ; peut-être l'Ancêtre t'indiquera-t-il un nouveau chemin. Crois-moi, il n'existe pas d'autre stratégie.

Narmer ne chercha pas à convaincre Chacal de renoncer. En le regardant s'éloigner, léger et rapide, il garda espoir.

- 12 -

À plat ventre au sommet d'un monticule, Chacal avait
une vue d'ensemble du dispositif militaire de Lion et de
Crocodile. Leurs troupes encerclaient celles de Taureau,
massées devant la ville sainte de Nékhen. Entre les deux
armées, une vaste zone plus ou moins dégagée comportant, à certains endroits, des pieux dont les pointes
étaient orientées vers l'assaillant. Les passages apparemment libres devaient comporter des pièges.

Massés dans un campement rudimentaire qu'enca-
drait une milice de Crocodile, des milliers de Vanneaux
qui seraient sacrifiés lors d'une attaque massive. Ensuite,
Lion et Crocodile porteraient le coup de grâce.

La grande porte de Nékhen restant close, Taureau,
réduit à la défensive, ne pouvait manœuvrer. Quelle
que fût sa vaillance, il serait écrasé sous le nombre.
Chacal aperçut les membres de son clan, montant une
garde vigilante ; ils se battraient jusqu'au dernier, même
sans espoir de vaincre.

Soudain, il les sentit.

Des lionnes en maraude venaient de le prendre en
chasse. En s'aventurant trop loin, Chacal était devenu
une proie.

Le chef de clan ne redoutait pas la mort, mais il ne
s'inclinerait pas face à l'adversité et tenait à accomplir sa

mission. Ne cédant pas à la panique, il creusa plusieurs trous, urina et dessina des sillons ; en se frottant au sable, il imprima sa marque.

Les prédatrices perdraient du temps en examinant ses traces. Malheureusement, elles arrivaient du nord et de l'ouest, lui coupant la route du retour en direction de Narmer. À supposer qu'il parvînt à s'échapper, Chacal mettrait beaucoup de temps à le rejoindre.

À bonne distance, il s'arracha des poils, les répandit et se mordit une cuisse au sang. Le chaud liquide imprégna des pierres, offrant aux lionnes une piste supplémentaire. Les leurres seraient-ils suffisants ? Sur une longue distance, la rapidité de Chacal était un facteur de survie ; et sa vigilance lui permettrait peut-être d'échapper à une attaque-surprise.

Quant à sortir de cette nasse, c'était une autre affaire.

*

Plus Scorpion était en rage, mieux il faisait l'amour ; Fleur s'en réjouissait, sachant répondre à ses exigences. Cette fois, cependant, sa fougue l'épuisa et lui parut presque inquiétante.

— Crois-tu que nous serons exterminés ?

— Pour le moment, je cherche un moyen de sauver Narmer.

— Et si c'est impossible ?

Scorpion serra la gorge de sa maîtresse.

— Chasse cette pensée de ton cœur ! Jamais je n'abandonnerai mon frère, fût-ce au prix de ma vie. Et j'éliminerai quiconque tentera de m'éloigner de lui.

Les yeux révulsés, Fleur émit un souffle approbateur. Scorpion desserra son étreinte et sortit à l'air libre, maniant un gourdin qu'il fracassa contre la muraille de Nékhen.

— Belle énergie, commenta une voix éraillée.

Surpris, Scorpion se retourna et découvrit un vieillard d'une maigreur affolante. Mal rasé, les côtes apparentes, les pommettes saillantes et le nez pointu, il riait nerveusement.

— Tu m'as l'air bien énervé, gamin; pourquoi te mets-tu dans des états pareils?

— Ça te regarde, le vieux?

— Le Vieux... C'est le nom qu'on me donne depuis ma jeunesse! J'ai toujours eu cette trogne-là. Même en mangeant pendant des heures, je ne grossis pas. Et toi, tu as des ennuis.

— Appartiens-tu au clan de Taureau?

— Et toi?

— Moi, je suis Scorpion.

— À t'observer, je m'en doutais... Une fameuse réputation, parmi les soldats!

Le jeune homme croisa les bras.

— Que dit-on?

— Violent, courageux, acharné, le seul capable de défier Taureau... On t'estime et on te craint. À mon avis, tu n'as pas encore fait tes preuves.

— Souhaites-tu mourir, le Vieux?

— Si moche qu'elle soit, la vie a ses charmes.

— Vu ton état, tu ne tarderas pas à t'éteindre; inutile de gaspiller mon énergie à te briser les reins. Disparais, et ne croise plus mon chemin.

Le Vieux ricana.

— Tu as tort, Scorpion; je pourrais t'aider.

— M'aider... Aurais-tu perdu l'esprit?

— Tu t'agites, tu interroges les officiers, tu te demandes comment briser notre encerclement, et tu ne trouves aucune solution. Pénible, non? Et tu n'aimes pas échouer.

Scorpion considéra le Vieux d'un autre œil. De l'expérience, de la perspicacité, une intelligence aiguë... L'une de ces rencontres à ne pas dédaigner.

— Cette solution, tu l'aurais trouvée ?

— Possible, susurra le Vieux, amusé.

— Et pourquoi me la donnerais-tu ?

— Depuis que je t'observe, je te trouve différent de cette bande d'officiers bornés et de cet imbécile de général Gros-Sourcils qui vont nous conduire au désastre. Alors, j'ai pris mes précautions. Comme j'ai participé à la préparation du terrain piégé où mourront de nombreux ennemis, j'ai aménagé un chemin de sortie. En cas de défaite, pas question de crever ici.

— Ça ne ressemblerait pas à une désertion ?

— Non, à un sauve-qui-peut !

— Je pourrais te faire exécuter, le Vieux.

— Et tu perdrais la plus précieuse des informations... À toi de juger.

— Que demandes-tu en échange ?

— L'impunité et une jarre de vin par jour.

— Si tu ne mens pas, ça paraît correct ; mais si tu t'es vanté, je réglerai moi-même ton cas.

— Assieds-toi, je vais t'expliquer.

Du bout de l'index, le Vieux traça dans le sol le dispositif de défense de Taureau.

— Nous avons creusé des fosses recouvertes de branchages et de minces couches de terre, planté des pieux et dissimulé quantité de tessons coupants, en respectant un quadrillage. Quand l'ennemi attaquera, il perdra beaucoup de soldats. Mais nous, puisque les portes de cette ville demeurent obstinément closes, nous sommes coincés ! C'est pourquoi j'ai aménagé une voie de sortie, un sentier en zigzag au beau milieu des pièges. Voici son tracé.

*

Deux nuits et deux jours s'étaient écoulés, et Chacal ne réapparaissait pas. Narmer aurait dû rebrousser chemin et retourner à Abydos.

Ne supportant pas une telle défaite, il consulta Vent du Nord.

— Acceptes-tu de continuer vers Nékhen, malgré le danger ?

En signe d'approbation, l'oreille droite se leva.

— À toi de choisir le meilleur chemin et d'imposer le silence à ta troupe. Sauras-tu dénicher un point d'eau ?

L'âne répondit affirmativement.

— En vue de l'ennemi, je trouverai une solution pour rejoindre Scorpion.

À peine le soleil levé, la petite troupe se mit en marche. Tous les sens en alerte, Narmer et Vent du Nord tentaient de repérer le moindre péril. De brèves et fréquentes haltes leur permettaient d'économiser leurs forces.

Au moment d'escalader une dune, le quadrupède rechigna. D'un mouvement du menton, il recommanda à Narmer de la gravir.

Au sommet, il découvrit un corps, le dos ensanglanté.

— Chacal !

Le chef de clan respirait. Narmer alla chercher de l'eau, le nettoya et le fit boire.

— J'ai échappé aux lionnes de justesse, murmura-t-il ; lorsqu'elles m'ont labouré les chairs de leurs griffes, j'ai couru si vite qu'elles se sont essoufflées.

— Peux-tu marcher ?

— Aide-moi à me relever.

Chacal réussit à se tenir debout et à descendre seul la pente, sans émettre une plainte. Les grands yeux tendres de Vent du Nord, heureux de retrouver son compagnon de route, le réconfortèrent.

— Les Âmes n'ont pas ouvert la grande porte de Nékhen, révéla-t-il, l'armée de Taureau est bloquée entre les murailles et l'ennemi ; et les soldats de Lion et de Crocodile sont appuyés par des milliers de Vanneaux. Encerclement total. Impossible d'atteindre les nôtres.

Désappointé, Narmer insista :

— Tout système de défense a une faille.

— Je n'en ai pas remarqué. Je comprends ta déception, mais tenter de passer serait suicidaire.

— Tu oublies un fait capital : une cigogne nous a survolés et s'est certainement posée dans notre camp. Prévenu de notre arrivée, Scorpion nous aidera.

— De quelle manière ?

— Il trouvera un moyen !

— L'amitié ne t'aveugle-t-elle pas ?

— Taureau a besoin de la magie d'Abydos que tu incarnes, il a exigé de Scorpion une stratégie pour nous rapatrier. Et ses ressources sont insoupçonnées.

Sceptique, Chacal hocha la tête.

— Auras-tu les forces nécessaires ? s'inquiéta Narmer.

— Accorde-moi une heure de repos, et nous nous dirigerons vers Nékhen.

- 13 -

Pendant qu'il déjeunait, Ouâsh, le chef de l'armée libyenne, aimait se faire lécher les pieds par ses nouvelles esclaves, les jeunes femelles du clan Taureau prélevées dans les villages conquis. Il choisissait la plus douée pour la nuit, la besognait à sa guise et l'offrait ensuite à ses soldats.

Cette variété satisfaisait le conquérant que ravissait une succession d'heureuses nouvelles. Les Libyens s'installaient, et ne subsistait qu'un foyer de résistance : la place forte abritant le taureau de combat. Les paysans n'opposaient pas de résistance et acceptaient le joug de leur nouveau maître.

Ouâsh ne s'attendait pas à une telle passivité ; l'absence du chef de clan désorientait ses sujets, qui ne songeaient qu'à leur survie. Le Libyen le remplaçait peu à peu et, bientôt, Taureau serait oublié.

De nouveaux interrogatoires, pratiqués sur des vieillards conciliants, avaient permis d'obtenir une certitude : l'existence d'une cité sacrée, Bouto, tout au nord des marécages qu'habitaient des Âmes redoutables.

Mais personne ne savait les décrire, et nul voyageur n'avait atteint Bouto. N'était-elle pas une invention de Taureau, destinée à terroriser les faibles ? Et puis les Âmes avaient laissé les Libyens envahir le delta sans réagir. Ou elles n'existaient pas, ou elles n'exerçaient pas le moindre pouvoir.

En revanche, pas l'ombre d'une information à propos de l'arme secrète du chef de clan, cette mystérieuse prêtresse capable de conférer au taureau sauvage sa puissance destructrice. Tant de secret prouvait l'importance de la magicienne.

Convoqués, Piti et Ikesh s'inclinèrent devant le guide suprême qui, d'un geste dédaigneux, congédia les femelles.

— Seigneur, déclara le Libyen aux joues rebondies, les derniers rapports sont excellents. Nos garnisons s'installent dans tous les territoires du Nord, et la plupart des habitants collaborent. Les rétifs sont éliminés, et leur exécution sert de leçon. Conformément à vos instructions, nos soldats commencent à bâtir des forteresses qui marqueront à jamais notre suprématie. Dernier obstacle : cette maudite place forte, la capitale de Taureau ! Elle donne encore de l'espoir aux ultimes groupuscules d'insensés.

— J'ai appliqué vos ordres, intervint le colosse nubien. Nos soldats se tiennent à bonne distance et laissent croire aux assiégés que nous ne lancerons pas de nouvel assaut. En revanche, nous harcèlerons les escouades chargées des corvées d'eau et de nourriture ; même minimes, leurs pertes les affaibliront. Seul l'espoir de voir ressurgir Taureau maintiendra un faible moral.

— Tu vas trouver cette prêtresse et me l'amener.

L'ordre du guide suprême décontenança le Nubien.

— Je ne connais pas ce territoire, seigneur, et je…

— Choisis une centaine d'hommes robustes, expérimentés et qui ne redoutent aucun danger. Nous disposons d'une seule indication : le sanctuaire se situe à la limite des prairies inondables et des marais. À son approche, tu interpelleras des paysans et des pêcheurs ;

un interrogatoire bien mené te fournira des précisions. Pars immédiatement.

Piti savourait ce moment. L'échec probable du Nubien, à supposer qu'il revînt vivant, entraînerait sa disgrâce.

*

Le petit sanctuaire de la déesse Neit était édifié sur une plate-forme surélevée ; à l'intérieur de la chapelle en bois, le tissu qu'avait utilisé la déesse en créant les êtres... Se mouvant dans les eaux de l'océan primordial, œil de la lumière fécondatrice, à la fois Homme et Femme, Neit avait façonné la naissance avant qu'existent les naissances. Ciel et étoiles témoignaient de l'ampleur de son œuvre.

Neit, une jeune prêtresse, vénérait cette harmonie. La pratique quotidienne des rites maintenait la présence de la déesse et préservait l'équilibre de sa création. Mais combien de temps la jolie femme aux yeux verts et à la chevelure auburn, parsemée de reflets dorés, assume-rait-elle sa tâche ?

Inattendue, l'invasion libyenne s'était ajoutée à la guerre des clans pour rompre la paix fragile établie depuis quelques années. Ses partisans avaient disparu, et le Nord se voyait livré à des meutes de barbares, décidés à réduire les vaincus en esclavage.

En dépit du danger, la prêtresse avait tenu à remplir sa fonction et à préserver le tissu créateur de la déesse ; elle espérait pouvoir rejoindre l'homme qu'elle aimait, Narmer, au service de Taureau parti guerroyer contre les fauteurs de troubles, Lion et Crocodile.

Mais l'occupant avait coupé les routes entre le Nord et le Sud, et Neit se voyait condamnée à l'isolement ; la cigogne qui l'avait informée apprendrait à Narmer qu'elle était vivante et cherchait un moyen de sortir de cette nasse, sans cesser de fournir l'énergie magique nécessaire au taureau sauvage de la place forte, dernier centre de résistance.

Comme chaque matin, la prêtresse s'occupait de ses ruches et prononçait une formule que Neit lui avait révélée, une nuit d'été, illuminée par un soleil rouge. « Éveillez-vous en paix et incarnez l'or céleste », demandait-elle aux abeilles qui ne l'avaient jamais piquée. Elles formaient un large cercle autour de sa tête, émettant une sorte de chant joyeux.

À l'entrée de la ruche centrale, avec l'accord de la reine, les ouvrières déposaient une petite quantité de miel d'une parfaite pureté. Et des messagères se relayaient pour le porter jusqu'au camp retranché et en oindre le front du taureau sauvage. Cet or végétal passait dans son sang et lui conférait une force surnaturelle.

Neit songeait à Narmer.

Quelle bataille livrait-il, quels dangers affrontait-il, pensait-il à elle au cœur du péril ? L'amour qui les unissait leur permettrait-il de surmonter le spectre de la mort et de se rejoindre ?

Des soldats d'élite assuraient la protection de la prêtresse ; disposés à proximité du lieu sacré, ils redoutaient une attaque massive à laquelle ils seraient incapables de résister, malgré l'appui de deux effrayants gardiens, des crocodiles à l'inertie apparente n'obéissant qu'à Neit. À peine s'approchait-on de leur souveraine que, la gueule ouverte, ils se déplaçaient à grande vitesse et menaçaient de dévorer l'intrus.

Animal protégé par la déesse, la mangouste habitant les lieux grimpa le long de l'épaule de la jeune femme et se posta sur son épaule. L'œil inquiet, les moustaches vibrantes, elle fixait l'est.

— Ils arrivent, murmura Neit.

*

Ikesh s'épongea le front. Supportant la chaleur sèche, il souffrait de l'humidité poisseuse des terrains marécageux qu'il traversait depuis plusieurs jours à la tête de ses hommes. Moustiques agressifs, sangsues, serpents d'eau, mille-pattes et autres insectes ne cessaient de les harceler; les plus endurants commençaient à montrer des signes de fatigue, voire de lassitude; et le géant noir devait parfois hausser le ton en évitant de montrer ses doutes.

Cependant, un paysan interrogé la veille avait confirmé l'existence, non loin d'ici, d'un sanctuaire dédié à la mystérieuse déesse des origines. Une jeune et belle prêtresse l'entretenait et, récemment, il l'avait vue en compagnie de soldats de Taureau. Incapable d'indiquer un emplacement exact, il s'était répandu en propos confus au sujet de protections magiques écartant les curieux, avant de mourir sous la torture.

Le Nubien s'immobilisa. Il flottait dans l'air une senteur particulière, proche de l'encens. N'était-ce pas la trace d'un rituel?

— Les gars sont épuisés, se plaignit un fantassin. Cette terre est pourrie, inhabitable! On ferait mieux de rebrousser chemin.

L'énorme poing d'Ikesh lui fracassa le nez.

Tué net, le Libyen s'effondra. Effarés, ses camarades n'osèrent pas s'approcher du cadavre.

— Le guide suprême nous a confié une mission, rappela le chef du corps expéditionnaire, et nous la remplirons, quoi qu'il nous en coûte. Nous approchons du but.

Personne ne se hasarda à protester et l'on recommença à cheminer, les jambes lourdes. La boue devint moins épaisse, le sol moins spongieux. À l'horizon, une plaine dégagée.

— C'est là-bas, affirma le Nubien, percevant la présence de sa proie.

Provenant du nord, un épais brouillard se répandit à une rapidité surprenante. On n'y vit plus à trois pas, et le colosse fut contraint d'appeler ses hommes un à un afin de les rassembler. La grisaille n'abritait-elle pas des agresseurs ?

— Cet endroit est maudit ! estima un soldat, pris de panique.

Ikesh le saisit à la gorge.

— Je déteste les trouillards ! Veux-tu subir le sort de ton camarade ?

— Non, pitié ! Mais ne restons pas ici, sinon on mourra tous !

— Tu n'as pas tort, on se replie. Lentement et groupés.

La décision du colosse soulagea l'ensemble de la troupe qui respecta la consigne. Sortir du brouillard parut interminable, revoir le ciel parut presque miraculeux.

Ikesh ne crut pas à un phénomène naturel. La prêtresse savait se défendre et rendre son territoire inaccessible.

- 14 -

Le traître ruminait. À cause des nouvelles mesures de surveillance, impossible de procéder à un sabotage massif des armes ; Scorpion en personne surveillait les entrepôts et les stocks, ses sbires examinaient les flèches, les arcs et les poignards. Loin d'être altéré, le matériel, sans cesse amélioré, serait d'une redoutable efficacité et causerait des pertes considérables dans les rangs de l'armée adverse.

Seule consolation : personne ne le soupçonnait, et sa capacité de nuisance demeurait intacte. Mais il ne pouvait se fier qu'à lui-même, toute complicité risquant de tourner à son désavantage. Faire confiance à un soldat de Taureau était imprudent, tant les membres de ce clan vénéraient leur chef. Prêts à mourir pour lui, ils se battraient avec la dernière énergie.

Comment provoquer leur défaite ? En maniant, à leur insu, des armes défectueuses, ils auraient été vaincus à coup sûr ; hélas ! cette solution devait être abandonnée, et le traître s'échinait, sans succès, à en trouver une autre.

Empoisonner l'eau ou la nourriture ? Il n'en avait pas les moyens. Provoquer une attaque-surprise de Lion et de Crocodile ? Aucune chance de succès. Alors que la hargne lui brûlait l'estomac, une idée jaillit.

Une idée simple, relativement facile à concrétiser si les circonstances s'y prêtaient, à savoir un affrontement entre les deux armées. À court terme, ne semblait-il pas inéluctable? Il fournirait au traître l'occasion d'agir et d'imposer sa loi. Encore un peu de patience, et ce serait l'heure de son triomphe.

*

Le Vieux cuvait son vin. Adossé à la muraille de la ville sainte de Nékhen, obstinément close, il déplorait d'avoir bu trop vite la première jarre fournie par Scorpion.

Scorpion qui se tenait devant lui, l'œil amusé.

— Tu m'as l'air mal en point!

— Quand tu auras atteint mon âge, ce que je ne te souhaite pas, tu constateras les dégâts. Saloperie de vieillesse! La vue baisse, les oreilles deviennent sourdes, les os douloureux, les mouvements pénibles, le nez se bouche et le goût disparaît.

— Mais pas l'envie de boire!

— Le dernier des plaisirs, gamin; toi, tu as les femmes, et tu devrais t'en méfier. Croire qu'on peut connaître leurs pensées est la pire des vanités.

— Serais-tu déçu?

— Déçu? Cocu, abandonné, méprisé! Même mignonne, même inoffensive, une femme est redoutable. Le vin, lui, ne trompe pas son monde. Et le tien est bon... J'espère que tu tiendras ta promesse.

— Une jarre par jour... N'est-ce pas excessif?

— J'ai besoin de m'hydrater. Sinon, je me rouille.

— As-tu participé à beaucoup de combats ?

— Je n'ai pas à me plaindre...

— Et tu as tué beaucoup d'hommes?

— Je suis plutôt du genre teigneux; si on me cherche, on me trouve.

— Toujours au service de Taureau?

— Quand on appartient à un clan, on lui est fidèle.

— Même lorsque le chef ordonne un massacre injustifié ?

— Ça veut dire quoi ? s'étonna le Vieux. Le chef défend le territoire de son clan et nous, ses soldats, on se débarrasse des parasites !

— Et cette guerre-là, tu l'approuves ?

— Bah ! Je ne me pose pas ce genre de questions. Tâcher de ne pas crever ici, voilà l'essentiel. Survivre, ce n'est pas facile, et je ne me débrouille pas trop mal.

— J'ai un beau projet pour toi.

Le regard du Vieux devint méfiant.

— Oublie-moi, ça m'arrangera.

— Tu m'as fourni des renseignements précieux, on a conclu un marché.

— Restons-en là, Scorpion, et on s'en portera bien.

— J'ai besoin de toi, mon ami.

— Penses-tu ! Tu as ta milice, formée de guerriers jeunes et vigoureux.

— Toi seul, semble-t-il, connais à la perfection le terrain piégé qui nous sépare de l'ennemi.

— Je t'ai donné toutes les indications nécessaires, inutile d'en parler davantage.

— Au contraire, je désire approfondir le sujet ; c'est pourquoi, quand Narmer fera appel à moi, tu m'accompagneras.

Le Vieux sursauta.

— Tu as perdu la tête !

— Ne t'aurait-on pas acheté pour m'envoyer à la mort ?

— N'as-tu pas confiance en moi ?

— Ce serait une grave erreur. Si tu ne cherches pas à me piéger, qu'as-tu à craindre ?

— D'être tué, pardi ! Sauver ton ami Narmer, que je ne connais pas, sera très périlleux, et je n'ai pas envie de m'en mêler.

— Envie ou pas, je t'y oblige.

Le Vieux émit un long soupir.

— J'ai rencontré de nombreux gaillards, et je sais que tu ne plaisantes pas.

— Tu as un bon instinct.

— Ça risque de t'énerver, mais ton ami ne reviendra peut-être pas…

— Il reviendra. Et nous l'aiderons à franchir les lignes adverses.

*

Couché à plat ventre à côté de Chacal, au sommet d'une dune, Narmer contemplait la plaine de Nékhen qu'occupaient les troupes de Lion et de Crocodile, encerclant l'armée de Taureau. Entre les adversaires, une étendue herbeuse assez large, hérissée de pieux.

Aucun passage.

— Les assaillants laissent pourrir la situation, estima Chacal ; quand les nôtres seront affamés et assoiffés, les prédateurs attaqueront. Les pièges élimineront des centaines de Vanneaux, les guerriers de Lion et de Crocodile marcheront sur leurs cadavres et massacreront ceux de Taureau, acculés aux murailles de Nékhen.

— Tu peux empêcher ce désastre, n'est-ce pas ? Les linceuls que transportent les ânes sont aussi une offrande aux Âmes de la ville sainte. En les recevant, elles ouvriront la grande porte.

— Les Âmes à tête de chacal sont mes ancêtres, avoua le chef de clan. Elles ont créé le sanctuaire d'Abydos avant de fonder Nékhen et de pacifier le Sud. Aujourd'hui, face à cette guerre qui risque de nous détruire tous, elles hésitent.

— Ton intervention sera donc décisive ! Hors de ta présence, elles refuseront d'abriter l'armée de Taureau.

— C'est probable.

— Alors, il faut rejoindre Taureau !

— Comme tu le constates, impossible.

— Je refuse de renoncer. Attendons la nuit, Scorpion nous aidera.

— Il ignore notre présence ; en la lui signalant, nous attirerons l'attention de l'ennemi.

— Il a forcément prévu un moyen de traverser les lignes adverses et, grâce à la cigogne messagère, il sait que nous sommes parvenus à destination. Vent du Nord contrôlera les ânes, et nous dormirons à tour de rôle. Quand un signal nous sera adressé, nous foncerons.

*

La nuit de la nouvelle lune était obscure et tiède ; un vent léger soulevait de fins nuages de sable, gênant la vision des sentinelles de Lion et de Crocodile. Mais qu'avaient-elles à redouter ? Des deux côtés, la quasi-totalité des soldats dormait.

Insatiable, Fleur entreprit de caresser à nouveau Scorpion afin de ranimer son désir. De ses longs doigts habiles, elle effleura ses cuisses, puis y posa ses lèvres. D'abord excité, il se redressa brutalement.

— Qu'y a-t-il ? s'inquiéta-t-elle.

— Il est près, tout près...

— De qui parles-tu ?

— Narmer, mon frère, est arrivé. Et il m'attend.

— Où se trouve-t-il ?

— Au-delà des lignes ennemies.

— Scorpion... Ne risque pas ta vie !

Repoussant sa maîtresse, le jeune homme sortit de sa hutte et alla réveiller le Vieux qui émit une série de grognements en reprenant conscience.

ET L'ÉGYPTE S'ÉVEILLA

— C'est le moment.
— Tu es… sérieux ?
— Dépêche-toi !
— On y restera, Scorpion !
— Avec un guide de ta qualité, on s'en sortira.

- 15 -

Pendant que Chacal psalmodiait la formule de l'ouverture de la bonne route, destinée aux âmes des justes, Narmer pointait le coquillage sacré aux sept appendices pointus en direction de Nékhen. Il tourna lentement et s'immobilisa face à une langue de terre surélevée où se tenaient des sentinelles armées de gourdins, à l'orée de la zone piégée. Suivant leur chef, sans le moindre bruit, les ânes se massèrent derrière Vent du Nord.

Grâce à la parfaite vision nocturne que lui avait conférée l'épreuve de la chouette, Narmer distingua les pieux plantés en biais, à l'extrémité pointue, destinés à entraver une attaque ; deux étaient écartés, laissant un passage.

— Ce n'est pas une erreur, jugea Chacal, mais un traquenard.

— Une fosse creusée juste après les pieux… Il faudra marcher à côté.

— Il ne s'agit pas du seul danger ; je redoute les tessons de poterie tranchants, plantés dans le sol.

— Les sentinelles ne sont pas nombreuses, observa Narmer ; plusieurs sommeillent.

— Si elles donnent l'alerte, nous serons submergés.

— Scorpion interviendra et nous facilitera la tâche.

Sceptique, Chacal s'étonnait de la confiance de Narmer. L'entreprise risquait de tourner au désastre, mais rejoindre ses ancêtres, les Âmes de Nékhen, était indispensable ; privé de leur aide, Taureau perdrait la guerre des clans. Vainqueurs, Lion et Crocodile imposeraient leur tyrannie, répandant mort et désolation ; Abydos elle-même serait détruite, et son clan disparaîtrait, comme ceux de Gazelle, d'Oryx et d'Éléphante. Aussi Chacal n'hésiterait-il pas à prendre un maximum de risques afin d'éviter ce cataclysme.

— Je vais m'approcher davantage et mieux apprécier les difficultés.

— Patientons, recommanda Narmer ; puisque le coquillage demeure stable, nous sommes au bon endroit.

*

— On devrait prévenir Taureau, préconisa le Vieux.

— Sûrement pas, objecta Scorpion ; il nous interdirait de tenter l'impossible.

— Ah, tu reconnais ta folie ! Cette belle lucidité ne t'incite-t-elle pas à renoncer ?

— Au contraire, j'aime ce genre de pari.

— C'est bien ma chance... Tomber sur un fou furieux ! Il est encore temps de renoncer et d'aller dormir.

— Ne gaspille pas ta salive.

— Et si ton ami n'est pas là ?

— J'ai ressenti sa présence.

— Et s'il se trouve au mauvais endroit, loin du débouché de ma piste ? Te guider n'aura servi à rien !

— Les pouvoirs de Narmer lui permettront de ne pas se tromper.

— Les pouvoirs, les pouvoirs... Ils ne le rendront pas plus fort qu'une armée entière !

— Ça vaut la peine de vérifier.

Atterré, le Vieux traîna les pieds jusqu'à la limite séparant le camp de Taureau de la zone piégée. Ultime espoir : que les gardes leur interdisent de la franchir.

De fait, un officier s'interposa.

— Halte !

— Tu ne me reconnais pas ?

— Scorpion… Où vas-tu ?

— Tournée d'inspection.

— En compagnie du Vieux ?

— On doit vérifier l'emplacement des pieux.

— En pleine nuit ?

— Connais-tu un meilleur moment pour échapper aux flèches ennemies ?

— As-tu l'accord de Taureau ?

— Évidemment ! Si tu en doutes, réveille-le.

L'officier n'avait pas envie de provoquer la colère de son chef.

— Mets tes archers en position, exigea Scorpion, et qu'ils tirent sur mon ordre.

— Sans voir leurs cibles ?

— Contente-toi d'obéir. En avant, le Vieux !

L'interpellé se concentra ; une seule erreur, et ce serait la catastrophe. Pourvu que sa mémoire ne lui fasse pas défaut…

D'abord, cinq grands pas l'amenant aux premiers tessons tranchants, soigneusement dissimulés ; ensuite, la première fosse à éviter en s'écartant sur la gauche et en revenant dans l'axe.

Calme, Scorpion le suivait.

Cinq nouveaux pas, une nouvelle fosse. Cette fois, il fallait s'écarter sur la droite avant de repartir à la perpendiculaire.

Et le pire restait à venir : une série de pieux profondément enfoncés, dont seules les pointes dépassaient, alternant avec des tessons tranchants. Un étroit chemin sinueux permettait de l'éviter. Nerveux, le Vieux l'emprunta en se remémorant le parcours exact.

Impassible, Scorpion l'imita.

Enfin, la bande de terrain dégagée, certes couverte de branchages, mais qui ne comportait pas de chausse-trappes.

Le Vieux se jeta à plat ventre, Scorpion le rejoignit.

— J'ai entendu deux sentinelles discuter, murmura-t-il. Si nous prenons la direction de l'ouest, on les évitera et on atteindra le désert.

— Aurais-tu l'intention de t'enfuir?

— Ce ne serait pas une mauvaise idée.

— Nous sommes venus chercher Narmer, et tu nous guideras sur le chemin du retour au camp.

— On n'y arrivera jamais! Où est-il, ton Narmer?

— Regarde la lueur, là-bas.

À bonne distance, le coquillage sacré brillait au sommet d'une butte.

— Éliminons les sentinelles, décida Scorpion.

— À deux? Inutile d'y songer!

— Tu comptes mal, l'ami, et tu oublies ma milice personnelle.

Le jeune homme délia la cordelette fermant un sac. En jaillirent un couple d'énormes scorpions noirs et leur progéniture, d'assez jolie taille et d'une agressivité remarquable. Heureuse de se dégourdir, la meute silencieuse se dirigea à belle allure vers le poste de garde.

*

À l'instant où le coquillage cessa de briller, des hurlements brisèrent le calme de la nuit.

Piqués par le dard terminant la queue articulée du scorpion, les sentinelles cédèrent à la panique et s'éparpillèrent en tous sens.

— Allons-y ! s'écria Narmer, aussitôt suivi de Chacal, de Vent du Nord et des ânes disciplinés.

Les bras levés, Scorpion les aperçut.

— Suivons le Vieux et mettons nos pas dans les siens !

Le moment n'étant pas aux congratulations, les deux frères ne célébrèrent pas leurs retrouvailles et adoptèrent le rythme d'un guide qui pressa l'allure en espérant ne pas commettre un impair fatal.

Leur besogne achevée, les scorpions avaient rejoint l'abri du sac. Et la petite troupe aborda la zone dangereuse pendant que l'ennemi reprenait ses esprits.

Transpirant, les poumons en feu, les muscles tétanisés, nombre de sentinelles agonisaient.

— Des hommes et un troupeau d'ânes sont passés ! hurla un soldat qui croyait avoir rêvé.

— Les pieux les arrêteront, prédit un gradé. Tirons quand même des flèches !

L'une d'elles frôla la tempe du Vieux, incapable d'accélérer.

— À vous, mes archers ! ordonna la voix puissante de Scorpion.

Efficace, la riposte rassura les rescapés, proches du but. Évitant les ultimes pièges, ils arrivèrent indemnes au camp de Taureau ; intrigués par le remue-ménage, des soldats s'éveillaient, rejoignant leurs camarades venus assister à l'étonnant spectacle.

Le braiment de Vent du Nord alerta Narmer ; il retournait en arrière, à la rescousse d'un âne blessé, deux flèches fichées dans une patte, et ne parvenant plus à avancer.

— On s'en occupe ! lui promit-il.

Accompagné de plusieurs costauds, Scorpion aida Narmer à soulever le quadrupède, reconnaissant et docile.

Effaré d'avoir réussi, le Vieux reprenait son souffle ; fous de joie, les chacals entouraient leur chef, sain et sauf.

Enfin, Narmer et Scorpion se donnèrent l'accolade, conscients qu'ils bénéficiaient d'une sorte de miracle.

Les soldats s'écartèrent ; apparut Taureau, mal réveillé et de méchante humeur.

— J'attends des explications.

- 16 -

Le Nubien Ikesh et ses hommes s'immobilisèrent à la limite de l'épais brouillard que même le vent ne dissipait pas. Ce phénomène, par conséquent, n'avait rien de naturel; il s'agissait d'une protection magique, servant à dissimuler le sanctuaire de Neit.

— Toi, dit-il à l'un de ses soldats, pénètre à l'intérieur.

— Seul?

— Seul.

— C'est peut-être dangereux, je...

— C'est un ordre.

Craignant d'être abattu, le Libyen obéit et s'engagea dans le cocon de brume.

Un hurlement déchira les oreilles de ses camarades qui virent ressortir un pantin aux chairs brûlées. Il fit quelques pas et s'effondra.

— Ne restons pas ici, supplia l'adjoint d'Ikesh; cette terre est maudite, la magicienne nous tuera tous !

— Possible, mais nous avons une mission à remplir.

— L'adversaire nous est supérieur, reconnaissez-le !

Ikesh demeura silencieux.

*

La prêtresse célébra le rituel du matin en offrant à la déesse des plantes et du parfum pour attirer son énergie créatrice et rendre ainsi la terre habitable. Elle prononça les sept paroles de puissance et accomplit sept fois le tour du sanctuaire où était conservée l'étoffe sacrée, l'œuvre primordiale.

Grâce au brouillard, le territoire de Neit avait été préservé et l'ennemi s'était éloigné. Le chef de la garde personnelle de la ritualiste lui adressa son rapport quotidien.

— Les Libyens ont décampé, comprenant qu'ils ne perceraient pas nos défenses. Néanmoins, nous restons vigilants. Seul problème : nous allons manquer de nourriture ; bientôt, il faudra chasser.

— Demain, j'implorerai la déesse de dissiper le brouillard pendant l'après-midi.

Mal à l'aise, le militaire passa entre les deux crocodiles, apparemment endormis, et s'éloigna du sanctuaire afin d'annoncer la décision à ses subordonnés.

*

Le grognement était caractéristique : un cochon sauvage, véritable festin en perspective ! Avançant pas à pas au sein des hautes herbes, le chasseur serra sa pique à la pointe de silex. Il devrait la lancer avec un maximum de précision et de force pour clouer la bête au sol avant de l'égorger.

Le brouillard dissipé, c'était bon de revoir le soleil et de reconstituer les réserves de nourriture ! Une moitié des gardes avait été affectée à cette tâche, l'autre continuait à veiller sur la belle prêtresse, tellement attirante.

Nouveau grognement, encore plus proche ; la proie ne se méfiait pas. En écartant une ultime barrière de roseaux, le chasseur l'apercevrait.

L'eau à la bouche, il s'exécuta lentement.

Stupéfait, il se figea.

Face à lui, deux Libyens qui avaient imité l'animal. Féroces, ils plantèrent leurs poignards dans le cou et le ventre du garde.

*

Le capitaine du corps d'élite aurait préféré combattre auprès de Taureau, le chef de son clan, et participer à sa victoire. Cependant, il appréciait sa fonction et se félicitait d'assurer la sécurité de Neit, une femme d'exception dont le rôle n'était pas négligeable. Sans la magie de la déesse, les guerriers, à commencer par les taureaux sauvages, perdraient de leur force.

Pas un seul chasseur n'était revenu, et le soleil commençait à décliner. L'heure de la relève approchant, l'officier alla réveiller le prochain fonctionnaire. Recroquevillé, à l'ombre d'un tamaris, il dormait profondément.

— Debout, mon gars ! C'est ton tour de garde.

Aucune réaction.

Le ton monta.

— Tu t'es assez reposé, au travail !

En se penchant, le capitaine discerna un filet de sang coulant de la tempe.

Consterné, l'officier se releva ; comme il se retournait, un violent coup de poing en plein visage le projeta au sol.

La pointe d'un javelot lui perça la poitrine.

— Si je l'enfonce, annonça Ikesh, tu crèves ! Combien de gardes autour du sanctuaire ?

— Des… des centaines. Et nous attendons des renforts.

— Mensonge stupide ! N'aie pas d'illusions : j'éliminerai tous tes hommes. À part le brouillard, quels sont les pouvoirs de la prêtresse ?

— Quand on l'approche de trop près, on ressent une atroce brûlure, et le cœur menace d'éclater... Moi, je m'en suis toujours tenu éloigné !

— Encore un mensonge !

— Non, non... Cette magicienne est terrifiante.

— Que contient la chapelle ?

— Je l'ignore.

— Tu ne me sers plus à rien.

Le Nubien enfonça la pointe de son javelot, au point de traverser le corps du capitaine. Secoué de convulsions, il vomit du sang et rendit l'âme.

Les Libyens se rassemblèrent, visiblement satisfaits. Ils avaient éliminé un à un les membres de la garde rapprochée de Neit et ne signalaient pas de fuyards.

Il ne leur restait qu'à détruire le sanctuaire et à s'emparer d'une femme. Pourtant, les envahisseurs ne paraissaient guère enthousiastes, et le géant noir évita de leur rapporter les propos du capitaine.

Au milieu d'un espace dégagé, dressé sur une plateforme, le sanctuaire de la déesse, précédé d'une enseigne comportant deux flèches dressées.

Plus le moindre défenseur en vue.

— La prêtresse doit se terrer à l'intérieur, avança un Libyen. Sa déesse ne l'a pas sauvée.

— Elle dispose sûrement de maléfices, objecta un camarade, et nous serons réduits en cendres !

— Certainement pas, affirma Ikesh ; si elle jouissait d'une telle puissance, pourquoi aurait-elle eu besoin d'une garde rapprochée ?

L'argument porta.

— Le brouillard mortel était son dernier rempart, elle n'a pas eu le temps de le reconstituer. Regardez cette modeste chapelle : qu'a-t-elle d'effrayant ?

Les soldats bombèrent le torse.

— Prime au premier entrant, décréta le Nubien.

Ce fut la ruée.

*

Par une fente, Neit vit les Libyens se regrouper. Les gardes éliminés, ils avaient le champ libre.

— Enfuis-toi, ordonna-t-elle à sa mangouste.

Les petits yeux brillants refusèrent.

— Ces barbares te dépèceront. En toi vit l'esprit de la déesse ; libre, tu pourras m'être utile.

La mangouste accepta. Empruntant une galerie qu'elle avait creusée, elle sortit du sanctuaire. Quand elle entendit les hurlements des Libyens se ruant à l'assaut, la jeune femme ôta son pagne et se revêtit du tissu sacré qui l'enveloppa du cou jusqu'aux chevilles. Les envahisseurs ne soupçonneraient pas sa valeur.

Deux Libyens forcèrent la porte de bois et aperçurent la prêtresse. Ce fut leur dernière vision, car les mâchoires des deux crocodiles de la déesse broyèrent leurs jambes ; secouant leurs proies, les reptiles les déchiquetèrent.

À ce spectacle, le reste des assaillants recula.

— Partez, dit Neit aux deux monstres ; ils sont trop nombreux.

La gueule ensanglantée, les crocodiles s'élancèrent à une vitesse stupéfiante et gagnèrent un bras d'eau, sans qu'aucun Libyen osât intervenir.

Cette fois, la jeune femme était vraiment seule.

Ikesh et ses hommes hésitèrent ; n'avait-elle pas disposé d'autres pièges ?

— Ne profanez pas cette demeure sacrée, exigea-t-elle en franchissant le seuil pour apparaître dans la lumière du couchant, digne et sereine ; sinon, la déesse vous châtiera.

Même le Nubien prit la menace au sérieux. Après tout, qu'importait cette médiocre bâtisse ? Laissée à l'abandon, elle se dégraderait. L'essentiel était la capture de la magicienne.

Les Libyens la redoutaient et n'osaient pas soutenir son regard.

— Dois-je t'entraver ou acceptes-tu de nous suivre ?

— Je vous suis.

- 17 -

Lion était en rage, ses serviteurs gardaient la tête basse, craignant de servir de victimes expiatoires. Et le calme apparent de Crocodile n'était guère rassurant.

— Comment des hommes et des ânes ont-ils réussi à traverser nos lignes? s'étonna Lion. J'ai fait exécuter tous les imbéciles du poste de garde, coupables de lâcheté. Et j'ai disposé une nouvelle ceinture de défense. Cette fois, les assiégés ne pourront ni sortir ni recevoir de renforts!

— Excellente initiative, jugea Crocodile; notre patience finira par être récompensée. L'armée de Taureau manquera bientôt de vivres.

— À moins que les Âmes de Nékhen n'ouvrent la porte de leur ville!

— Cette interminable attente plaide plutôt en faveur d'un refus.

— Voir Taureau pourrir ainsi et son armée se déliter... Quel plaisir!

— Ses soldats se révolteront, prédit Crocodile, et les dissensions internes les affaibliront. Auparavant, j'aimerais tenter une expérience.

— Laquelle? demanda Lion, intrigué.

— En dépit des multiples pièges, la petite caravane a traversé la zone dangereuse. Il existe donc un passage.

— Et… tu voudrais l'emprunter pour attaquer?

— Simplement vérifier; un raid nous fournira la réponse.

*

Quand Chacal avait montré à Taureau les étoffes venant d'Abydos, sa mauvaise humeur s'était dissipée. Oubliant le caractère insensé de cette expédition, il se félicitait de posséder une offrande susceptible de lui attirer les bonnes grâces des Âmes de Nékhen.

— Je les présenterai moi-même à mes ancêtres en prononçant les formules d'apaisement, promit Chacal.

— Enfin, nous obtiendrons leur aide!

— Je l'espère.

— N'en serais-tu pas certain? s'inquiéta Taureau.

— Les Âmes n'interviennent pas dans les affaires des clans et se tiennent à l'écart de leurs querelles.

— Cette fois, il s'agit d'une guerre qui risque de ruiner le pays entier! Vainqueurs, Lion et Crocodile n'épargneront pas Nékhen. Sois convaincant, Chacal; sinon, nous sommes perdus.

*

— À nous deux! tonna Taureau.

Assis sur une natte confortable et mâchonnant des oignons, Scorpion ne paraissait pas inquiet à l'idée des réprimandes du chef de l'armée.

— Tu as agi sans mon autorisation et menti à l'un de mes officiers.

— Exact.

— Cette démarche était une folie!

— Non, puisqu'elle a réussi.

— Je n'admets pas un tel comportement, Scorpion.

— Grâce à moi et à Narmer, tu as obtenu le moyen de séduire les Âmes de Nékhen et de nous sauver tous.

Taureau grommela.

— Tu sais retourner la situation à ton avantage !

— Encore exact, et je te demande une faveur : donne-moi le Vieux comme serviteur.

— Il ne tient plus debout ! À quoi te servira-t-il ?

— Accordé ?

— Accordé.

— Quand Chacal présentera-t-il l'offrande aux Âmes ?

— Demain, au couchant, lorsque la lune sera pleine.

*

— Tu nous as sauvés, dit Narmer à Scorpion.

— J'ai ressenti ta présence ; sans toi, la défaite était inévitable. Alors, autant tenter le tout pour le tout. Si les Âmes se satisfont du trésor rapporté d'Abydos, nous aurons accès à Nékhen. À partir d'une base sûre, la reconquête sera envisageable. Malheureusement, le ver est dans le fruit.

— Explique-toi.

— Quelqu'un a tenté de dégrader nos armes. Au combat, elles se seraient brisées, et nos soldats auraient perdu pied.

— Un traître... As-tu des soupçons ?

— Le Maître du silex est né chez les Vanneaux, devenus alliés de Lion et de Crocodile.

— Il les a quittés, et s'est toujours montré loyal envers nous !

— N'aurait-il pas toujours menti ?

— Pourquoi aurait-il fabriqué des armes de grande qualité à notre intention ?

— Jauge-le, Narmer ; moi, je le surveille et je m'en méfie.

— Crocodile a sans doute acheté l'un des officiers de Taureau, en lui promettant une haute fonction s'il contribuait à la défaite de son ex-clan.

— Superbe coup tordu, en effet. En ce cas, préparons-nous à d'autres nuisances.

— Dis-moi, Scorpion… As-tu envisagé de franchir seul la muraille de Nékhen?

Le jeune guerrier regarda au loin.

— Je me préparais à l'escalader lorsque tu es arrivé; rester inactif serait une grave erreur. Si Chacal échoue, je t'aurai à mes côtés et nous nous emparerons de cette cité, que les Âmes le veuillent ou non.

Scorpion était assez fou pour réussir. Et Narmer ne lui refuserait pas son aide.

*

Le Vieux déboucha sa deuxième jarre de vin. En raison de son exploit, il avait eu droit à ce supplément et à du bœuf rôti accompagné d'une purée de fèves. L'ordinaire de l'armée assiégée commençait à lui plaire. Et pas question de partager boisson et nourriture acquises au péril de sa vie! Adossé aux remparts, à l'écart de son cantonnement, il s'empiffrait.

— Satisfait du repas? demanda Scorpion.

— Ah non, pas toi! Comment m'as-tu retrouvé?

— L'instinct. Notre collaboration n'est pas terminée.

— Ah si! Après cette mission suicide, moi, je reste tranquille.

— Taureau m'a accordé un beau cadeau.

Le Vieux regarda Scorpion de travers.

— En quoi ça me concerne?

— Le cadeau, c'est toi. Tu n'appartiens plus à l'armée et tu deviens mon serviteur privilégié.

— Je refuse!

108

— Ce ne serait ni sérieux ni prudent. N'as-tu pas appris à me connaître ?

Le Vieux eut l'appétit coupé. Mécontent, ce gaillard-là était capable de l'occire d'un coup de poing !

— M'engager, c'est stupide. Je suis cuit, ça se voit !

— Le vin te redonne de la vigueur ; et je suis persuadé que tu possèdes des ressources cachées.

— Tu seras déçu ; ma seule ambition, c'est de survivre, dormir, boire et manger.

— À mon service, tu seras comblé.

— Admettons… Tu ne parles pas des risques !

— Ne songe qu'à ton nouveau bien-être.

Le Vieux but une longue gorgée.

— Il devrait être bref, marmonna-t-il, prostré.

*

Après avoir soigné ses servantes et un bon nombre de soldats souffrant d'irritations de l'estomac, de blessures variées ou d'autres affections, Cigogne prenait un peu de repos. Un doux soleil lui redonnait de l'énergie, et sa rêverie l'entraînait vers l'ancien monde des clans qui respectaient leur pacte de paix. Temps révolus, espoirs abolis.

— Puis-je t'importuner ? demanda Narmer.

La vieille dame ouvrit les yeux.

— Je me réjouis de ton retour, mais je redoute l'avenir.

— Les Âmes refuseront-elles de nous aider ?

— Je l'ignore, Narmer, mais pourquoi prendraient-elles parti ?

— Lion et Crocodile sont des destructeurs !

— Cet affrontement engendrera morts et souffrances ; le pays ne sera-t-il pas ruiné à jamais ?

— Désapprouverais-tu l'action de Taureau ?

— Il n'avait pas le choix, et nous ne reculerons pas.

— Tes messagères t'ont-elles donné des nouvelles récentes du Nord?

— De mauvaises nouvelles, Narmer, si mauvaises que je ne les ai pas transmises à Taureau ; le démoraliser serait une faute. Toi, es-tu prêt à les entendre ?

— Je préfère la vérité à l'incertitude.

— Tu as peut-être tort, jeune homme ; parfois, le brouillard est protecteur, comme celui qui s'est dissipé au-dessus du sanctuaire de Neit, livré à l'invasion libyenne.

La gorge de Narmer se serra.

— Ta messagère a-t-elle vu… la prêtresse ?

— Elle a disparu.

— Ta pensée traverse les espaces, Cigogne ; Neit est-elle… morte ?

La cheffe de clan fixa le ciel, encombré de nuages.

— C'eût été préférable.

- 18 -

Piti, le bras droit du guide suprême, était furieux. Le succès de son rival, le géant noir, confortait sa position et lui donnait encore plus d'assurance et de morgue. En ramenant la prêtresse, il prouvait sa valeur; un tel exploit ne manquerait pas d'accroître sa popularité parmi les soldats.

Alors qu'il coiffait Ouâsh, s'apprêtant à recevoir sa prise de guerre, Piti tenta de reprendre la main.

— Le courage d'Ikesh est remarquable, susurra-t-il, mais il risque de l'entraîner sur une mauvaise pente.

— Quelles sont tes craintes?

— Son triomphe l'enivre, nombre de flatteurs nourrissent sa vanité. D'une part, ce Nubien n'appartient pas à notre race; d'autre part, n'oubliera-t-il pas que vous êtes l'unique chef de notre armée? Puis-je vous prier d'être très vigilant, seigneur?

— Rassure-toi, mon fidèle serviteur.

Rasé, vêtu d'une tunique neuve d'un brun clair, Ouâsh sortit de sa tente et s'assit sur un trône rudimentaire, une souche vaguement taillée.

Passant fièrement entre deux rangées de soldats, Ikesh s'avança. Il précédait Neit dont la beauté et l'allure fascinaient les Libyens.

Le Nubien s'inclina.

— Vous m'avez confié une mission, seigneur, et je l'ai remplie. Voici notre ennemie.

Ouâsh, lui aussi, fut séduit.

La prestance de la jeune femme, la finesse de ses traits, l'intensité de son regard, son évidente fermeté de caractère, l'absence de peur... Une adversaire redoutable.

— Je suis Ouâsh, guide suprême des Libyens qui viennent de conquérir le nord du pays. Ton nom ?

— Neit.

Les admirables yeux verts osaient défier le vainqueur.

Piti exhiba une lanière de cuir, servant à fouetter les esclaves.

— Seigneur, désirez-vous que je lui enseigne le respect ?

— Plus tard. As-tu été bien traitée, Neit ?

— Les membres de ma garde personnelle ont été assassinés, le sanctuaire de la déesse violé. Moi, on ne m'a pas encore touchée.

Piti regretta que le Nubien n'eût pas abusé de sa prisonnière ; cette privauté aurait déclenché la colère du guide suprême.

— Quelle déesse sers-tu ?

— Neit, la Créatrice. Ses sept paroles engendrèrent le monde, elle détient le secret de la vie.

— Bien que tu portes son nom, elle ne t'a pas permis de nous échapper.

— Ses flèches détruisent les ténèbres, et tu ne perds rien pour attendre.

Piti s'enflamma.

— C'en est trop, seigneur, il faut la châtier !

— Calme-toi, mon ami ; cette jeune femme perçoit mal la gravité de sa situation. En constatant l'ampleur de sa défaite, elle deviendra conciliante.

Neit ressentit le ton doucereux du Libyen comme la pire des menaces. Avant la mort libératrice, il y aurait humiliation et torture.

— Je me moque de ta déesse, affirma Ouâsh, mais je m'intéresse à tes pouvoirs de magicienne.

— Je ne suis qu'une simple ritualiste.

— C'est faux, seigneur ! objecta Ikesh ; elle a envoûté des crocodiles qui ont dévoré deux de mes hommes et se sont enfuis.

— Ont-ils agi sur ton ordre ? demanda Ouâsh.

— La déesse les avait chargés de me défendre.

— Elle t'a donc abandonnée !

La prêtresse ne rétorqua pas.

— Tu es seule, jeune femme, et tu m'appartiens. Si tu désires sauver ta vie, montre-toi sincère et docile. Te révolter ne te conduira qu'à d'abominables souffrances.

Neit ne baissa pas les yeux.

— Bouto existe-t-il vraiment ? interrogea le chef suprême.

— Des Âmes à tête de faucon y résident.

— As-tu pénétré dans leur cité ?

— Ni moi ni personne.

— À qui obéissent les Âmes ?

— Nul ne saurait les soumettre.

— Favorisent-elles un clan, celui de Taureau en particulier ?

— Les Âmes ne se soucient pas des querelles terrestres.

— Excellente nouvelle… Toi, en revanche, tu sers les intérêts de mes ennemis.

— Mon unique souveraine est la déesse.

— Mensonge inutile, jeune femme ! À cause de toi, la place forte de Taureau me résiste.

Neit esquissa un sourire.

— Le Nord ne serait-il pas définitivement conquis ?

— Tu ne l'ignores pas, puisque tu es la principale responsable de cette résistance !

— Tu me prêtes trop d'importance.

— À elle seule, la garnison serait incapable de repousser un assaut ; son taureau sauvage, à la puissance surnaturelle, a dispersé mes troupes. Les blessures infligées auraient dû le faire succomber, mais une énergie magique le rend invulnérable.

— Les taureaux sauvages sont les meilleures armes du chef de clan, précisa Neit. Élevés avec soin, choyés, ils sont préparés au combat.

— Ce monstre-là bénéficie d'une force supplémentaire, et c'est toi qui l'entretiens. Je veux savoir comment.

La prêtresse écarta les bras.

— Mon seul bien est ce modeste tissu. Je ne porte pas d'arme, je ne possède pas d'objet chargé de maléfices, je ne connais que des formules de vénération envers la déesse et je n'appartiens pas au clan de Taureau.

— Des témoins affirment qu'il t'a engagée !

— Ils se sont trompés ; mon existence était solitaire et retirée.

— Si tu n'étais pas l'alliée de Taureau, pourquoi t'aurait-il procuré une garde rapprochée ?

— Il désirait protéger le sanctuaire de Neit afin de s'attirer les faveurs de la déesse.

Ouâsh dévisagea le Nubien.

— A-t-il été détruit ?

— Il n'en reste rien, seigneur ; ce n'était qu'une petite bâtisse qui ne contenait aucun trésor.

Le regard du chef suprême se durcit et tenta de transpercer la jeune femme.

— Tu nourris magiquement l'agressivité du taureau de la place forte, affirma-t-il, et tu m'empêches de raser la capitale de Taureau ! Cette situation intolérable doit cesser.

— Étant ta prisonnière, je suis privée de tout moyen d'action. Même si tu avais raison, comment continuerais-je à envoûter cette bête ?

La question désorienta Ouâsh.

— Elle ment, estima Piti ; la seule force de sa pensée ne suffit-elle pas ?

— Qu'en penses-tu, Ikesh ? questionna le guide suprême.

Le Nubien hésita.

— Cette femme est dangereuse ; arrachons-lui la vérité et empêchons-la de nous nuire.

— Tu ne nous as pas convaincus, prêtresse, et tu essaies de nous égarer. Nous sommes en guerre, et ma patience est forcément limitée. À présent, parle.

— J'ai tout dit.

— Tu regretteras ton obstination ! Nous allons fêter le succès d'Ikesh, puis nous nous occuperons de toi. Qu'on la ligote et qu'on l'emmène.

Poignets liés derrière le dos et chevilles entravées, Neit fut transportée au pied de la tente du Nubien et placée sous bonne garde.

Elle n'avait qu'une pensée : s'échapper. À première vue, impossible ; fermant les yeux, s'évertuant à effacer le camp, les Libyens et la captivité, elle chercha à rejoindre Narmer, à lui transmettre son angoisse et son espérance. S'il percevait l'horreur de son épreuve, ne lui viendrait-il pas en aide ?

- 19 -

Narmer se dirigeait vers l'atelier du Maître du silex quand le visage de Neit s'imposa à lui; impossible, cependant, de distinguer nettement ses traits et d'entendre les paroles qu'elle prononçait. Le pessimisme de Cigogne avait ébranlé le jeune homme, persuadé que la prêtresse était prisonnière des Libyens.

Comment lui venir en aide? Peut-être avait-elle déjà été torturée, les barbares cherchant à s'emparer de sa magie. Ne lui servirait-elle pas à repousser l'inéluctable, la déesse ne lui accorderait-elle pas sa protection?

Narmer retourna auprès de Cigogne, occupée à préparer les décoctions de plantes cueillies par ses messagères.

— Puisque ta pensée traverse les espaces, ne pourrais-tu communiquer ma force à Neit?

— J'ignore le lieu où elle se trouve et je dois préserver ma propre énergie pour soigner les soldats.

— Si tu obtenais des précisions, accepterais-tu d'agir? La vieille dame hocha la tête.

Narmer lui présenta le coquillage sacré, ultime trésor de son clan disparu.

— Il m'a guidé en illuminant le chemin; ne conduira-t-il pas ta vision jusqu'à Neit?

Cigogne prit doucement la relique et la posa sur ses genoux. Elle se mit à tourner, l'une des pointes grandit et indiqua une direction ; fermant les yeux, la chamane se concentra. Son âme quitta son corps et, se nourrissant de la lumière du soleil, gagna le sommet du ciel.

De longues minutes s'écoulèrent ; Cigogne semblait victime d'un sommeil mortel, et le coquillage se décolorait. Narmer n'avait-il pas exigé un effort démesuré ? Si l'âme-oiseau ne trouvait pas le chemin du retour, la guérisseuse périrait.

Mais une lueur ranima la relique, et Cigogne recommença à respirer.

— Neit est vivante, déclara-t-elle, le tissu de la déesse l'environne ; et ta force lui a été transmise.

*

Le Maître du silex travaillait la journée durant, et son équipe produisait un maximum d'armes, en prévision de l'inévitable affrontement.

Narmer examinait des pointes de flèches d'une longueur inhabituelle.

— Elles causeront des dommages irréparables, précisa l'artisan ; plus les jours passent, et plus notre équipement s'améliore.

— Reste notre problème de ravitaillement.

— D'abord, tu es revenu d'Abydos et tu trouveras une solution ; ensuite, l'offrande de Chacal convaincra les Âmes de Nékhen de nous accueillir. À l'abri de ces murailles, ne serons-nous pas invulnérables ?

— Tous ne partagent pas ton optimisme.

Le Maître du silex abandonna son ouvrage et, les mains sur les hanches, dévisagea Narmer.

— Ne me prends pas pour un idiot ! Tu examines ces armes de crainte qu'elles ne soient sabotées. Comme Scorpion, tu me suspectes de traîtrise, moi qui suis né chez les Vanneaux ! Si j'approuvais leur conduite, je quitterais cet atelier et j'irais en installer un autre au bénéfice de l'ennemi. Continuez à me soupçonner, et je démissionne.

Cette colère ravit Narmer.

— L'affaire est close.

— Alors, donne-moi l'accolade.

Les deux hommes s'embrassèrent. Ne doutant pas de la sincérité de Narmer, le Maître du silex se remit à l'ouvrage.

— Je façonne un nouveau javelot, léger et précis, confessa-t-il ; il faudra préparer nos fantassins à le manier.

— Scorpion sera un excellent instructeur.

*

La lune serait bientôt pleine, et chacun attendait la démarche de Chacal que l'on espérait décisive. Le prestige du mystérieux chef de clan, en contact avec les morts et capable de guider les justes à travers les paysages de l'au-delà, était immense. Aussi rétives fussent-elles à se mêler des querelles humaines, les Âmes ne sauraient rester indifférentes à une offrande provenant d'Abydos. La présence de Chacal aux côtés de Taureau ne prouvait-elle pas que le puissant guerrier défendait une noble cause ?

L'on se pressa aux abords de la grande porte de la cité sainte, toujours hermétiquement close.

— Je n'y crois pas, marmonna le Vieux.

— Les Âmes seraient-elles insensibles ? s'étonna Scorpion.

— Elles ont leur monde, nous le nôtre ; offrande ou pas, on les dérange. Au fond, je les comprends, pourquoi pataugeraient-elles dans ce bourbier ?

— Parce qu'elles sont les ancêtres de Chacal. En les honorant, il les contraindra à intervenir.

— Celui-là, je m'en méfie… À trop fricoter avec les morts, il regarde les vivants d'un drôle d'œil ! Je suis sûr qu'il prépare une entourloupe.

— De quel genre ?

— Chacal, chef de clan des Âmes à tête de chacal… Tu ne perçois pas l'embrouille ? Curieux, pour un type aussi lucide !

— Ton pressentiment ?

— Chacal va entrer dans Nékhen retrouver ses ancêtres, lui, et lui seul ! Nous, on continuera à croupir au pied de ces murailles en écoutant leurs boniments.

— Possible, estima Scorpion ; en ce cas, nous reviendrons à mon plan initial.

Le Vieux éprouva une sorte de malaise.

— À savoir ?

— Escalader les remparts, s'introduire à l'intérieur de la cité et soumettre les Âmes. Nous serons trois à tenter l'aventure : Narmer, moi et… toi.

— Tu plaisantes ?

— En ai-je l'air ?

— Au cours de ma longue existence, je pensais avoir tout vu ! Mais là… J'espère que ton ami Narmer s'opposera à cette folie !

— Il m'a déjà donné son accord.

Des rumeurs animèrent la foule de soldats ; au premier rang, Taureau et Cigogne virent arriver Chacal, portant un coffret qu'avait acheminé Vent du Nord, fièrement campé à droite de Narmer.

Les oreilles dressées et l'œil aux aguets, plusieurs chacals accompagnaient leur maître.

Un profond silence s'établit. De son succès dépendait la survie de milliers de combattants.

Chacal déposa le coffret devant la grande porte de Nékhen. Agenouillé, les mains en prière, il implora ses ancêtres de l'accueillir, lui et ses alliés, afin d'empêcher un cataclysme et la destruction de la ville sainte.

La solennité du moment dilata le cœur de tous ceux qui assistaient à ce rite insolite, clé de leur avenir.

Marchant à reculons, Chacal s'éloigna.

Les regards fixèrent la grande porte. Allait-elle enfin s'ouvrir ?

— L'ennemi attaque ! hurla un guetteur.

Scorpion fut le premier à réagir, entraînant le Vieux.

— Aux armes, vite !

*

Obéissant à des officiers de Lion, une centaine de Vanneaux s'était engagée sur le chemin qu'avaient emprunté Chacal, Narmer, Vent du Nord et le troupeau d'ânes, souhaitant qu'il ne fût pas piégé.

Précis, Scorpion et ses archers abattirent les premiers assaillants ; une seule volée de flèches suffit, car les suivants eurent les pieds tailladés par les tessons de poterie ou tombèrent dans les fosses hérissées de pieux.

En peu de temps, l'attaque tourna au désastre.

Sous le rire tonitruant de Scorpion, les survivants tentèrent de s'enfuir, piétinant cadavres et blessés.

— Quand on sait pas, on va pas, commenta le Vieux ; ces imbéciles n'avaient aucune chance ! Voilà un beau spectacle… Vu la qualité de nos défenses, l'adversaire sera dépité.

Taureau, lui aussi, appréciait cette déconfiture ; mais ce n'était qu'un incident mineur, ne présageant en rien l'issue du conflit.

Narmer les apostropha :

— Suivez-moi tous !

— Que se passe-t-il encore ? demanda Taureau.

Narmer repartait à grandes enjambées, et l'on se regroupa autour de Chacal, toujours agenouillé, face à la grande porte de Nékhen.

Une porte entrouverte.

- 20 -

Chacal se releva et s'inclina.

Les deux battants de la grande porte de Nékhen s'ouvrirent; apparurent trois géants à tête de chacal.

Le Vieux aurait volontiers décampé; Scorpion était fasciné; Narmer se prosterna, aussitôt imité par l'ensemble de ceux que les Âmes fixaient de leurs yeux indéchiffrables.

— Notre délibération est terminée, annonça l'une d'elles, de sa voix si profonde et si grave qu'elle provoquait des frissons, et nous acceptons ton offrande. À toi, le Premier des Occidentaux et le seigneur d'Abydos, nous accordons notre cité et notre héritage. Prends-en soin et fais-les prospérer. Pour nous, il est temps de disparaître; c'est toi, désormais, qui exerceras nos pouvoirs.

Une vive lueur éblouit l'assistance, contrainte de fermer les yeux; le Vieux crut qu'il allait mourir de chaleur. Un vent violent la dissipa, et l'on entendit de lointains aboiements, provenant du ciel.

De nouveau, on osa regarder.

Les Âmes avaient disparu, la porte restait ouverte.

Portant le coffret, Chacal franchit lentement le seuil.

— Qu'est-ce que je te disais? murmura le Vieux à l'oreille de Scorpion. Voilà l'entourloupe! Lui et son clan s'emparent de Nékhen, et nous, on reste plantés là!

— Il suffit de le suivre.

— Ça, j'éviterais ! On ignore ce que contient cette cité sacrée.

— Excellente raison pour le savoir.

Narmer avait déjà emboîté le pas au chef de clan, accompagné de chacals silencieux et recueillis.

Prudent, Taureau laissa les explorateurs découvrir ce monde clos. Certes, il avait confiance en Chacal, mais avant d'ordonner à son armée de pénétrer en terrain inconnu, il devait s'assurer de ne pas tomber dans un piège.

Traînant des pieds, le Vieux se tenait derrière Scorpion, venu à la hauteur de Narmer. Soudain, une ombre, accompagnée d'un bruissement d'ailes, les recouvrit.

Un immense vautour se tenait au-dessus d'eux et les contemplait, prêt à les déchirer de ses énormes serres.

Le Vieux se plaqua au sol.

— Vénérons notre mère, exigea Chacal ; fécondée par l'air lumineux, elle donne son sang afin de nourrir ses petits. Puisse-t-elle nous protéger comme elle protège cette cité.

Le vautour plana de longs instants puis, profitant d'un courant ascensionnel, s'élança au milieu des nuages où il disparut.

Scorpion releva le Vieux.

— On est vraiment obligés de continuer ?

— La mère Vautour nous a acceptés, précisa Chacal ; nous n'avons rien à craindre.

Dubitatif, le Vieux découvrit la résidence des Âmes.

L'édifice principal était un sanctuaire composé de piliers en bois, hauts de douze mètres, soutenant une toiture bombée dont la façade s'ornait de trois mâts à banderoles proclamant la présence du divin. Face à elle, un autre mât surmonté d'un faucon sculpté, soulignant le lien entre les Âmes de Bouto et celles de Nékhen. À l'intérieur, trois statues rappelaient leur existence.

Chacal se dirigea vers la chapelle voisine, simple hutte en clayonnage ; ses montants dépassaient la toiture, et deux cornes de vache décoraient le fronton.

— Heureux présage pour Taureau, observa Scorpion.

Le chef de clan déposa le coffret provenant d'Abydos, honorant ainsi cette « grande demeure [1] », réceptacle du pouvoir des Âmes.

— Les lieux sont en paix, affirma Chacal ; Taureau et son armée sont libres d'y accéder.

Vent du Nord prit la tête de la troupe, Cigogne ferma la marche. Et tous s'étonnèrent des richesses de Nékhen.

D'abord, la qualité des fortifications rassura les arrivants ; pourtant réputée solide, la place forte de Taureau paraissait fluette à côté de ces murs épais et de ces bastions en brique crue où quantité d'archers assureraient une défense efficace. Ensuite, on s'émerveilla à la vue des silos à grains, remplis à ras bord, des citernes, des fours correctement orientés au vent afin d'obtenir une température de cuisson élevée, des entrepôts contenant des conserves de viande, des jarres à vin et à huile, de l'ivoire, des peaux de félin et du mobilier en bois.

— Ah ben ça, commenta le Vieux, ah ben ça… Elles avaient la belle vie, les Âmes !

— Ne touchez à rien ! ordonna Taureau. Ce n'est peut-être qu'une illusion, voire un traquenard.

La mise en garde jeta un froid ; tant de générosité n'était-elle pas suspecte ? Même Chacal n'émit pas d'objection. Avant de disparaître, les Âmes n'avaient-elles pas jeté un maléfice ?

— Je m'en doutais, grommela le Vieux ; c'était trop beau.

— Moi, je goûte les grains, décida Scorpion ; Narmer, l'eau. En cas d'empoisonnement, Cigogne nous soignera.

---

1. *Per-Our.*

La cheffe de clan eût aimé formuler ses doutes, mais Scorpion ouvrait déjà la trappe inférieure d'un silo, prélevait une poignée de céréales et la mâchait.

— De l'épeautre, goûteux à souhait !

Mettant les mains en coupe, Narmer but un peu d'eau.

— Délicieuse !

Les soldats regardèrent les audacieux. Le poison ne mettrait-il pas un certain temps à produire ses effets ?

Cigogne s'approcha ; en posant son pouce sur une veine du poignet, elle écouta la voix du cœur de Scorpion et de Narmer.

— Pas d'empoisonnement.

De joyeuses clameurs saluèrent le diagnostic ; on saliva à l'idée de bonnes galettes chaudes, de viande et de poisson séchés. Vu le nombre de jarres, l'armée pourrait tenir un long siège en gardant sa vigueur.

— Choisis-toi une natte, recommanda Scorpion au Vieux en lui désignant un entrepôt.

Enthousiaste, il s'avança. Au moment de s'emparer de ce bien appréciable, sa main se figea ; et si ces objets-là étaient envoûtés ?

— Qu'attends-tu ?

— Après toi, Scorpion.

— Tu es mon serviteur et tu m'obéis !

Le beau visage du jeune guerrier n'avait plus l'air aimable.

Crispé, le Vieux agrippa une superbe natte, épaisse et moelleuse. De quoi lui offrir des rêves indescriptibles, à condition qu'elle ne lui brûle pas les doigts !

— C'est bon, s'exclama-t-il, c'est tout bon !

Du coup, l'heureux aventurier s'accapara un coussin qu'apprécieraient ses vertèbres cervicales, soudées depuis longtemps.

Prévoyant la curée, Taureau s'interposa.

— Halte! Je charge Narmer d'établir un inventaire, et nous procéderons ensuite à la distribution. Que Scorpion répartisse les sentinelles et que nos cuisiniers préparent un banquet.

Les soldats acclamèrent leur chef, qui s'occupa personnellement d'aménager un enclos à l'intention de ses taureaux de combat.

Le Maître du silex, lui, restait ébahi devant les ateliers de Nékhen et le nombre d'outils légués par les Âmes. Forage, polissage, taille du silex, fabrication de poteries et de céramiques... Grâce à ce trésor inespéré, ses techniques ne manqueraient pas de s'améliorer, et il formerait une équipe incomparable.

Ne cédant pas à une satisfaction béate, Chasseur fit le tour des remparts, veillant à ce que la sécurité des occupants de Nékhen fût assurée. L'échec du premier assaut ne marquerait pas la fin des hostilités et les ruses de Crocodile ne manquaient pas de l'inquiéter.

Au centre d'une cour ovale, bordée de bâtiments administratifs, trônait le palais de la ville sainte, construit avec les mêmes matériaux que le temple.

— Voici ta résidence, dit Narmer à Taureau; je l'ai examinée de fond en comble, pas le moindre piège.

L'imposant personnage apprécia l'antichambre, la salle d'audience, la salle à manger et les chambres dont les parois en clayonnage étaient recouvertes de nattes colorées.

— Cet endroit ne me déplaît pas, concéda le chef de clan; ces Âmes savaient vivre. Quelques aménagements me rappelleront ma chère capitale du Nord.

Pendant que ses serviteurs installaient du mobilier, les fumets du banquet commencèrent à charmer les narines de Taureau.

— Cette journée m'a assoiffé! Célébrons-la comme il se doit.

ET L'ÉGYPTE S'ÉVEILLA

Durant les réjouissances, copieusement arrosées, Narmer ne se dérida guère, songeant à Neit, prisonnière des Libyens. Avant de chasser les envahisseurs et de la libérer, il fallait écraser la coalition formée de Crocodile, de Lion et des Vanneaux.

- 21 -

Au bord du désespoir, Neit ressentit une force nouvelle l'animer. Levant les yeux, elle aperçut une cigogne qui décrivit un cercle au-dessus du camp libyen avant de repartir vers le Sud. Narmer avait entendu sa prière, il la savait vivante et lui transmettait l'énergie la rendant capable de résister !

Deux gardiens lui apportèrent un bol d'eau et une infâme bouillie.

— On va te nourrir, ma belle, à condition que tu sois gentille… très gentille !

— Je me nourrirai seule.

— Ah bon… Et comment t'y prendras-tu ?

— Détachez-moi.

Les deux soldats éclatèrent de rire.

— Tu crois pouvoir nous donner des ordres !

— Si je ne m'alimente pas, je mourrai, et votre maître ne connaîtra jamais mon secret. Imaginez-vous votre châtiment ?

Interloqués, les deux hommes se regardèrent. L'argument ne manquait pas de valeur.

— Entendu, je te délie les mains.

— On devrait la laver, suggéra son camarade, excité.

Le regard de Neit devint farouche.

— Ne pose pas tes pattes sur moi.

— Le guide suprême appréciera une belle femme bien propre ; laisse-toi faire.

— Recule !

Ôter son vêtement, la voir nue, la toucher… Les deux soldats allaient connaître de joyeux moments.

— Toi, tu l'immobilises, moi, je la déshabille.

Entravée, Neit n'opposerait qu'une faible résistance.

À l'instant où le Libyen agrippait l'étoffe pour la déchirer, il eut le sentiment qu'un dard lui perçait le ventre ; l'atroce douleur le contraignit à lâcher prise, il recula, vomit tripes et boyaux et s'effondra.

Affolé, son acolyte partit en courant.

— La sorcière a frappé ! hurla-t-il, alertant le campement entier.

*

Digne et droite, Neit affrontait les regards d'Ouâsh, d'Ikesh et de Piti.

— Elle a ensorcelé l'un de nos soldats, indiqua Piti, aux joues rougies d'indignation, il se tord de souffrance !

— Tu viens de prouver tes dons de magicienne, constata le guide suprême.

— Ce lâche m'agressait, la déesse m'a défendue. Tu n'obtiendras rien de moi par la force.

— Torturons-la, exigea Piti ; elle parlera !

— Ce n'est pas certain, objecta le colosse noir ; elle est sans doute apte à se donner la mort, nous privant ainsi d'informations précieuses.

« Danger non négligeable », pensa le chef des Libyens dont la prêtresse perçut la perplexité.

— Si tu le désires, avança-t-elle, je peux guérir ton soldat.

— En brisant ton envoûtement ?

— Je te le répète, c'est la déesse qui est intervenue ; moi, je connais le remède à ce genre de maux.

— Quel est-il ?

— Je dois me rendre à la lisière des marais et de la savane afin de récolter des herbes.

— Elle ne songe qu'à s'échapper ! estima Piti.

— Je commanderai moi-même l'escouade chargée de la surveiller, proposa Ikesh ; elle n'aura aucune chance de s'enfuir.

— Accordé, trancha le guide suprême.

— Auparavant, exigea la prêtresse, je désire me laver à l'abri des regards, boire et manger.

— Entendu, jeune femme, tu disposeras d'une hutte étroitement surveillée. Tâche de ne pas me décevoir.

En lui accordant la vie et en utilisant ses capacités, Ouâsh ne parviendrait-il pas à briser les résistances de Neit, voire à en faire l'une de ses créatures ?

L'expérience valait la peine d'être tentée.

*

Entourée d'une vingtaine de Libyens aux aguets, Neit cueillait les herbes médicinales qui lui serviraient à fabriquer des onguents. Ce semblant de liberté, au cœur de la nature et loin du camp libyen, lui redonnait espoir.

Et l'événement attendu se produisit : une abeille se posa sur sa main. L'une des habitantes des ruches de Neit habilitées à transporter le miel de la déesse jusqu'à la capitale de Taureau pour en oindre le front du taureau de combat. Ce simple signe prouvait que la place forte gardait son meilleur défenseur et continuait à résister.

— Ce sera encore long ? s'impatienta le Nubien, attentif aux moindres gestes de la magicienne.

— Il me faut de l'armoise ; j'en trouverai à l'intérieur de ce sentier.

Un étroit couloir entre deux rangées de papyrus... Neit dévoilait sa stratégie ! Des rescapés de sa garde personnelle l'attendaient là, espérant la libérer.

— N'avance pas ! Nous allons d'abord éclaircir le terrain.

Des fantassins coupèrent à ras les hautes tiges, sous la protection des archers, prêts à tirer dès que l'ennemi, surpris par cette manœuvre, signalerait sa présence.

Mais rien de tel ne se produisit, et l'armoise poussait bien à l'endroit indiqué.

Dépité, Ikesh se demanda si la prêtresse, acceptant son sort, n'avait pas décidé de se rendre utile afin de préserver son existence.

De retour au camp, elle prépara ses remèdes la nuit durant et, au petit matin, présenta des pots d'onguent au Nubien.

— La victime est fiévreuse et délire, indiqua-t-il ; à mon avis, elle n'en a plus pour longtemps. Et c'est toi qui l'auras tuée ; le châtiment sera à la mesure de ta faute.

— Amène-moi auprès du malade.

Piti se trouvait déjà au chevet du mourant, à la respiration difficile.

— Éloigne-toi, sorcière ! Tu ne songes qu'à l'achever.

— À ta guise ! Tu répondras de ta décision devant le guide suprême ; moi, je l'aurais sauvé.

La menace embarrassa Piti.

— Soigne-le, ordonna Ikesh.

La prêtresse enduisit d'un onguent gras et odorant la poitrine, la nuque et les reins du Libyen.

— Qu'il boive beaucoup, ordonna-t-elle ; quand il urinera, la mort s'éloignera.

*

La mine sombre du guide suprême inquiéta la jeune femme. Les cheveux luisants, vêtu d'une robe verte, assis sur des coussins, il la recevait seul à seule et la dévisageait d'un œil étrange.

— Le malade est guéri, révéla-t-il, et tu as troublé l'esprit de mes hommes. En constatant l'efficacité de tes pouvoirs, ils te craignent et te respectent. Piti exige ta mise à mort immédiate, Ikesh souhaite que tu soignes mes soldats.

— Je ne possède pas la science de la cheffe de clan Cigogne, et mes remèdes ne s'appliquent pas à tous les cas.

— Tu aurais pu prétendre le contraire afin d'étendre ton influence.

— À quoi bon ? Mes échecs m'auraient condamnée.

— Ainsi, tu prétends dire toujours la vérité !

— Quel humain aurait cette vanité ?

— Le taureau de combat est-il recouvert d'un onguent qui lui donne sa force ?

— Possible.

— Un onguent que tu as fabriqué et dont tu connais la composition !

— Hélas ! non ; s'il existe, c'est l'œuvre de Cigogne.

— Sois sans illusions, jeune femme ; ce monstre ne m'empêchera pas de détruire la place forte et de régner sur le Nord. Pourquoi continuerais-tu à aider les vaincus ? Tôt ou tard, j'écraserai le dernier nid de résistants. Voici ma proposition : tu prives le taureau de puissance, j'accorde la vie sauve aux habitants de la citadelle. Ils seront libres de s'enfuir.

— Et tes archers leur tireront dans le dos !

— Mettrais-tu en doute ma parole ?

— Te croire serait aussi naïf que stupide ; l'extermination de tes ennemis n'est-elle pas ta seule obsession ?

Ouâsh contint sa colère. Il ne savait pas encore comment soumettre cette magicienne.

- 22 -

D'ordinaire si sûr de lui, Lion faisait grise mine. En voyant la grande porte de Nékhen s'ouvrir et l'armée de Taureau s'engouffrer dans la ville sainte, à l'abri des remparts, il douta du triomphe final.

Crocodile, lui, demeurait imperturbable.

— Notre raid a été un échec total, rappela Lion, et voilà l'ennemi installé à Nékhen ! Lancer un assaut massif se terminerait en désastre. D'abord traverser la zone piégée en subissant de lourdes pertes, puis se heurter à ces fortifications... Il ne nous reste plus qu'à attendre que Taureau et les siens meurent de faim et de soif ! Alors, ils tenteront une sortie, et nous livrerons enfin bataille. Jusque-là, la situation est figée.

— Surtout, qu'ils en soient persuadés.

— Ne serait-ce pas le cas ?

— La chaleur ne cesse d'augmenter, le soleil devient généreux ; dès demain, j'interviendrai en utilisant le secret de mon clan.

— Nous donnera-t-il la victoire ?

— J'ai bon espoir. Grâce à de nouveaux alliés, nous attaquerons à la fois par le désert et par le fleuve ; belle surprise en perspective pour les défenseurs de Nékhen ! Continuons à rassembler les Vanneaux et à les masser devant la ville. L'adversaire doit croire qu'il s'agit de notre unique stratégie.

Gardant les paupières mi-closes, d'une parfaite immo-
bilité, Crocodile savourait à l'avance sa prochaine
manœuvre.

*

Le coup de gueule de Lion effrayait les trois meneurs
des Vanneaux, Mollasson, Gueulard et Vorace qui
s'accommodaient d'un long siège au cours duquel ils
appréciaient leurs nouveaux privilèges. La perte d'une
centaine de leurs compatriotes, lors du raid raté, ne provoquait en eux nulle émotion ; cette preuve du dévouement aveugle du peuple des bords du Nil ne jouait-elle
pas en faveur des trois manipulateurs, aptes à mobiliser
leurs troupes ?

Cette fois, Lion exigeait davantage, sans doute en vue
d'une ruée sanglante.

— Même les jeunes et les vieillards ? s'étonna Mollasson.

— Je veux voir des milliers de Vanneaux s'agglutiner
face à Nékhen, aussi nombreux que les grains de sable
du désert ! À vous d'assurer l'intendance.

— L'attaque serait-elle imminente ? s'inquiéta Gueulard.

— Te crois-tu chargé de notre stratégie ?

Cinglante, la question de Lion condamna Gueulard
au silence.

— Notre tâche ne s'annonce pas facile, déplora Mollasson, surtout après nos premières pertes.

— Quand je donne un ordre, on l'exécute ; en cas
d'échec, je vous confie tous les trois à Crocodile, et je
m'occupe moi-même des Vanneaux.

— Soyez sans crainte, nous réussirons ! promit Vorace ; acceptez-vous de nous fournir une aide qui
facilitera notre démarche ?

— Explique-toi !

— Pourrions-nous être accompagnés de deux lionnes ? Leur présence découragera d'éventuels contestataires et cautionnera notre fonction.

Lion réfléchit.

— Accordé, mais je te préviens : elles ne supporteront pas le moindre écart. Au travail, ramenez ici un maximum de pouilleux !

*

Crocodile s'éloigna de Nékhen, descendit la berge, se glissa dans le fleuve et atteignit un îlot herbeux dominant un banc de sable. Ensoleillé, le lieu était surveillé en permanence par des crocodiles femelles qui y avaient caché leurs œufs ; plusieurs centaines de reptiles attendaient la venue du maître du clan pour briser la coque et venir au jour. De l'humus, de l'herbe et de la terre dissimulaient les nids, bénéficiant de la chaleur des végétaux en décomposition, s'ajoutant à celle du soleil.

Une centaine de jours s'était écoulée depuis la ponte, et Crocodile émit un rictus de satisfaction en voyant apparaître le premier museau équipé de dents déjà coupantes. Une nouvelle cohorte de prédateurs naissait.

Le secret du chef de clan consistait à accélérer leur croissance, de manière à disposer très vite de guerriers redoutables qui, du côté du Nil, rongeraient les bases de la citadelle de Nékhen.

Crocodile plongea et, d'un mouvement ample et puissant, fendit les eaux pour toucher le fond du grand fleuve.

Le maître des reptiles savait le féconder et le purifier ; grâce à lui, les miasmes étaient écartés, et la lumière des profondeurs répandait ses bienfaits. Il savait qu'à l'origine des temps, le Nil avait jailli d'un immense océan où étaient nés le ciel et ses étoiles ; mais la première étendue liquide était froide et obscure. Son lointain ancêtre avait eu le courage de l'explorer et de découvrir un feu caché au cœur de l'eau.

C'était le soleil occulte que venait chercher Crocodile afin de le rapporter à la surface ; l'intensité de ses rayons transformerait rapidement les nouveau-nés en adultes. Subsistait une question angoissante : en quittant leur cité, les Âmes n'avaient-elles pas tari à jamais cette source de création ?

Crocodile fouilla la vase, trancha des herbes et provoqua un tourbillon de poussière ; faible, intermittente, une lueur attira son attention.

Presque éteint, l'ancien soleil des eaux était prisonnier d'une boue visqueuse ; le chef de clan le libéra et, d'un seul élan, le rapporta à la surface. Retrouvant de la vigueur, il transforma la surface du fleuve en une gerbe de clartés. Elles se réunirent en un faisceau qui illumina les œufs, provoquant la sortie de la totalité des reptiles, lesquels commencèrent à croître à vue d'œil.

Merveilleuse armée, avide de conquêtes et dépourvue de pitié !

*

Les serviteurs de Lion lui apportaient du vin, du gibier et des dattes, mais ces douceurs ne le déridaient pas. Du monticule où était installée sa tente, il voyait les archers de Taureau prendre position sur les remparts ; se sentir ainsi nargué le mettait hors de lui.

Seule consolation : l'afflux de Vanneaux emplissant le désert, sous la surveillance des lionnes. Mollasson, Gueulard et Vorace se montraient d'une remarquable efficacité et répartissaient les arrivants en carrés, dotés de nattes et de pains; les vieillards acceptaient leur sort et les adolescents, curieux de connaître une nouvelle existence, étaient excités à l'idée de combattre. Mollasson ne leur promettait-il pas des récompenses inespérées?

En dépit de son ampleur, cette marée humaine ébranlerait-elle les murailles de Nékhen? Franchir la zone piégée, subir les tirs adverses, se heurter à ces hautes murailles... L'entreprise semblait vouée à l'échec. Lion n'aimait que les batailles gagnées d'avance, et celle-là n'en faisait pas partie.

Renoncer, sortir de ce guet-apens et sauver son clan... Le retrait de ses troupes devrait être rapide et discret, car les espions de Crocodile ne manquaient pas de vigilance. Les éliminer? Dangereux! Plutôt les gaver et les endormir.

— À quoi songes-tu? demanda Crocodile, qui s'était approché sans bruit.

— Aux craintes des assiégés devant notre déploiement de forces; malgré l'épaisseur des murs, ils se sentiront inférieurs. Regarde le nombre de Vanneaux... Impressionnant!

— Une nuée de médiocres, promis à la destruction. Ils fraieront le chemin à de véritables guerriers.

Le ton réjoui de Crocodile étonna Lion.

— As-tu utilisé le secret de ton clan?

— Avec un beau succès.

— À savoir?

— Des troupes supplémentaires dont Taureau découvrira trop tard la présence. Occupons-nous des Vanneaux et préparons-les de façon ostensible à un assaut d'envergure; capter l'attention de l'ennemi est primordial.

La détermination de Crocodile rassura Lion; à la réflexion, il était préférable de ne pas abandonner la coalition. Isolé, le clan de Lion ne saurait prétendre à la domination du pays, et la rancune de Crocodile serait meurtrière. Préserver leur alliance apparaissait comme la seule voie raisonnable ; Taureau abattu et Nékhen détruite, il serait temps d'aviser.

- 23 -

Les assiégés de la place forte de Taureau vivaient dans l'angoisse, redoutant une attaque de la totalité des troupes libyennes ; le gros de l'armée semblait pourtant s'être retiré, son général ne laissant sur place qu'un nombre suffisant d'archers et de fantassins pour encercler les derniers résistants et leur pourrir l'existence.

Les petites équipes sortant de la citadelle afin de rapporter de l'eau et du gibier ne revenaient pas indemnes, et les réserves de céréales, dûment rationnées, commençaient à baisser. Inquiet, le capitaine tentait de se montrer rassurant ; la puissance du taureau de combat, animé par la magie divine, n'avait-elle pas repoussé l'adversaire ? De plus, le chef de clan sortirait forcément vainqueur du combat l'opposant aux fauteurs de troubles et ne tarderait pas à revenir du Sud. Un seul mot d'ordre : tenir bon.

L'officier se rendit à l'enclos où l'énorme bête brun-rouge mâchonnait des herbes fraîches ; disposant d'une vaste litière abritée du soleil, elle s'offrait de longues siestes.

Chaque jour, à la septième heure, l'officier éprouvait la même angoisse : l'abeille de Neit reviendrait-elle ? Tant qu'elle transmettrait son énergie au taureau de combat, il serait invincible. Privé de cette nourriture, il deviendrait vulnérable.

Le bourdonnement salvateur!

L'abeille se posa sur le vaste front du taureau, s'y frotta les ailes et les pattes, déposant ainsi une infime quantité du miel de la déesse qui rayonna à travers le corps entier du quadrupède.

Son regard épanoui rassura le capitaine.

*

Ouâsh écouta attentivement les rapports qu'avait rassemblés le dévoué Piti; en provenance de toutes les régions du Nord conquises par les Libyens, ils n'évoquaient pas la moindre résistance. Réduits en esclavage, les indigènes nourrissaient les vainqueurs et leur bâtissaient de solides fortins, capables de résister à une tentative de reconquête.

— A-t-on des nouvelles sûres de la guerre des clans?

— Selon des rumeurs à vérifier, l'affrontement final n'aurait pas commencé; serait-il judicieux d'envoyer un détachement au Sud afin d'en savoir davantage?

— Inutile, jugea le guide suprême; quand nos premières lignes captureront fuyards et réfugiés, ils nous informeront. Une seule certitude, mon brave Piti: ce conflit détruira les clans, aucun n'en sortira vainqueur.

— Et la route du Sud sera ouverte... Le pays entier nous appartiendra!

— La patience est devenue la clé de notre succès.

— Certes, seigneur, mais il reste cette maudite place forte qui continue à nous défier! À chacune de leurs sorties, nous harcelons les résistants, mais ils préservent leur arme majeure, l'invincible taureau de combat! Ces insolents défient votre grandeur. Permettez-moi de torturer la prêtresse pour découvrir comment elle envoûte le monstre!

142

— Pas de précipitation, Piti; utilisons d'abord ses pouvoirs à notre profit. Ne jouit-elle pas d'une grande popularité parmi nos soldats?

— Je crains qu'elle ne nous envoûte tous!

— Mettrais-tu en doute ma perspicacité?

— Oh, non, seigneur! Mais la magie de cette femme n'est-elle pas redoutable?

— Sois tranquille, je ne la mésestime pas; et c'est moi qui mène le jeu.

*

Déjà la troisième cueillette, et pas le moindre relâchement de la surveillance des soldats commandés par Ikesh, nerveux à l'idée d'un maléfice qu'utiliserait la prêtresse afin de s'évader. Fait acquis : aucun soldat de Taureau ne rôdait dans les parages. Le Nubien avait bien exterminé la totalité de la garde rapprochée de Neit, laquelle ne pouvait compter sur une aide extérieure.

Intrigué, le Nubien l'observait. Calme, précise, elle semblait sereine, comme si l'épreuve de la captivité ne l'atteignait pas; pourtant, son sort était entre les mains du guide suprême, et la jeune femme vivait peut-être ses dernières heures.

Dix guérisons à son actif, des soldats reconnaissants, craintifs et respectueux... Cette sorcière savait s'y prendre. Piti ne manquerait pas d'alerter Ouâsh, et le colosse noir accordait sa confiance au guide suprême. En cas de danger, il briserait les reins de la magicienne.

Goûtant ces heures de fausse liberté, Neit cherchait une faille et ne la trouvait pas. À l'évidence, personne ne se porterait à son secours; elle devrait trouver seule un moyen de s'enfuir. Hélas! le nombre de ses gardes ne diminuait pas, et leur attention demeurait constante. S'élancer à travers les hautes herbes ne lui permettrait pas de leur échapper.

Ikesh ne la quittait pas des yeux, prêt à intervenir au premier comportement suspect. Tenant à commander l'escouade de surveillance, il épiait les faits et gestes de sa prisonnière. Lui échappaient les pensées de Narmer dont Neit ressentait l'intensité ; leur contact invisible ne s'était pas rompu et, malgré les épreuves endurées, ils parvenaient à se donner de la force.

— Il est temps de rentrer, annonça le Nubien.

— Je n'ai pas terminé, il me manque des plantes.

— Tant pis, je veux regagner le camp avant le coucher du soleil.

— Je ne préparerai donc pas de nouveaux onguents.

Les malades seraient mécontents et la troupe se plaindrait de la rigueur excessive d'Ikesh ; quelle menace faisait peser une simple femme sur de rudes soldats ?

— Dépêche-toi, prêtresse, et n'espère pas m'abuser.

Neit garda son rythme ; la pénombre serait-elle son alliée ? Elle déchanta lorsque plusieurs Libyens, obéissant à Ikesh, la serrèrent de près.

Et ce fut le chemin du retour.

Empoisonner les onguents et les rendre destructeurs ? Neit ne parviendrait qu'à immobiliser une poignée de militaires, et serait accusée de meurtre. D'abominables supplices précéderaient sa mise à mort.

Le guide suprême l'épargnait parce qu'il suivait un plan précis. Utiliser son savoir n'était qu'une étape, le but consistant à supprimer l'aide magique qu'elle fournissait au taureau sauvage. Ruse et douceur apparente ne seraient-elles pas plus efficaces que la violence ? L'homme qui avait fédéré les tribus libyennes était un redoutable tyran, sournois et pervers, capable de dissimuler sa cruauté sous de belles paroles.

La captive regagna sa hutte où elle disposait d'une jarre d'eau pour se laver, à l'abri des regards ; l'étoffe sacrée de Neit restait d'une parfaite pureté, comme si elle ne touchait pas le corps de la prêtresse. Et nul ne soupçonnait la valeur de ce vêtement. Certains soirs, le guide suprême la convoquait et l'interrogeait à propos de ses pouvoirs magiques, obtenant toujours la même réponse : seule la déesse agissait. Évitant de la harceler, Ouâsh se comportait à la manière d'un félin aux attaques imprévisibles ; aussi Neit s'attendait-elle à un brutal coup de griffe.

Ce soir-là, on la laissa en paix ; fatiguée par sa journée de cueillette, elle songea à l'homme qu'elle aimait et s'endormit en se promettant de le rejoindre.

*

Piti haïssait les femmes en général, et la prêtresse de Neit en particulier ; cette diablesse envoûtait son entourage et parvenait à séduire le guide suprême. Comment Ouâsh pouvait-il croire ses mensonges ? Il fallait une vraie sorcellerie pour échapper à la torture et bénéficier de l'estime des soldats !

Neit était dangereuse, seul Piti en avait conscience. À lui d'agir.

Au milieu de la nuit, il s'approcha de la hutte qu'occupait l'ensorceleuse ; cinq des dix gardes sommeillaient, les autres s'étonnèrent de la présence du conseiller de leur chef suprême.

— Partez, ordonna-t-il.

Mieux valait ne pas mécontenter Piti ; aussi les gardes s'éloignèrent-ils, préférant ignorer ce qui allait se produire. Ne s'agissait-il pas de l'exécution d'un ordre supérieur ?

Serrant le manche de son poignard, l'assassin tremblait ; stratège, il n'avait encore tué personne et ne supportait pas la vue du sang. Il lui faudrait se ruer dans la hutte, ne pas écouter les cris de sa victime et frapper de toutes ses forces.

Et si la femelle osait se défendre ? À cette perspective, le dos de Piti se trempa de sueur ; rencontrer une résistance risquait de le priver de ses moyens. Le souffle court, les jambes flageolantes, il parcourut à pas pressés la distance le séparant de l'entrée de la hutte.

— Tu vas mourir, sorcière ! marmonna-t-il, le bras dressé.

Un coup violent sur le poignet le contraignit à lâcher son arme.

— Serais-tu devenu fou ? interrogea Ikesh, dominant Piti de sa haute taille. Tuer cette prêtresse mécontenterait le guide suprême, et sa colère te détruirait.

Perdu, le meurtrier recula.

— Pourquoi désires-tu la sauver, Ikesh ?

— Notre chef a un plan, ne le contrarions pas. Moi aussi, je souhaite voir disparaître cette sorcière, mais j'attends les ordres.

Piti mesurait les conséquences de son échec.

— J'ai commis un faux pas et je le regrette ; m'en tiendras-tu rigueur ?

— Bien sûr que non, assura le Nubien, magnanime, et je n'en parlerai pas à notre maître.

L'air satisfait du géant noir mit Piti en fureur ; parvenant à se contrôler, il bredouilla des remerciements. Ikesh venait de prendre l'avantage, et le piéger ne serait pas facile ; néanmoins, le conseiller d'Ouâsh était passé maître dans l'art d'éliminer ses rivaux.

- 24 -

Le Vieux s'était bien débrouillé. En obtenant de Scorpion le droit de surveiller les fours à pain de Nékhen, de petites merveilles composées de briquettes rectangulaires en limon, il prélevait un nombre suffisant de galettes et les échangeait contre d'admirables conserves de volailles séchées, salées et préservées dans des pots d'argile. Cette guerre lui permettait de manger à sa faim, de boire quotidiennement du vin et, vu sa nouvelle position, de bénéficier d'un certain respect.

Que demander de plus? Après sa sieste, le Vieux aimait observer la vaste basse-cour où dominaient de belles oies au plumage brillant; gavées et rôties, elles seraient succulentes. Et leur graisse rendrait les gâteaux goûteux!

Privilège inespéré : une chambrette à côté du quartier des officiers supérieurs où logeait Scorpion! Doté de plusieurs nattes confortables, le Vieux n'avait jamais connu sommeil si profond. Bénéficier d'un tel confort relevait du miracle et sa santé s'améliorait; l'ossature devenait moins douloureuse, les oreilles et le nez se débouchaient, les mouvements s'amplifiaient. Décidément, cette ville sainte avait du bon!

Chasseur l'interpella :

— J'ai besoin de personnel pour consolider l'une des tourelles; tu en es ?

— Désolé, répondit le Vieux, je suis exclusivement préposé au service de mon patron.

— Je n'ai pas vu Scorpion, ce matin.

— Normal, il n'est pas levé. Sa nuit fut agitée…

— Cette Fleur est aussi inépuisable que lui !

— Ils sont jeunes et amoureux. Moi, je pourrais te raconter…

— Une autre fois, j'ai du travail.

Le Vieux jugeait Chasseur trop nerveux et sans cesse préoccupé de sécurité, mais ce genre d'inquiet n'était pas inutile ; grâce à lui et à Narmer, perpétuellement en éveil, le siège durerait longtemps, et les nouveaux habitants de Nékhen n'auraient qu'à se laisser vivre.

*

Le Maître du silex allait d'éblouissement en découverte. Les Âmes lui avaient légué des outils inconnus qu'il apprenait à manier en appréciant leur efficacité : scies, haches au manche incurvé, marteaux… Sous le regard tendre de la vache et du veau de Narmer, qui s'étaient pris d'affection pour lui, l'artisan commençait à fabriquer des meubles et à percer les secrets du bois. Apprendre à maîtriser ce matériau lui faisait oublier la guerre, et le solide barbu progressait vite.

Une forge, plusieurs ateliers, des entrepôts… Il n'avait osé rêver d'un pareil domaine ! Négligeant la suspicion de Scorpion, l'ex-Vanneau appréciait l'appui de Narmer, l'encourageant à utiliser ce trésor.

L'équipe du Maître du silex continuait à produire des armes, et Taureau se réjouissait de voir ses soldats bénéficier d'un équipement à la fois offensif et défensif qui surpassait de loin celui de l'adversaire. L'ouverture de la grande porte de Nékhen avait porté un sérieux coup au moral de Lion et de Crocodile, mais ce n'était qu'une péripétie, non la victoire. Et le chef de clan redoutait les ruses de ses ennemis dont l'inertie n'était probablement qu'apparente.

En dépit de la beauté du site de Nékhen, Taureau éprouvait la nostalgie de ses vastes territoires du Nord qu'occupaient des barbares. Parfois, il avait envie de se lancer à la tête de ses troupes, de piétiner ses adversaires et de rentrer chez lui; il refusait encore de céder à ces bouffées de rage, repoussant les incitations du général Gros-Sourcils à tenter ce coup de force auquel Narmer était fermement opposé, prônant la nécessité de maîtriser le nouveau rapport de force en tirant avantage de la ville sainte.

*

Derrière le sanctuaire principal de Nékhen, où il rendait chaque jour hommage aux Âmes, Narmer venait de découvrir l'entrée d'un souterrain. S'éclairant à l'aide d'une torche, il descendit des marches grossièrement taillées et aboutit à une tombe stupéfiante. Sur des briques recouvertes de plâtre, avaient été peintes d'étranges figures d'humains et d'animaux, évoquant des épisodes du règne des Âmes : combats, scènes de chasse et de navigation, magiciens soumettant des fauves ou maniant des massues afin de fracasser le crâne d'êtres maléfiques... Ocres rouge et jaune, blanc et noir animaient ce mémorial dont la splendeur impressionna le jeune homme.

Lutter efficacement contre la mort n'impliquait-il pas de bâtir de multiples sanctuaires comparables à celui-ci? Une certaine vie y était préservée, et les ombres des disparus ne s'estompaient pas; au contraire, ils affirmaient leur éternelle présence et, par la magie du dessin et des couleurs, demeuraient dans le monde des vivants.

Ébloui, Narmer songea à un pays en paix, accueillant des artisans capables de créer de semblables chefs-d'œuvre en vénérant la mémoire des ancêtres, socle de l'avenir. Un simple rêve, alors que se préparait un affrontement sanglant et que les Libyens ravageaient le Nord.

L'explorateur n'était pas au terme de ses surprises. À quelque distance, une seconde tombe, elle aussi d'enver-gure. À l'intérieur, un jeune éléphant d'une dizaine d'années, inhumé avec soin ; une tête de massue, un bracelet d'ivoire, des récipients en albâtre et un curieux objet en pierre l'accompagnaient pour son voyage en éternité[1].

Ainsi, les Âmes de Nékhen avaient accordé une sépulture à l'un des membres du clan d'Éléphante, pro-bablement tué lors du retrait du troupeau en direction du grand Sud. Cette dépouille évoquait des temps heu-reux où la vieille dame, garante de la paix, voyait les siens parcourir librement de grands espaces.

Convoqué, le Maître du silex examina l'objet insolite dont la beauté l'étonna.

— Du schiste, conclut-il ; taille admirable !

Il respira la pierre.

— Des traces d'onguents au parfum subtil, peut-être des fards servant à maquiller le défunt afin que sa jeu-nesse soit préservée sur les chemins de l'au-delà. Une forme si pure… Je ne l'oublierai pas.

— Te voilà loin des armes !

— Un jour, elles se tairont, il faudra commémorer notre victoire en créant des merveilles comme celles-là !

Narmer se recueillit de longues heures face au repré-sentant du clan disparu ; il pria Éléphante de lui accorder sa sagesse et sa force, persuadé que cette rencontre ne

---

1. Ces deux tombes font partie des trouvailles majeures des fouilleurs de Nékhen (Hiérakonpolis).

devait rien au hasard. Outre l'abri des remparts, les Âmes de Nékhen, alliées à l'Ancêtre, lui offraient une aide supplémentaire.

*

Nue, parfumée, radieuse, Fleur admira le corps harmonieux de Scorpion avant de s'étendre sur lui et d'éveiller au plaisir chacun de ses sens. La chambre aux murs blancs était spacieuse et confortable, le séjour à Nékhen un véritable régal ; des serviteurs se montraient aux petits soins pour la maîtresse du jeune guerrier, et nulle rivale ne l'indisposait. Depuis leur arrivée à Nékhen, Fleur et Scorpion passaient le plus clair de leur temps à faire l'amour, constatant leur capacité à inventer des jeux inédits. Un seul vainqueur : le mâle.

— Assez de minauderies ! éclata Scorpion en renversant la jeune femme et en lui écartant les bras.

— Ton esclave t'est soumise, susurra-t-elle ; dispose d'elle selon tes désirs.

— Ça suffit, décréta son amant en quittant sa couche.

Fleur se redressa, choquée.

— T'ai-je déplu ?

— Je dois me réveiller.

Elle s'accrocha à lui.

— Que me reproches-tu ?

Scorpion se délivra brutalement, se vêtit d'un pagne et sortit de sa chambre d'amour en martelant le sol.

Et ses appréhensions se vérifièrent.

Les membres de sa milice n'étaient pas en état de combattre ; les uns étaient ivres, les autres dormaient, affalés au pied des remparts. Sans consignes de leur chef, ils se laissaient aller.

Scorpion agrippa le premier par les cheveux, botta les fesses du deuxième et souleva le troisième avant de le projeter à dix pas.

— Debout, bande de feignants ! Je vous rappelle que nous sommes en guerre et qu'il faut vous secouer.

Les miliciens se rassemblèrent avec une rapidité inattendue, redoutant la hargne de Scorpion. La tête embrumée, les jambes molles, ils craignaient une sanction sévère.

— Le Maître du silex a façonné un javelot d'une légèreté extraordinaire, mais difficile à manier. Le maîtriser exigera des heures d'entraînement, et nous avons pris du retard. Le principal responsable, c'est moi, et je ne commettrai plus ce genre d'erreur. Le combat décisif approche, nous serons prêts.

- 25 -

Le Vieux aimait voir gambader l'oie du Nil qui régnait en maîtresse absolue sur la basse-cour, sachant qu'elle ne serait jamais réduite à l'état de conserve. L'œil perçant, d'un caractère exécrable, elle ne permettait à personne de la toucher et avait un appétit vorace, mangeant de préférence du blé et des dattes. Selon la tradition, le farouche animal avait poussé le premier cri sur terre lors de la création de la vie. Consciente de son importance, elle paradait volontiers et il valait mieux s'écarter de son chemin pour ne pas subir les morsures de son bec; même les chacals se tenaient à distance.

Ce matin-là, un voile de brume recouvrait Nékhen, et le soleil ne parvenait pas à le percer. Des sons stridents réveillèrent le Vieux en sursaut, alors qu'il cuvait son vin en rêvant de sa jeunesse.

Au milieu de la grande cour, l'oie donnait l'alerte.

Scorpion fut le premier à se précipiter au sommet des remparts et à découvrir un spectacle hallucinant.

Armés de gourdins et de pierres grossières, des milliers de Vanneaux s'engageaient en silence dans la zone piégée, espérant que la brume les protégerait des tirs ennemis.

Lion et Crocodile lançaient leur grande offensive.

Les défenseurs accoururent en nombre aux postes de combat, on réveilla Taureau, Narmer répartit les tâches.

Les archers se mirent en position.

— Attendez! ordonna Scorpion.

La marée humaine avait de quoi effrayer les plus endurcis, mais le dispositif de Narmer se révéla efficace. Les tessons de poterie blessèrent les pieds des assaillants, des centaines tombèrent dans les fosses hérissées de pieux, et les cadavres s'accumulèrent.

Subissant de lourdes pertes, les Vanneaux eurent envie de reculer. Le grognement des lionnes qui guettaient les fuyards les en dissuada; aussi l'assaut se poursuivit-il, les vivants marchant sur les morts.

— Tirez! ordonna Scorpion.

Quoique la mauvaise visibilité entraînât un manque de précision, les flèches décimèrent les rangs des Vanneaux, et leur ruée sembla endiguée.

Brandissant le couteau à manche d'ivoire avec lequel il avait tranché la gorge de la douce Gazelle, ambassadrice de la paix, Lion lança la seconde vague de Vanneaux, suivie de ses propres guerriers.

— Leurs réserves semblent inépuisables, dit Scorpion à Narmer; nous ne pourrons pas les empêcher d'atteindre la grande porte et de l'enfoncer. Le choc frontal est inévitable.

— Et je ne vois pas Crocodile... Pourquoi lui et ses soldats ne participent-ils pas à l'assaut?

— Lion et Crocodile se seraient-ils brouillés? En ce cas, le reptile aurait repris sa liberté et quitté Nékhen!

— Lion n'agirait pas seul, objecta Narmer.

Les cris de l'oie du Nil déchirèrent leurs oreilles, accompagnés des hurlements des chacals.

— De l'autre côté, avertit Chasseur, un déferlement de monstres!

Jaillissant du Nil, des meutes d'énormes crocodiles couraient vers les remparts.

Narmer avait la réponse à sa question. Ne redoutant pas les flèches des archers, incapables de transpercer leurs carapaces, les reptiles ouvriraient des brèches où s'engouffreraient les guerriers de Crocodile.

— Je m'occupe du premier front, décida Scorpion ; demande à Taureau de traiter le second.

Les deux hommes se regardèrent.

— À la vie, à la mort, déclara Narmer.

— Nous vivrons, promit Scorpion ; la mort, je m'en charge.

Ses yeux étaient animés d'une flamme prête à dévorer n'importe quel adversaire.

— Ils approchent, prévint un archer.

Un mince rayon de soleil illumina une partie de la zone piégée, couverte de cadavres servant de chemin aux assaillants.

— Cadence de tir maximum ! exigea Scorpion, pendant que son frère se rendait au palais.

Massue à la main, Taureau venait d'apparaître ; Narmer lui expliqua la situation. Déjà, les gueules des crocodiles, démantelant les briques crues, fragilisaient la base des remparts donnant sur le fleuve.

— Organise la protection des édifices de la ville sainte, ordonna le chef de clan ; ce sera notre ultime ligne de défense. Maintenant, je me réjouis d'affronter enfin cet hypocrite de Crocodile.

Assisté de Chacal, préposé aux sanctuaires, et du Maître du silex aux autres bâtiments, Narmer se mit aussitôt à l'œuvre, en gardant quelques soldats qu'il répartirait au mieux.

— Puis-je assurer la sécurité de la basse-cour ? demanda la petite voix du Vieux. Ces combats-là, ce n'est plus de mon âge !

— Rassure les animaux et surveille-les ; Vent du Nord contrôle les ânes.

*

155

Enfin à bonne distance, les archers de Lion réussirent à abattre une dizaine d'adversaires qui chutèrent du haut des remparts et furent piétinés par des Vanneaux revanchards. Une flèche érafla l'épaule de Chasseur.

— Sans gravité, affirma-t-il à Scorpion dont chaque trait faisait mouche. Impossible de les contenir... Regarde, ils veulent incendier la grande porte !

Hurlant afin d'extérioriser leur peur, des dizaines de Vanneaux se pressaient en maniant des torches.

— Toi et les archers, décida Scorpion, tuez-en le maximum. Je vais repousser cette meute.

— Tu es fou ! Ils sont trop nombreux, ils...

Scorpion rassemblait un groupe de miliciens équipés des derniers javelots qu'avait fabriqués le Maître du silex.

— Renversons la grande porte, exigea-t-il ; ses battants écraseront les porteurs de torches. Ensuite, vous me suivez et nous exterminons cette racaille.

Le jeune guerrier ne donna pas à ses hommes le temps de réfléchir. Tandis qu'ils exécutaient la manœuvre, il fixa le soleil, vainqueur de la brume.

— Animal de Seth, tu m'as promis ta force, et moi, la violence ; guide mon bras !

S'emparant d'une massue en calcaire de six kilos, le jeune guerrier changea de nature. Ses yeux devinrent rouges, son regard fixe, et il s'élança au milieu de la foule des assaillants, tel un démon enragé.

Envoûtés, ses hommes enjambèrent les battants de porte abattus et suivirent le sillon sanglant de leur chef, confronté aux guerriers de Lion dont il fracassait le crâne avec férocité. Affolés, les Vanneaux se dispersèrent ; rusée, une lionne se faufila entre des corps désarticulés et s'apprêta à bondir pour planter ses griffes dans le dos de Scorpion. Une brève hésitation lui fut fatale, car Chasseur la repéra et, coup sur coup, tira deux flèches qui la touchèrent aux reins; immobilisé, le fauve émit un gémissement de douleur. Alerté, Scorpion se retourna, évita les griffes et acheva la bête.

Constatant son échec, Lion donna le signal de la retraite; sa garde rapprochée le protégea, et une meute de lionnes, feulant, tous crocs dehors, forma une barrière infranchissable.

À peine essoufflé, ivre de violence, Scorpion semblait résolu à poursuivre le carnage.

— Nous avons beaucoup de morts, lui apprit l'un de ses miliciens, l'épaule ensanglantée, et il faudrait soigner nos blessés. Ne gâchons pas cette formidable percée.

Scorpion se calma et se rendit à la raison; sa ruée avait coûté quantité de vies, de part et d'autre; repoussé, Lion n'était pas en état de pénétrer à Nékhen.

*

Sapés par les dents des crocodiles que commandait le général préféré du chef de clan, un gigantesque mâle, deux pans de muraille s'effondrèrent. En apercevant les mâchoires ouvertes des reptiles, un soldat de Taureau s'agenouilla et se boucha les yeux.

— Debout, trouillard, et bats-toi! Sinon, je te brise la nuque.

L'assurance et la carrure du chef rassuraient un peu ses troupes, inquiètes à l'idée d'affronter ces êtres horribles.

— Le ventre est leur point faible, indiqua Narmer; plantons des lances dans leurs gueules et que les taureaux les attaquent par le flanc en tentant de les renverser. Plusieurs fantassins pourront alors leur déchirer les entrailles.

Taureau acquiesça.

— Les manieurs de fronde tiendront à distance les soldats de Crocodile qui espèrent parachever le travail des reptiles, ajouta-t-il, conscient de ses minces chances de succès.

Les chacals aboyèrent, annonçant l'entrée du premier intrus à l'intérieur de la ville sainte. Le chef de clan libéra ses meilleurs guerriers ; ils foncèrent, cornes en avant, accompagnés de Narmer et des fantassins serrant le manche de leur pique. Quant à Gros-Sourcils, il régulait les jets de frondes.

La mêlée fut effroyable. Payant de sa personne, Taureau fut le premier à perforer le ventre délicat d'un crocodile ; soulevant la dépouille, il la jeta sur des soldats essayant de l'embrocher. L'exploit stimula ses troupes et, quand Narmer réussit à l'imiter, la confiance s'établit, en dépit des atroces blessures qu'infligeaient les dents des monstres. Le jeune homme ne cessait de prononcer la formule de conjuration : « Crocodile, sois aveugle ! Moi, je possède une bonne vue ! » Freinant l'adversaire, le paralysant quelques instants, elle facilitait la tâche des taureaux et des chacals versant, eux aussi, un lourd tribut à l'intense combat.

Tapi au loin, Crocodile s'étonnait de la capacité de résistance des assiégés. Étant parvenus à repousser les reptiles hors de la cité, ils continuaient la lutte en terrain découvert, à proximité du fleuve. Erreur fatale… Les réserves sortirent de l'eau pour exterminer l'ennemi.

Alors qu'il croyait contenir les prédateurs, Taureau comprit que cette seconde vague le submergerait.

— Si nous reculons, confia-t-il à Narmer, ce sera la fin.

— Eh bien, ne reculons pas.

— Ne redoutes-tu pas la mort ?

— Mourir, c'est être vaincu.

Le chef de clan redressa la tête ; à un contre cinq, il prouverait sa valeur, bien qu'il n'eût aucune chance de triompher.

Certain de vivre ses derniers moments, Narmer songea à Neit ; la protection de la déesse lui permettrait-elle d'échapper au désastre ?

Une ombre immense recouvrit les belligérants ; survolant Nékhen, la mère Vautour recouvrait la ville sainte de ses ailes immenses.

— Attaquons, préconisa Narmer, elle nous protège !

Battant de la queue, les crocodiles semblèrent désemparés et tournèrent sur eux-mêmes ; Taureau enfonça leur aile droite, Narmer la gauche.

Le général Gros-Sourcils appuya la contre-offensive, et la précision des manieurs de fronde contraignit les fantassins de Crocodile à reculer. L'exemple du chef de clan galvanisait les siens, et les taureaux sauvages, déchaînés, massacrèrent les crocodiles.

Dépité, Gros-Sourcils crut que ses efforts seraient réduits à néant ; lui, le traître, acheté par Crocodile, le saboteur des armes, assistait à la victoire de ce Taureau qu'il haïssait.

Pourtant, la chance ne l'abandonnait pas ; emporté par son cnthousiasme, le chef de clan se retrouvait isolé. Sa puissance dévastatrice lui donnait un illusoire sentiment d'invulnérabilité.

Ramassant une griffe de crocodile qu'avait sectionnée l'un de ses soldats, Gros-Sourcils la planta dans le cou de Taureau et s'esquiva. Au cœur de ce tumulte, personne n'avait remarqué son geste.

- 26 -

Être reçu par le guide suprême engendrait de l'angoisse et Ikesh, malgré son physique de colosse, n'échappait pas à la règle. Parfois, Ouâsh décernait des éloges et accordait une promotion; parfois, il châtiait celui qui avait cessé de le satisfaire. Or, le Nubien s'était chargé d'une mission délicate, la surveillance de la prêtresse, et il espérait ne pas avoir mécontenté son chef.

Allongé sur le côté, la tête enturbannée, Ouâsh dégustait des dattes.

— Comment se comporte notre prisonnière, mon brave Ikesh?

— Elle cueille des plantes, prépare ses onguents et soigne nos soldats.

— A-t-elle tenté de s'enfuir?

— Pas une seule fois, seigneur.

— Lui as-tu offert quelques opportunités?

— J'ai suivi vos directives en lui laissant croire, à certains moments, que mes gardes relâchaient leur attention; l'un s'éloignait, l'autre sommeillait, un autre encore regardait ailleurs; l'ensorceleuse aurait pu se dissimuler dans un fourré de papyrus ou s'élancer à travers les hautes herbes. Elle s'est contentée de poursuivre sa cueillette, comme si elle acceptait son sort, soumise à votre volonté.

— Je n'en suis pas persuadé, mon cher Ikesh ; cette femme a trop de caractère pour renoncer ainsi à la liberté. Elle a observé tes hommes, pesé les éléments de la situation et conclu qu'elle ne parviendrait pas à distancer des soldats lancés à sa poursuite.

— Sur ce point, je lui donne raison.

— Les onguents utilisés ont-ils eu des effets pervers ?

— Aucun, seigneur ; les malades que la sorcière a accepté de soigner ont été guéris et ne cessent de lui tresser des louanges. J'ai pris soin de tous les interroger afin de savoir si elle leur posait des questions à propos de notre dispositif de sécurité ; d'après eux, elle demeure silencieuse et se contente d'appliquer les onguents.

— N'aurait-elle pas séduit l'un des nôtres, décidé à l'aider et contraint de mentir ?

Le Nubien esquissa un sourire.

— Quand j'interroge, seigneur, on ne me ment pas ; et lorsque j'éprouve un doute, j'insiste aussi longtemps que nécessaire. La magicienne n'a pas d'alliés parmi nous, bien qu'elle suscite l'admiration.

— Cela ne me déplaît pas.

— N'en tirera-t-elle pas avantage, seigneur ?

— C'est moi qui mène le jeu, Ikesh. Surveille-la et protège-la ; je te tiens personnellement responsable de sa sauvegarde, et je châtierai quiconque oserait s'en prendre à la prêtresse.

L'intensité du ton surprit le Nubien. Une idée saugrenue lui traversa l'esprit : le guide suprême était-il tombé amoureux de la magicienne ? En tout cas, Ikesh disposait d'une arme contre Piti. Avoir tenté de tuer cette sorcière était une faute grave, voire impardonnable.

*

Neit avait échappé à plusieurs pièges, plus ou moins subtils, que lui tendait le Nubien : gardes apparemment inattentifs, fausses possibilités de fuite, malades imaginaires essayant de la faire parler… De différente nature, les murs de sa prison paraissaient infranchissables. Pervers, le guide suprême la mettait à l'épreuve en usant ses capacités de résistance. Que comprendre, sinon qu'elle était condamnée à passer le reste de sa vie sous sa gouverne ?

Une vision atroce lui déchira l'âme. Un fleuve de sang, un monceau de cadavres, des hordes de blessés… Une catastrophe venait de se produire. L'armée de Taureau avait-elle été vaincue, Narmer était-il mort au combat ?

En ce cas, pourquoi continuer à vivre ? Tôt ou tard, constatant l'échec de ses manœuvres, Ouâsh la soumettrait à la torture. Narmer disparu, elle n'aurait pas le courage d'affronter de telles souffrances. Mieux valait en finir, et vite.

Neit prépara une décoction de plantes qui éteindrait la voix du cœur et la plongerait dans une léthargie fatale.

Briser ainsi sa jeunesse n'était pas une tâche facile ; mais l'absence d'avenir lui offrait la détermination nécessaire.

Alors qu'elle portait la coupe de terre cuite à ses lèvres, un bruit insolite l'intrigua. Il provenait du sol de sa hutte dont une parcelle se soulevait ! Rejetant la terre pour se frayer un chemin, la mangouste de la déesse apparut.

La prêtresse élargit la cavité et caressa le rongeur.

— Quel bonheur de te revoir ! Tu es magnifique.

Les grandes moustaches frémirent de joie.

— Ma souveraine céleste t'a envoyée… Je prenais un mauvais chemin !

La mangouste traça sept cercles autour de Neit et repartit en empruntant le tunnel qu'elle avait creusé.

Son message était clair : la prêtresse devait continuer à lutter en s'inspirant de l'enseignement de la déesse.

Elle disposait d'un trésor : le tissu primordial, source de toute magie.

À force de le contempler, un projet naquit.

*

Ouâsh observa longuement la superbe jeune femme avant de s'exprimer.

— Ta conduite est exemplaire, me dit-on ; renonce-rais-tu à t'évader ?

— La surveillance est trop étroite, impossible d'échapper à tes soldats.

— Tu es plus raisonnable que je ne le supposais, Neit, et tes soins sont appréciés de mon armée. T'estimes-tu correctement traitée ?

— On ne me torture pas, on ne m'agresse pas, on ne m'injurie pas, je bénéficie d'une hutte, je mange à ma faim… Je t'en remercie.

Le guide suprême éprouva une certaine satisfaction ; sa stratégie procurait des résultats intéressants.

— Si nous reparlions de ce taureau sauvage, gavé de magie ?

— Je suis persuadée que l'esprit de Taureau vit en lui. À la disparition du chef de clan, cette bête monstrueuse deviendra inoffensive.

Enfin une révélation capitale et crédible !

— Ce n'est donc pas ta magie qui l'anime ?

— Je ne possède pas ce pouvoir-là.

Taureau abattu, ses protégés seraient privés de force… Neit avouait, et le Libyen souhaita la victoire des clans adverses !

— Un grave danger te menace, affirma-t-elle.

Le guide suprême se crispa.

— Si c'est la vérité, pourquoi m'avertirais-tu ?

— Parce qu'il me menace aussi et que je ne souhaite pas mourir.

— Explique-toi !

— Tu as conquis le nord du pays, mais tu le connais mal. Ici, les dieux imposent des lois particulières auxquelles chacun est soumis ; les ignorer conduit au malheur et à l'anéantissement.

Intrigué, Ouâsh redoutait une perfidie.

— Qu'exiges-tu en échange de tes informations ?

— Pas de torture, et la vie sauve.

— Et la liberté ?

— Tu ne me l'accorderas pas.

Si belle et si intelligente… Cette femme exceptionnelle méritait un grand destin.

— Je t'accorde ce que tu désires. Maintenant, parle.

— Au sud du pays, les eaux du fleuve ne tarderont pas à gonfler et à se charger de boue rougeâtre. Insuffisante, la crue du Nil provoque la famine ; excessive, elle détruit ; harmonieuse, elle offre la prospérité. Bientôt, elle débutera, et il convient de se préparer au pire. Peut-être le pays entier se transformera-t-il en un vaste lac, et tu ne disposes pas d'embarcations. Sans elles, nous périrons noyés.

— Qui me les procurera ?

— La déesse m'a enseigné l'art du tissage et des nœuds ; qu'on m'apporte des bottes de papyrus, et je fabriquerai des barques. Elles permettront de se déplacer et de survivre.

— Est-ce urgent ?

— Très urgent.

Méfiant, Ouâsh ne voyait pas quel risque il courait. Désireuse de préserver son existence, la prêtresse lui octroyait un outil nouveau qui lui servirait à conforter sa domination sur le Nord et à conquérir le Sud.

— Piti mettra les équipes nécessaires à ta disposition, décréta-t-il.

Quand elle se retira, le guide suprême fut attentif à sa grâce.

En lui proposant une aide aussi précieuse, Neit ne signifiait-elle pas son allégeance ? Élevée au rang d'épouse du guide suprême, elle mettrait à son service les ressources de sa magie.

- 27 -

Lorsque Cigogne sortit enfin de la chambre où reposait Taureau qu'elle tentait de soigner, malgré la gravité de sa blessure, la tristesse de son visage fit craindre le pire à Narmer, Scorpion, Chacal et Gros-Sourcils qui patientaient depuis des heures, attendant le diagnostic de la guérisseuse.

— Il n'a pas survécu! déplora le général, les traits tirés.

— Taureau vivra, affirma Cigogne, mais sa guérison prendra du temps; les griffes du crocodile ont profondément entaillé les chairs et, sans sa robuste constitution, il aurait succombé.

— Peut-il parler? demanda Narmer.

— Il désire vous voir.

Le torse couvert de bandages, l'œil terne et le souffle court, le puissant chef de clan semblait proche du trépas.

— Avons-nous triomphé? questionna-t-il.

— J'ai massacré bon nombre de Vanneaux, répondit Scorpion, et repoussé les troupes de Lion qui campent sur leurs positions; la grande porte a été remise en place, et nos archers veillent.

— Les reptiles et les soldats de Crocodile furent contraints de se retirer, ajouta Narmer; de part et d'autre, les pertes sont considérables. Nous avons restauré la partie des remparts qu'avaient détruite les assaillants et sommes à nouveau en sécurité.

— Taureau, ta percée s'est révélée décisive, précisa le général Gros-Sourcils, et ton courage a forcé l'admiration ! Grâce à toi, nous vaincrons.

— Méfions-nous des illusions, objecta Narmer ; l'adversaire n'est pas terrassé, et l'issue du combat demeure incertaine. La masse des Vanneaux reste impressionnante, et le coup d'éclat de Scorpion, au péril de sa vie, ne doit pas nous aveugler. Quant à Crocodile, il nous réserve forcément de mauvaises surprises. J'ai l'intention de creuser un fossé autour de Nékhen afin de retarder les prochains assauts, mais la tâche ne sera pas facile.

— Profitons du désarroi de l'ennemi, préconisa Gros-Sourcils, et attaquons ! La sortie massive de notre armée le surprendra et, sous mes ordres, elle anéantira les félons. Permets-moi de diriger cette grande offensive, Taureau, et la gloire t'en reviendra !

Le chef de clan incapable de combattre, le commandement serait logiquement attribué au général, officier expérimenté.

Le sabotage des armes ayant échoué, Gros-Sourcils avait décidé d'éliminer Taureau afin de prendre la tête des troupes et de les conduire au massacre ; Lion et Crocodile lui en sauraient gré, comme promis. Et la survie de Taureau présentait un avantage remarquable : le chef de clan en personne adouberait son successeur !

— Tu es un bon général, reconnut le blessé, et tu sais imposer la discipline ; cependant, cette guerre exige des qualités particulières. Jusqu'à mon rétablissement, Scorpion assurera le commandement de l'ensemble des soldats et tu lui obéiras ; Narmer, lui, s'occupera de consolider nos défenses et d'organiser le quotidien.

— L'inexpérience de Scorpion, sa jeunesse, sa...

— Il suffit ! trancha Taureau ; j'ai besoin de dormir.

*

Narmer procura à Cigogne du lait caillé et de l'argile que la guérisseuse utiliserait en pansement pour éviter la suppuration des plaies et hâter la cicatrisation ; Taureau avait perdu beaucoup de sang, mais nul organe vital n'ayant été gravement atteint, la vieille dame, en dépit de sa prudence, se voulait optimiste.

N'étant pas parvenu à trouver un témoin du drame, Narmer peinait à comprendre comment Taureau s'était fait surprendre ; par mesure de précaution, deux soldats d'élite garderaient sa chambre jour et nuit, et personne ne serait autorisé à y pénétrer en dehors de la réunion quotidienne du conseil de guerre regroupant Scorpion, Chacal, Cigogne, le général Gros-Sourcils et lui-même. Seule Cigogne, assurant de multiples soins, bénéficiait d'un libre accès.

Dirigée par Chacal, la cérémonie de deuil prenait fin. Les belligérants avaient observé une trêve afin d'enterrer leurs morts et, selon ses tristes prévisions, le chef de clan avait utilisé les étoffes provenant d'Abydos pour envelopper certaines dépouilles, notamment celles de ses fidèles sujets qui s'étaient battus avec un dévouement admirable ; deux taureaux sauvages avaient également succombé.

Utilisant un couteau rituel, Chacal avait symboliquement ouvert la bouche des défunts, reconnus « justes de voix » et aptes à parcourir les chemins de l'au-delà. L'heure était maintenant aux réjouissances ; les rescapés méritaient un banquet bien arrosé. Pendant quelques heures, ils oublieraient l'affrontement passé et celui à venir ; et les chants joyeux hâteraient la guérison de Taureau. Dépité, Gros-Sourcils vida coupe sur coupe, de façon à effacer son échec momentané ; chacun croirait qu'il participait à la fête en toute sincérité.

169

À l'écart du brouhaha, Narmer s'approcha de Cigogne.

— As-tu dit la vérité à propos de Taureau ?

— En douterais-tu ?

— S'il mourait, le moral de l'armée s'effondrerait.

— Tu n'as pas tort.

— Aurais-tu menti pour éviter une démobilisation ?

— Non, Narmer ; je parviendrai à guérir Taureau, et il recouvrera sa force légendaire.

Soulagé, le jeune homme respira mieux ; néanmoins, une autre inquiétude l'oppressait.

— Mes messagères continuent à survoler le Nord, indiqua Cigogne ; elles ont vu des villages brûlés et des cohortes de déportés. La capitale de Taureau est intacte, le sanctuaire de Neit également ; mais pas trace de la prêtresse.

Brusquement, le vacarme s'interrompit.

Scorpion brandissait la lourde massue avec laquelle il avait fracassé le crâne de tant d'adversaires, et ce geste éteignit la liesse. Fallait-il déjà entamer un nouveau combat ?

— Rassurez-vous, clama-t-il, j'ai une bonne nouvelle à vous annoncer !

La curiosité fut éveillée, la nervosité se dissipa.

— Votre vaillance mérite récompense, estima le chef de l'armée. Un banquet, du vin et... le Vieux apporte votre surprise !

Pas peu fier d'être le point de mire, le serviteur de Scorpion s'avança, suivi d'une cinquantaine de jeunes femmes nues, reliées par une corde.

— Prise de guerre ! proclama Scorpion. Au lieu de tuer ces femelles Vanneaux, j'ai décidé de vous les offrir !

Une clameur salua cette déclaration.

Affolées, les malheureuses baissèrent la tête et tentèrent, en vain, de défaire leurs liens.

Sauf une.

Une grande brune arrogante, à la poitrine ferme et à la toison de jais; semblant indifférente à son sort, elle méprisait ses futurs violeurs.

— Les officiers d'abord, décréta Scorpion; ensuite, les hommes de troupe.

Des acclamations remercièrent le généreux donateur; en un instant, il venait de conquérir des guerriers prêts à lui obéir aveuglément.

Scorpion coupa la corde et remit les proies à leurs prédateurs en rut.

— Toi, dit-il à la grande brune, approche.

Dédaigneuse, elle consentit à avancer d'un pas. L'agrippant par le bras, Scorpion la plaqua contre lui.

— Je ne te plais pas?

Elle lui cracha au visage.

Le Vieux étouffa un soupir d'indignation; cette femelle allait beaucoup souffrir avant de réclamer la mort!

— Tu as du caractère... Ton nom?

— Nageuse.

— As-tu conscience de la gravité de ton acte?

— Si j'avais pu te crever les yeux et trancher ton sexe, je n'aurais pas hésité. Ainsi, mon peuple aurait été vengé.

— Toi, Nageuse, tu me plais; à ta place, j'aurais réagi de la même manière. Nous partageons un désir identique : vivre, à n'importe quel prix !

L'argument fit vaciller les yeux noirs de la belle.

Scorpion n'eut pas à s'exprimer pour poser les conditions du pacte : ou bien elle devenait sa maîtresse, ou bien il la tuait, ne supportant pas qu'elle appartînt à une kyrielle de soldats.

De la paume de sa main, d'une douceur exquise, elle essuya le visage de son futur amant qui l'entraîna vers ses quartiers.

Fleur n'avait rien perdu de la scène. Folle de rage, elle bouscula des fantassins ivres, courut jusqu'à sa chambre et s'effondra en pleurs.

Le Vieux dodelina de la tête.

— De sérieux ennuis en perspective, marmonna-t-il.

- 28 -

— Un désastre, estima Lion.

— Certainement pas, objecta Crocodile.

— J'ai perdu des lionnes, de nombreux guerriers, des centaines de Vanneaux ont été exterminés, et ton général a été éventré!

— Nous n'avons pas réussi à nous emparer de Nékhen, reconnut Crocodile, et nos pertes sont sévères; mais n'oublie pas celles de l'ennemi! Pendant cette trêve, n'a-t-il pas déploré une impressionnante quantité de cadavres?

Calmé, Lion acquiesça.

— J'espérais mieux.

— Ne sois pas impatient, mon ami; nous nous heurtons à forte partie, et seule notre opiniâtreté nous procurera la victoire.

— Toi, n'oublies-tu pas notre allié de l'intérieur? Gros-Sourcils avait promis de saboter les armes de Taureau; or, ses arcs, ses flèches, ses javelots et même ses massues sont supérieurs aux nôtres! Et tu n'as pas assisté à la ruée d'un jeune guerrier, tellement déchaîné qu'il a épouvanté des combattants endurcis. Ne comptons pas sur ce traître de pacotille... Ses moyens ne sont pas à la mesure de ses ambitions.

— Ne soyons pas si pessimistes.

— Pourquoi continuer à lui faire confiance ?

— Parce que j'ai vu le général Gros-Sourcils frapper Taureau dans le dos avec une griffe de crocodile.

Le visage de Lion s'illumina.

— L'a-t-il... tué ?

— Je l'ignore ; le corps de Taureau a été transporté à l'intérieur de Nékhen. Peut-être agonise-t-il.

— En ce cas, ses soldats perdront l'envie de se battre !

— À moins qu'un nouveau chef ne s'impose, comme ce jeune guerrier qui a percé tes lignes.

Lion fit la moue.

— Malheureusement, Gros-Sourcils ne peut pas nous renseigner...

— Le général parviendra à ses fins, prédit Crocodile, prendra la tête du clan et s'alliera avec nous. Alors, nous l'éliminerons, et ses hommes se joindront aux nôtres pour former une gigantesque armée. Elle chassera les Libyens et nous serons les maîtres du pays entier.

*

Lentement, la santé de Taureau s'améliorait ; incapable de se lever, il affrontait dignement la souffrance qu'atténuaient les remèdes de Cigogne. Chaque jour, il écoutait les rapports détaillés de Scorpion, de Narmer et de Gros-Sourcils qui paraissaient s'entendre au mieux. Les troupes reprenaient leur souffle, à l'abri des murailles de Nékhen, et l'adversaire aurait besoin de temps afin de reconstituer ses forces en vue d'un nouvel affrontement. Parfait courtisan, le général se félicitait des sages décisions de son chef dont chacun attendait le retour à la tête de l'armée.

Du haut des remparts, Scorpion et Narmer contemplaient la zone piégée, en grande partie reconstituée, et le profond fossé creusé sous la protection des archers.

— Nous en sommes sortis indemnes, constata Scorpion, mais cette tuerie ne fut qu'une étape ; les assaillants gardent la suprématie.

— Crocodile élève probablement de nouveaux reptiles, avança Narmer ; je crains que nous ne puissions résister à un nouvel assaut.

— Être assiégé ne me convient pas ; à force de subir et de défendre, nous céderons.

— Je partage presque ton point de vue ; ta solution ?

— Une sortie massive et soudaine, avec l'ensemble de nos guerriers, et d'un seul côté.

— Lequel ?

— Voilà la difficulté ! Vers le Nil, on se heurtera à Crocodile et à ses monstres ; vers le désert, à Lion, à ses fauves et aux Vanneaux. Comme nous avons perdu la moitié de nos hommes, notre infériorité numérique est un grave désavantage, et la foule des Vanneaux risque de nous étouffer.

— La férocité des reptiles et des tueurs de Crocodile n'est guère plus tentante, estima Narmer ; quantité de fantassins restent épouvantés de ce qu'ils ont subi lors du combat, et je crains qu'ils n'aient pas envie de revivre une telle épreuve.

— Eh bien, ce sera le désert !

— Ne souhaites-tu pas attendre le rétablissement de Taureau ?

— Il m'a confié le commandement, et j'assumerai cette responsabilité. Nous devons surprendre l'ennemi, Narmer ; attendre serait une erreur. Et puis…

— Et puis ?

— Je n'oublie rien, précisa Scorpion ; je voulais tuer Taureau, et notre alliance momentanée ne modifie pas mes projets.

— Lui t'accorde sa confiance !

— Il a exterminé les miens, je me vengerai.

Narmer songea au massacre de son clan et à l'assassinat de la petite voyante qui lui avait sauvé la vie ; jamais il n'oublierait sa promesse : découvrir la vérité et châtier le coupable.

— Il faut d'abord sortir de ce guêpier, ne crois-tu pas ?

Scorpion acquiesça.

— Nous vaincrons ensemble, mon frère ; ensuite, nous nous débarrasserons de Taureau.

*

Scorpion ne s'était pas trompé : la magnifique femelle Vanneau avait un tempérament de feu. Tout en le détestant, elle savait que sa survie passait par le bon plaisir de son nouveau maître. Et son comportement amoureux n'était pas celui d'une rebelle ; sensuelle, ardente, elle ne repoussait aucune des initiatives de son amant et, au contraire, l'invitait à déployer sa fougue. Seule comptait l'exaltation des sens ; sans prononcer un mot, ils s'évertuaient à repousser les limites du désir.

En dehors de leurs ébats, Nageuse était emprisonnée ; correctement nourrie, elle ne protestait pas, attendant le retour de Scorpion.

Alors qu'il s'apprêtait à inspecter ses troupes, Fleur s'interposa.

— Combien de temps ça va durer ?

— Je n'ai pas à te révéler mes intentions.

— Je ne te parle pas de la guerre, mais de cette Vanneau !

Scorpion sourit.

— Tu le sais, ma douce, je ne supporte pas de contrainte, surtout de la part d'une femme.

— Tu t'en lasseras vite !

— Peut-être.

— Amuse-toi, mon amour, et reviens-moi. Sinon…

— Oserais-tu me menacer ?

— Pas toi.

Scorpion attira Fleur contre lui.

— Ne touche pas à cette Vanneau ; elle est l'un des éléments de ma stratégie.

La jeune femme fut soulagée. Cette rivale d'un jour n'était qu'un instrument entre les mains de son amant.

*

— Pourquoi t'appelles-tu Nageuse ? demanda Scorpion à sa maîtresse, étendue sur le dos, impudique et comblée.

— C'est un secret.

— Confie-le-moi.

— Si j'accepte, que me restera-t-il ?

— Si tu refuses, je t'étrangle.

La douceur du ton contrastait avec la dureté du regard. La jeune femme comprit que Scorpion ne plaisantait pas.

— Je connais les dangers du fleuve et je sais les éviter.

— Serais-tu capable d'échapper aux crocodiles ?

— Je connais leurs habitudes et celles des hippopotames, leurs seuls ennemis. Les crocodiles dévorent les petits des hippopotames, lors de l'accouchement, et les énormes quadrupèdes, fous de rage, percent le ventre des sauriens de leurs longues canines. J'ai appris à me déplacer sous l'eau en évitant les uns et les autres.

— Tu m'enseigneras ta science, Nageuse.

— C'est très risqué.

— J'aime le danger.

Des coassements les alertèrent.

Non loin d'eux, des grenouilles d'un vert éclatant bondissaient à une hauteur surprenante !

— Elles vont se reproduire, annonça la jeune femme, et ce renouvellement des naissances annonce l'arrivée de la crue.

- 29 -

Scorpion passait la nuit avec Nageuse ; délaissée, ne cessant de pleurer, Fleur refusa d'abdiquer. Elle ne permettrait pas à cette traînée de lui voler son amant.

Rapide, elle se glissa jusqu'au laboratoire de Cigogne où la vieille guérisseuse entreposait ses potions et ses remèdes ; parmi eux, des substances dangereuses qu'elle savait doser pour calmer les douleurs de Taureau et des autres blessés. Un liquide rouge l'attira ; mêlé à du vin, il passerait inaperçu.

S'il n'était pas efficace, Fleur volerait une meilleure potion. Elle finirait par trouver le poison qui la débarrasserait de sa rivale ; celle-là n'était pas une simple passade, mais une démone dangereuse, décidée à dévorer l'âme de Scorpion.

Fleur le sauverait et le ramènerait à elle.

Pas un souffle d'air, une chaleur étouffante, des organismes épuisés… Au moindre mouvement, le corps se trempait de sueur. La jeune femme oubliait la rudesse du climat, ne songeant qu'à préserver son bonheur.

Elle évita deux gardes ensommeillés et regagna sa chambre, malheureusement vide ; incapable de dormir, elle croyait entendre les gémissements de Scorpion et de Nageuse.

*

Dès le lever du soleil, la canicule fut accablante. Craquelée, la terre souffrait et le niveau du fleuve avait baissé de manière inquiétante. Chacun recherchait de la fraîcheur, et Narmer avait la plus grande peine à faire exécuter les tâches quotidiennes.

Les citernes étaient presque vides.

Demain, il faudrait tenter une sortie et rapporter de l'eau ; bien visibles sur des buttes herbeuses, des crocodiles guettaient leurs futures victimes.

— Je m'en occuperai, promit Scorpion.

— Ils sont nombreux et énormes, observa Narmer.

— On a besoin de boire !

— Risques considérables, minces chances de succès…

— Nous avons l'habitude, mon frère !

— Regarde le Nil ! Il change de couleur à vue d'œil…

Devenant boueux, le flot gonflait à une rapidité stupéfiante et le niveau du fleuve commençait à monter.

Au fil des heures, le phénomène s'accentua et une certitude s'imposa : cette crue s'annonçait monstrueuse ! Provenant à la fois du ciel et de la caverne où résidaient les dieux décidant de la renaissance des eaux, elle modifierait rapidement le paysage et les conditions de la guerre.

Savourant son vin, le Vieux n'appréciait guère le spectacle ; une telle masse de liquide ne finirait-elle pas par menacer les murailles de Nékhen ? La vitesse du courant avait repoussé les crocodiles, et la taille du nouveau lac ne cessait de croître ; il s'attaquait au désert, contraignant les troupes de Lion et des milliers de Vanneaux à reculer.

— Dis donc, demanda-t-il à Scorpion, tu nous crois vraiment en sécurité à Nékhen ? La ville ressemblera bientôt à un îlot perdu !

— Pas de panique, on agira en conséquence.

Comme d'habitude, la réponse n'avait rien de rassurant.

*

Une semaine après le début de cette crue anormale, les lieux étaient méconnaissables. Le flot semblait s'étendre à l'infini, effaçant les rives, les monticules, les zones verdoyantes et une bonne partie du désert.

Les troupes de Lion et de Crocodile n'étaient plus visibles ; afin d'éviter la noyade, elles avaient dû s'écarter de Nékhen dont les murs subissaient la pression des eaux.

— Si la ville n'avait pas été construite par les Âmes, estima Cigogne, elle aurait été détruite.

Narmer se rappela les blocs de la cité du pilier et l'enseignement de la douce Gazelle qui lui avait appris à choisir les bonnes pierres ; un jour, les humains seraient-ils capables de les utiliser pour ériger des monuments à la gloire des dieux ?

Une messagère se posa et parla longuement à la cheffe de clan ; puis le conseil se réunit autour de Taureau, convalescent. À présent, il parvenait à s'asseoir, et son féroce appétit ressurgissait.

— Cette crue causera de terribles ravages, annonça Cigogne ; selon ma messagère, elle atteint des hauteurs inconnues et a submergé tout le Sud, tuant quantité d'animaux et dévastant les habitations. Et le niveau continue à monter.

— A-t-elle repéré l'ennemi ? s'inquiéta Taureau.

— Crocodile, ses reptiles et ses soldats ont établi leur base à deux jours de marche de Nékhen, sur des buttes encore émergées ; Lion et les Vanneaux résident en plein désert. En raison des circonstances, une attaque est exclue.

181

— Excellente nouvelle !

— L'eau ne tardera pas à frôler le sommet des remparts, précisa Narmer ; nos hommes effectuent des travaux de consolidation, mais reste à espérer que la crue se calme ! Sa fureur pourrait nous engloutir et offrir à nos adversaires la plus facile des victoires.

— Nous sommes certains de ne pas mourir de soif, affirma Scorpion, et la pêche s'annonce abondante ! Si Nékhen s'effondre, une solution : la quitter.

— La plupart de nos hommes ne savent pas nager, objecta Taureau, inquiet.

— J'ai recruté une femme qui saura le leur apprendre ; et les leçons débutent aujourd'hui. En l'absence des crocodiles, une vraie partie de plaisir !

Dubitatif, Taureau acquiesça.

— Les Âmes avaient prévu cette crue, assura Chacal de sa voix grave et posée ; en colmatant quelques points faibles à la base des fortifications, Narmer nous met à l'abri d'une catastrophe. Nékhen tiendra bon.

— Je vais néanmoins former nos guerriers à une nouvelle discipline, promit Scorpion ; quand le combat reprendra, elle sera peut-être décisive.

*

Le Vieux était préoccupé. Le stock de jarres de vin diminuait, celui des jarres d'eau augmentait ; aussi avait-il prié Scorpion de lui attribuer une réserve exclusive, craignant le manque de cette substance vitale ; la réalité n'était-elle pas une hallucination due au manque de vin ?

D'abord redoutée, la décision de Scorpion avait provoqué une franche animation ; à la vue de Nageuse, leur professeur à la nudité magnifique, les candidats s'étaient bousculés.

Mais leur supérieur passait le premier et, sous le regard jaloux de Fleur, le superbe athlète se soumit aux conseils de la Vanneau qui lui montra comment se mouvoir au sein de l'élément liquide en évitant ses pièges. Les dons de Scorpion et son aisance abusèrent ses suivants, raides et maladroits, qu'il fallut souvent sauver de la noyade.

À force de persévérance, l'entreprise fut couronnée de succès, et les fantassins, entourés de chacals à l'habileté naturelle, assimilèrent différentes techniques enseignées par Nageuse; désormais, ils apprivoiseraient le fleuve.

Dans la chaleur du crépuscule, Scorpion et son guide s'éloignèrent de Nékhen en crawlant, infatigables; enfin, elle s'arrêta et le fixa, furieuse.

— Je ne t'ai rien appris, n'est-ce pas?

Il plongea, s'empara de ses jambes et la plaqua contre lui, avant de remonter à la surface.

— Tu es un menteur, un…

Son baiser enflammé lui ferma la bouche. Ne tentant pas de se débattre, elle ondula afin de mieux accueillir son désir et de jouir de ce corps puissant autant qu'il profitait d'elle.

*

— Vous devez avoir soif, dit Fleur aux deux amants qui reprenaient leur souffle en se laissant sécher au sommet des remparts; après ce long séjour dans l'eau, une coupe de vin ne s'impose-t-elle pas?

Elle offrit les bols en terre cuite.

D'un geste vif, Scorpion s'empara de celui que Fleur avait donné à sa rivale.

— Le chef de l'armée d'abord!

Le visage de Fleur se décomposa.

— Tu es bien pâle... Serais-tu souffrante?

— Juste un peu de fatigue.

Feignant d'être victime d'un malaise, Fleur s'effondra et, en s'agrippant à Scorpion, renversa la coupe.

— Ne recommence pas, lui murmura-t-il à l'oreille.

Il la gifla et l'obligea à se tenir debout.

— Va nous chercher des vêtements, nous allons dîner. Je meurs de faim!

À l'intensité de son regard, Nageuse sut que sa nuit serait agitée.

Obéissante, Fleur sentit la haine l'envahir.

- 30 -

Jour après jour, Neit nouait les tiges de papyrus que les Libyens lui apportaient et confectionnait des barques légères, pouvant supporter le poids de deux ou trois hommes.

Sceptique, Ikesh en avait essayé plusieurs ; vu sa taille et sa corpulence, le Nubien, étonné, constata la robustesse de ces frêles embarcations, désormais stockées dans des paillotes.

Pourquoi la prisonnière offrait-elle un tel trésor aux conquérants ? Unique raison possible : comprenant qu'elle ne retrouverait pas la liberté, elle se soumettait et tentait de se rendre indispensable afin de préserver sa vie. Oubliant son passé, elle se pliait aux exigences de son nouveau maître, le guide suprême, avec l'espoir de le séduire.

Deviendrait-elle une menace ? Peu probable, car Ouâsh saurait la briser et la réduire à l'état d'esclave lorsqu'il aurait tiré d'elle le maximum de plaisir. Rassuré, le colosse noir la laissa poursuivre son travail.

*

Avant de s'assoupir, la prêtresse éprouva une intense satisfaction. Malgré sa méfiance, Ikesh n'avait pas perçu

185

ses véritables intentions; vérifiant par lui-même la fiabilité de sa production, il adresserait un rapport positif à son chef et Neit continuerait à façonner ses pièges.

Délivrée de la surveillance permanente du Nubien, elle dénouerait les ligatures des barques entreposées, sans trace visible, et prononcerait sur elles une formule de malédiction qui les condamnerait à couler.

Fermant les yeux, elle ressentit la force de Narmer.

Il vivait et continuait à lutter, mais d'une autre manière; elle le vit au milieu des flots, contemplant un lac immense.

La crue... La crue atteindrait bientôt le Nord! Ne s'accordant qu'un bref repos, Neit se remit à la tâche. Elle ne préserverait qu'une embarcation, sa seule chance de s'enfuir.

*

— Cesse ton labeur, ordonna la voix mielleuse de Piti.

— Ma flottille est insuffisante, objecta-t-elle; vous êtes nombreux, il me faut encore beaucoup de bottes de papyrus.

— Le guide suprême veut te voir. Immédiatement.

Le ton sec inquiéta la jeune femme; les Libyens avaient-ils découvert son stratagème?

Docile, elle suivit Piti, nerveux.

Souffrant de la chaleur, Ouâsh était couché à l'ombre d'un sycomore, buvant de l'eau à intervalles réguliers et dégustant des dattes; les yeux mi-clos, il admira la démarche si gracieuse de sa future épouse.

— Assieds-toi, Neit; Piti, apporte-nous de la bière.

La jeune femme se tint à distance respectueuse du guide suprême.

— Te procure-t-on les matériaux nécessaires?

— Tes hommes sont efficaces, seigneur, j'ai déjà fabriqué des dizaines de canots et je dois me hâter, car la crue approche. Le comportement des insectes et la reproduction des grenouilles sont des signes qui ne trompent pas.

— Ikesh m'a vanté la qualité de ton travail, et j'ai le sentiment que tu ne crois plus au retour de Taureau.

Neit baissa la tête.

— Tes troupes s'installent, n'est-ce pas ?

— En effet, et pour toujours ; nos forteresses formeront une frontière infranchissable et décourageront toute tentative d'agression. À présent, tu en es consciente : la misérable capitale des résistants tombera, et je serai le seul maître du Nord. Dis-moi la vérité : comment priver de magie le taureau sauvage ?

La jeune femme hésita.

— Puisque j'ai cessé de présenter des offrandes à la déesse, cette magie s'éteindra d'elle-même, et le monstre redeviendra une simple bête, à portée de vos flèches et de vos lances.

Un sourire satisfait envahit le visage du guide suprême.

— Tu as fait le bon choix, Neit, en te ralliant à mon autorité, et tu mérites une récompense. Que te plairait-il d'obtenir ?

La prêtresse parut gênée.

— Cela semblera si futile... Quand je célébrais le culte, j'utilisais des onguents et je disposais de parfums, de spatules, de peignes et d'épingles. Pourrait-on me redonner mon matériel de maquillage ?

Fardée, ne serait-elle pas plus désirable ? Amusé, le guide suprême se redressa et lui prit la main.

— Je t'accorde ce privilège. Oublie ta déesse, et sois belle pour ton maître.

Neit s'inclina.

*

Le guide suprême était rayonnant; rien ne s'opposait à sa suprématie et, par surcroît, il avait capté l'affection d'une magicienne dont il utiliserait les pouvoirs. Elle serait à ses côtés lorsqu'il raserait la citadelle de Taureau et torturerait les derniers résistants.

Les joues rougies, Piti accourait.

— Seigneur, seigneur, c'est incroyable!

— Calme-toi, mon ami, et réjouis-toi de ma bonne fortune; la farouche prêtresse m'a cédé, et je te charge des préparatifs de mon mariage.

— Auparavant, seigneur, il faut quitter cet endroit!

Le front du guide se plissa

— Que se passe-t-il?

— L'eau monte à une vitesse folle, elle envahit tout! Si nous ne partons pas, nous périrons noyés.

— Les canots de Neit nous sauveront! Les a-t-on sortis des paillotes?

— Ikesh s'en occupe; hâtons-nous.

En découvrant le surprenant spectacle, Ouâsh comprit l'angoisse de Piti.

La steppe devenait un immense étang qui ne cessait de s'étendre et de gonfler. Pour des Libyens, ce phénomène était extraordinaire et les soldats, désemparés, couraient en tous sens, tentant de préserver leurs armes. Mais dans les étendues plates du Nord, sillonnées de canaux se transformant en fleuves agressifs, où se réfugier?

— Utilisons les embarcations et rendons-nous au fortin le plus proche.

— Leur nombre est insuffisant, déplora Piti, et la plupart de nos fantassins ne savent pas nager.

— Ikesh et toi, rétablissez la discipline et sélectionnez nos meilleurs guerriers. Les autres se débrouilleront. Qu'on m'apporte immédiatement ma barque.

*

Neit remercia la déesse et lui présenta une modeste offrande de plantes médicinales. Se mouvant au sein de l'océan primordial, elle avait convaincu le conseil des divinités régnant sur le flot de déclencher une crue exceptionnelle et ravageuse. Certes, les conséquences seraient désastreuses : villages emportés, cultures détruites, victimes animales et humaines... Mais les clans félons et les envahisseurs libyens verraient leur agression stoppée.

Et la jeune femme avait enfin l'occasion de s'échapper et de rejoindre Narmer !

À proximité du camp d'Ouâsh, un bras du Nil, déjà navigable en temps normal, prenait d'inquiétantes proportions ; dangereuse, la vitesse du courant permettrait à la prêtresse de s'éloigner rapidement. Sa barque, la seule utilisable et pourvue de solides ligatures, se trouvait à une dizaine de pas de sa hutte ; encore quelques heures, elle serait au bord de l'eau.

À peine sortait-elle de sa prison que deux gardes la menacèrent de leurs lances.

— Interdiction de bouger ! Ordre formel d'Ikesh.

— Je dois terminer la fabrication de ce canot, il pourra transporter trois personnes et nous sauver la vie.

Les Libyens se consultèrent du regard.

— Dépêche-toi.

Toujours vêtue de l'étoffe sacrée de Neit, la jeune femme avait dissimulé dans un pli les longues et pointues aiguilles en os provenant de la trousse de maquillage restituée par Ouâsh.

Le grand Nubien ne parvenait pas à calmer l'agitation ; on criait, on se bousculait, on n'écoutait pas ses consignes ! Irrité, il fracassa le crâne d'un affolé glapissant, fit tournoyer le cadavre et le jeta sur un groupe se disputant une barque.

— À qui le tour?

La question rétablit un semblant de calme.

Ikesh réussit à répartir des équipes et choisit les gaillards les moins excités, en tenant compte de leur robustesse et de leur férocité au combat. Offrant un abri sûr, le premier bastion libyen, récemment achevé, était assez proche; vu la force croissante du courant, le voyage serait de courte durée.

- 31 -

Les guetteurs étaient sidérés. Seule la colère divine pouvait engendrer une crue d'une telle violence et d'une telle ampleur! Les troupes libyennes qui encerclaient la capitale de Taureau pataugeaient dans l'eau boueuse et n'avaient d'autres solutions que la débandade ou la noyade.

— Nous sommes sauvés! s'exclama un archer.

— Détrompe-toi, objecta le capitaine; la pression des flots sapera nos murs et détruira la forteresse. Il faut la quitter sur-le-champ.

D'ordinaire si calme, le taureau sauvage grommelait et grattait le sol de ses sabots; percevant le danger, il ne tarderait pas à briser son enclos et à foncer droit devant lui.

— Si nous sortons, estima un vieil homme, des Libyens embusqués nous abattront.

— Ils ne sont pas en état de combattre, avança l'officier.

Délitées, des briques éclatèrent, et la crue commença à envahir la place forte. Il n'était plus temps de tergiverser.

— Ouvrez la grande porte! ordonna le capitaine; nous partirons en bon ordre et suivrons le taureau. Puissent les dieux nous protéger.

Malgré un début de panique, les soldats réussirent à maintenir un minimum de discipline ; prenant la tête de la colonne d'humains, le puissant quadrupède s'élança en direction du Sud.

*

Et si Piti utilisait les circonstances pour se débarrasser du géant noir ? Occupé à répartir les embarcations, Ikesh ne se méfiait pas d'un éventuel agresseur. Le bras droit du guide suprême ne supportait pas que le Nubien disposât d'une arme contre lui ; tôt ou tard, il parlerait de sa tentative d'assassinat à l'encontre de la future reine, et la colère d'Ouâsh n'épargnerait pas son fidèle serviteur. Comment éliminer ce risque, sinon en supprimant le délateur ?

L'eau montait jusqu'aux chevilles. Crispé, Piti craignait de manquer de force quand il planterait le poignard dans le dos du colosse ; il l'imaginait blessé, se retournant et découvrant le meurtrier ! Désabusé, le Libyen renonça.

— Mon canot est-il prêt ? demanda le guide suprême.

— Bien sûr, seigneur ! Deux de nos meilleurs fantassins assureront votre protection ; Ikesh vous précédera, je vous suivrai.

— Et ma future épouse ?

— Elle est surveillée de près.

— Donne le signal du départ.

*

Ikesh avait choisi un bras d'eau où le courant n'était pas trop rapide ; ramant avec leurs mains, les soldats maintiendraient l'équilibre. Le convoi s'organisait, et les condamnés n'avaient pas encore conscience de leur sort, persuadés que la troupe entière serait évacuée.

La barque de Neit fut disposée en tête du convoi ; Ouâsh lui adressa un petit signe de la main, elle répondit par un sourire.

Et l'on commença à fendre les ondes, sous l'œil incrédule des fantassins abandonnés à eux-mêmes, cherchant en vain un moyen d'échapper à la crue.

Dès que l'embarcation prit de la vitesse, Neit sortit une aiguille de sa robe et piqua les reins de l'homme de proue. S'arc-boutant, il perdit l'équilibre et chuta lourdement ; vive, la prêtresse se retourna et planta une deuxième aiguille dans le bas-ventre du second garde. Couinant de douleur, il s'effondra sur lui-même et, d'un coup de pied, la jeune femme le fit basculer.

Libre… Elle était libre !

Les hurlements des Libyens la dégrisèrent. Orientant sa barque vers le milieu du canal, elle acquit de la vitesse, espérant distancer ses poursuivants ; mais Ikesh l'imita, et les ligatures de papyrus tardaient à céder.

Le long bras du Nubien se tendit, désireux d'agripper la poupe de la fuyarde et de la ramener à lui. Floué, le guide suprême châtierait avec un maximum de cruauté la femelle qui avait eu l'impudence de le tromper.

Au bord des larmes, Neit n'osait imaginer les tortures qu'elle allait subir. Ne valait-il pas mieux se percer le cœur de sa dernière aiguille ?

Les doigts du colosse saisirent l'arrière de l'esquif ; la prêtresse sentit le regard avide du prédateur et décida de se donner la mort.

Des profondeurs surgirent deux gueules équipées de dents acérées ; elles se refermèrent sur les jambes des soldats escortant Ikesh, et les crocodiles chargés de protéger Neit secouèrent leurs proies en les déchiquetant. La violence de l'attaque sema la panique, et le piétinement des fantassins provoqua la rupture des fragiles ligatures ; seule la barque du guide suprême refusa de sombrer. Rameutant ses troupes, Ikesh s'agrippa aux débris des esquifs, les survivants l'imitèrent ; tous redoutaient une nouvelle attaque des crocodiles, mais ils quittèrent le lieu du naufrage et accompagnèrent Neit qui s'éloignait à belle allure.

À peine Ouâsh touchait-il la rive que son embarcation céda ; Ikesh, Piti et quelques soldats réussirent à sortir du canal où avaient péri nombre de Libyens.

— Maudite sorcière ! s'exclama Piti ; elle avait décidé de vous tuer, seigneur !

Le guide suprême garda son calme.

— Elle m'a abusé, en effet, et je la retrouverai.

— M'autoriserez-vous à la supplicier ?

— Je m'en chargerai moi-même. Avant de mourir, elle dépassera les limites de toute souffrance.

Le sol était spongieux, l'eau continuait à monter.

— En marchant aussi vite que possible, préconisa Ikesh, nous avons une petite chance d'atteindre un fortin.

— Nous l'atteindrons, promit le guide suprême.

*

Les deux crocodiles escortaient la barque de Neit, propulsée vers le nord par un courant rapide. Cette fois, elle avait échappé aux Libyens, souhaitant qu'un maximum d'envahisseurs fût hors d'état de nuire ! Pendant de longs moments, la jeune femme savoura cette liberté retrouvée, en grande partie grâce aux émissaires de la déesse qui ne l'avait pas abandonnée. S'agenouillant, la prêtresse lui adressa une prière, en louant son nom secret, détenteur des puissances vitales.

De gros nuages encombraient le ciel et cachaient le soleil ; en revivant sa fuite, Neit acquit la certitude que le guide suprême, bénéficiant d'une chance insolente, ne s'était pas noyé. Elle le revoyait escalader une rive, entouré des rescapés. Désormais, il n'aurait qu'une obsession : mettre la main sur elle et la châtier.

Et la difficulté de sa tâche lui apparut : pour retrouver Narmer, il lui faudrait traverser le vaste territoire à présent contrôlé par les Libyens, seule et sans armes! À l'évidence, pas le moindre espoir d'y parvenir. Unique issue : retomber prisonnière et subir d'abominables tortures.

Soudain, un épais brouillard enveloppa la barque; désorientée, Neit aboutit à l'extrémité d'un canal que fermait une muraille de hautes herbes. Les crocodiles disparurent, la mangouste descendit de l'ombelle d'un papyrus et traça un chemin dans le fouillis végétal.

Confiante, la prêtresse la suivit.

Sans son guide, elle se serait égarée au sein de ce chaos obscur, hanté de bruits inquiétants et de cris de prédateurs en chasse; ici, l'humain n'avait pas sa place.

La mangouste s'immobilisa, se dressa sur ses pattes arrière et fit un geste de vénération qu'imita la jeune femme.

Émergeant du brouillard, trois géants à tête de faucon, les Âmes de Bouto.

— Nul ne peut franchir cette frontière, dit une voix si grave que ses vibrations ébranlèrent le corps entier de la rescapée.

Vacillante, elle réussit à se tenir debout et affronta le regard enflammé des gardiens de la cité sacrée.

— Je suis la servante de Neit, déesse des eaux primordiales, et j'ai besoin de votre aide.

— Prouve ta qualité.

La prêtresse ôta lentement l'étoffe lui servant de vêtement et la présenta aux Âmes de Bouto.

— Ce tissu est l'œil de lumière, il crée les êtres vivants quand la déesse prononce les sept paroles victorieuses de la mort.

Les trois géants à tête de faucon se rapprochèrent de Neit qui se sentit à la fois écrasée et aspirée vers un ciel où brillait une clarté intense. Fière, elle osa contempler les Âmes.

— Puisque tu as prononcé la vérité, nous t'ouvrons les portes de Bouto.

- 32 -

À l'étonnement du Vieux, les murs de Nékhen résistaient à la pression des eaux, et la cité des Âmes disparues apparaissait comme un îlot au cœur d'un lac immense écrasé de soleil. Chaque jour, Chacal passait de longues heures au temple à vénérer ses ancêtres et à les remercier de leur protection. Les assiégés se gavaient de poisson, goûtant paix et repos jusqu'à la décrue. La santé des blessés s'améliorait et le plus illustre d'entre eux, le chef de clan Taureau, recouvrait peu à peu sa vigueur d'antan.

Choyé, Vent du Nord appréciait la tranquillité de cette période, à l'instar de la vache et du veau de Narmer, admirateur de la vieille Cigogne qui imposait de strictes mesures d'hygiène afin d'éviter toute maladie contagieuse. L'ensemble de la cité était régulièrement purifié au natron et l'on badigeonnait les murs des différents locaux d'ail moulu pulvérisé avec de la bière. Chacun se lavait les mains plusieurs fois par jour et, lors des ablutions matinales, on utilisait un savon composé de natron et de graisses animales mélangées à du calcaire.

Intransigeante, la vieille cheffe traquait les réticents et n'omettait aucun recoin de la ville. La propreté était garante de la survie, et même le Vieux, pourtant grognon, devait se récurer au terme de ses longues nuits.

Attentif, Narmer recueillait la science de Cigogne, la considérant comme essentielle à l'harmonie d'une société ; en jugulant les risques d'épidémie et en exigeant la dignité physique, la guérisseuse maintenait au plus haut le moral des assiégés.

— D'après mes messagères, lui révéla-t-elle, cette crue exceptionnelle recouvre le pays entier, et le Nord ressemble à un marécage sans limites.

— La place forte de Taureau a-t-elle résisté ?

— Malheureusement, non. Seuls subsistent les fortins qu'ont récemment édifiés les Libyens dans la partie nord-ouest du delta ; sous la conduite d'un taureau que guide l'une de mes servantes, une colonne de survivants a gagné le désert et tente de nous rejoindre. Si les lionnes la repèrent, ce sera un massacre.

— Neit...

— Pas la moindre trace, les eaux ont submergé le sanctuaire de la déesse. De nombreux Libyens ont été noyés, et le gros de leurs troupes a reculé ; ne soyons pas naïfs, ce répit est momentané. Une brume épaisse protège toujours Bouto, preuve de la présence des Âmes.

Neit morte ou prisonnière... Et si sa magie lui avait permis d'échapper aux envahisseurs et de se réfugier à Bouto ? Certes, nul profane ne pouvait franchir la frontière de ce territoire sacré, mais la jeune femme n'était-elle pas la prêtresse d'une puissante déesse ?

*

Grincheux, le Vieux se savonna partout, et un jeune fantassin le doucha.

— Toute cette eau dehors, et maintenant le lavage quotidien... De quoi s'abîmer la peau !

Le soleil le sécha vite, et il se rendit à l'atelier où l'on fabriquait des boucliers en utilisant les carapaces des tortues que le fleuve n'avait pas épargnées. Le sujet était tabou, personne ne l'abordait et, cependant, le moment du combat se rapprochait... Quand le niveau du Nil baisserait de façon significative, les armées de Lion et de Crocodile s'approcheraient de Nékhen et prépareraient l'assaut final.

Aussi Scorpion, ne cédant pas à l'apathie, maintenait-il une partie des défenseurs en état d'alerte permanent et rendait-il de fréquentes visites au Maître du silex dont l'atelier, utilisant les matériaux entreposés par les Âmes, continuait à produire des armes.

Les relations entre les deux hommes demeuraient distantes ; l'ex-Vanneau percevait la méfiance persistante de Scorpion qui examinait d'un œil suspicieux les lances, les flèches et les poignards aux lames de silex.

— Es-tu satisfait ? demanda l'artisan.

— Tu ne cesses de t'améliorer ; ces merveilles causeront des ravages. J'ai un travail particulier à te confier.

— Je t'écoute, Scorpion.

— Le trésor des Âmes ne contenait-il pas des pierres rares ?

— De la serpentine et de la cornaline.

— Façonne de minuscules têtes de taureau, de chacal et d'ibis ; je distribuerai ces amulettes à nos soldats, elles les protégeront des mauvais coups.

— Entendu.

Du côté de la résidence principale de Nékhen, une agitation inhabituelle ; des dizaines d'hommes traversaient la vaste cour à pas pressés, formant une masse de plus en plus compacte.

À son tour, Scorpion s'approcha, bientôt rejoint par Narmer ; ensemble, ils découvrirent Taureau, un peu amaigri, mais debout et saluant ses hommes. En dépit de la gravité des blessures, les soins intensifs de Cigogne avaient remis sur pied le chef de clan.

— Je dirige à nouveau l'armée, déclara-t-il, provoquant les acclamations de ses hommes.

Scorpion, lui, resta silencieux; après avoir assuré l'intérim, il n'était plus autorisé à prendre d'initiatives.

— Taureau sait qu'il a besoin de nous, murmura Narmer.

— Quelle carcasse... Je ne pensais pas qu'il se remettrait si vite! Tu vois, mon frère, nous n'en sommes pas encore débarrassés.

— Souviens-toi qu'il n'est pas notre principal adversaire; avant de t'occuper de lui, il faut d'abord vaincre un ennemi supérieur en nombre.

Scorpion sourit.

— Ça ne me déplaît pas... Vivement la décrue!

Au premier rang des laudateurs, Gros-Sourcils feignait l'émotion en s'inclinant, face à son chef. La réapparition de Taureau n'annonçait-elle pas la victoire finale?

*

— Allons nager, ordonna Scorpion à la belle Vanneau; j'ai envie de me détendre.

Sous le regard haineux de Fleur, la superbe brune se dénuda et prit la main de son amant. Refusant de l'associer à leurs jeux amoureux, Scorpion la délaissait et la réduisait au rang de simple servante, chargée de lui apporter ses repas et de le masser.

Fleur avait renoncé à utiliser le poison, craignant de susciter la colère du jeune guerrier qui, cette fois, ne s'amuserait pas de sa démarche; comment éliminer Nageuse en faisant croire à un banal décès?

Humble, elle s'approcha du couple.

— Moi aussi, implora-t-elle, j'aimerais apprendre à mieux me déplacer dans l'eau.

— Inutile, trancha Scorpion.

— Pourquoi pas ? intervint la Vanneau, aguichée.

Son intérêt séduisit Scorpion.

— Suis-nous, Fleur, et débrouille-toi en nous imitant ; nous ne t'attendrons pas.

Le trio plongea du haut des remparts.

Fleur fut incapable de tenir le rythme de Nageuse et de Scorpion, au crawl puissant et délié ; mais elle apprécia la douceur de l'eau et, pendant quelques instants, jouit de ce simple plaisir en oubliant sa rancœur.

Quand elle les vit s'étreindre, se dissocier, se mouvoir avec la grâce des poissons et se rejoindre pour assouvir leurs désirs, la fureur la reprit. Cette femme lui volait l'homme qui devait continuer à l'aimer, cette envoûteuse était condamnée à disparaître, et qu'importait la réaction de Scorpion ! Même s'il tuait Fleur, elle aurait le bonheur de mourir de sa main, et jamais il ne l'oublierait.

L'esprit en feu, les muscles douloureux, elle s'apprêtait à regagner Nékhen lorsqu'on la tira par les pieds afin de l'entraîner au fond. Affolée, Fleur se débattit si énergiquement que l'agresseur la lâcha. Remontant à la surface, elle hurla « au secours ! » avant d'être reprise.

Alerté, Scorpion comprit qu'un événement anormal se produisait. En s'enfonçant d'un coup de reins, il découvrit un soldat de Crocodile qui étranglait Fleur ! Rageur, il le percuta, l'obligeant à lâcher prise ; arrivant à la rescousse, Nageuse, d'un geste vif et précis, brisa le cou de l'ennemi. Délivrée, Fleur n'était plus qu'un pantin inanimé ; Scorpion s'empara d'elle et la ramena à l'air libre.

Aidé de Nageuse, il tira le corps jusqu'aux remparts ; pantelante, la jeune femme semblait privée de vie.

— Laisse-moi agir, exigea Nageuse.

Elle retourna la malheureuse et lui fit vomir le liquide qu'elle avait avalé, puis lui massa longuement le thorax.

Et Fleur reprit conscience, heureuse de revoir Scorpion, au visage tendu.

— Pas une seconde à perdre, estima-t-il; tous les archers aux créneaux!

L'attaque redoutée ne se produisit pas; mais il était certain que Crocodile prévoyait d'envoyer des nageurs de combat à l'assaut de la ville. De nuit, ils auraient aisément éliminé les guetteurs et se seraient introduits à l'intérieur de Nékhen pour assassiner Taureau et provoquer un incendie.

La jalousie de Fleur venait de sauver les assiégés.

- 33 -

Recueillie et anxieuse, Neit découvrait la cité sacrée de Bouto dont les seuls habitants étaient les trois Âmes à tête de faucon. Le lieu saint comprenait deux sites, séparés par un bras du Nil; le premier abritait le temple de la flamme[1], le second celui de la Verdoyante[2], un immense cobra assurant la fertilité des sols.

Les Âmes se tenaient immobiles, gardant l'orient, le midi et l'occident; leurs regards ne quittaient pas la prêtresse, vêtue de l'inestimable étoffe de la déesse, toujours immaculée, et répandant de suaves senteurs.

Se fiant à son intuition, Neit s'approcha du temple de la flamme, s'agenouilla et vénéra l'édifice au toit bombé, bâti en clayonnages de roseau; là brillait un feu éternel, révélé à l'origine des temps.

— Dissipe les ténèbres, implora-t-elle, donne-nous la force de combattre le chaos et de rétablir l'harmonie.

La porte s'ouvrit.

Neit gravit la légère pente menant au sanctuaire et s'immobilisa sur le seuil, baigné d'une lumière aveuglante.

— Je suis ta servante, déclara-t-elle, et je porte le tissu primordial; me permets-tu de te contempler?

---

1. *Per-neser.*
2. Ouadjyt.

L'intensité faiblit, la lueur s'adoucit.

Le cœur battant, la prêtresse avança.

Au centre du sanctuaire, une flamme dansait, et ses mouvements incessants dessinaient des formes vivantes.

Fascinée, Neit aurait pu passer le reste de son existence à admirer ces volutes, loin de la fureur et de la folie des humains ; mais son pays était occupé, la mort rôdait, et elle n'avait pas le droit de déserter ainsi.

Elle se retira à reculons, effaçant la trace de ses pas ; en elle brillerait à jamais cette flamme à la fois purificatrice et créatrice d'énergie.

Le regard des Âmes avait changé ; à présent, Neit était dépositaire d'un des secrets de Bouto.

La voyageuse sentit qu'elle devait traverser le bras du fleuve en affrontant la violence du courant ; ne pas honorer le serpent divin provoquerait sa fureur.

Sur la rive, elle trouva des morceaux de papyrus finement découpés et destinés à façonner des nœuds magiques. Neit comprit qu'il lui fallait devenir elle-même une barque ; elle enserra ses chevilles, ses coudes et ses poignets.

Déterminée, elle descendit dans les eaux tumultueuses, écarta les bras et s'étendit à la surface, s'abandonnant au flot.

Le génie du Nil l'épargna et la transporta de l'autre côté où l'attendait un gigantesque cobra dressé. Neit s'aperçut que le reptile se composait de hautes flammes entremêlées et perpétuellement régénérées ; elles contenaient des arbres, des fleurs, des champs verdoyants, faisant naître une nature luxuriante, dispensatrice de richesses.

La prêtresse se prosterna, les ondulations du serpent l'enveloppèrent sans lui causer la moindre douleur ; au contraire, elle se sentit protégée au sein d'un cocon si protecteur qu'elle eut envie de s'endormir et de savourer une paix définitive.

Le visage de Narmer apparut et la réveilla ; ce délicieux sommeil était celui du trépas ! S'arrachant à son engourdissement, Neit se redressa et fixa le cobra aux yeux de feu. Cette fois, il lui transmit sa force.

Et la pensée de la prêtresse se nourrit des mouvements de la déesse serpent, allant du ciel à la terre ; se penchant vers sa disciple, elle lui embrassa le front et regagna son sanctuaire.

Alors, les Âmes de Bouto poussèrent un cri de joie.

Pour la première fois, une humaine avait traversé, vivante, les étapes de l'initiation aux mystères de Bouto ; et ce miracle changerait la destinée du pays.

*

La colère glacée du guide suprême effrayait même Piti, pourtant habitué à la dureté de son maître ; tant qu'Ouâsh ne se serait pas vengé de la sorcière qui avait osé se moquer de lui, la plus infime contrariété pourrait déclencher une violence destructrice.

Échapper à la crue et rejoindre un fortin n'avait pas été facile ; sans l'instinct d'Ikesh, les Libyens se seraient égarés et auraient péri dans les marécages. Les débris de barques avaient permis de franchir les canaux et d'atteindre une zone désertique où des prisonniers achevaient d'édifier une tour crénelée, bâtie sur une butte.

À l'abri, le guide suprême recevait les rapports de ses commandants de forteresses ; certaines étaient endommagées, d'autres tenaient bon. On déplorait de nombreuses noyades et la destruction de cultures. Néanmoins, l'armée libyenne restait en état de combattre et de résister à une contre-offensive.

Enfin, se présenta le détachement chargé de surveiller la capitale de Taureau ; l'officier placé à sa tête était épuisé et couvert de boue, au terme d'une longue et pénible marche, mais il voulait informer son chef sans délai.

— Excellente nouvelle, seigneur! La crue a sapé les fondations de la place forte qui s'est effondrée. Juste avant sa destruction, les assiégés se sont enfuis vers le sud, sous la protection du taureau sauvage. Leur manœuvre, rapide, m'a pris au dépourvu, et j'ai évité de m'approcher du monstre.

— Donc, tes archers n'ont pas tiré!

— À cette distance, c'eût été inutile; et cette colonne de fuyards n'est pas une menace.

— As-tu exploré les restes de la place forte?

— Rien à en tirer, seigneur; à présent, le Nord entier vous appartient et les traces de l'ex-domination de Taureau sont effacées.

Excité, Piti se permit d'interrompre l'entretien.

— Seigneur, seigneur, venez voir!

— Que se passe-t-il?

— Venez voir, je vous en prie!

Le guide suprême monta au sommet de la tour, et le spectacle lui offrit une réelle satisfaction : l'eau commençait à baisser, la décrue débutait.

*

En cet automne baigné d'une douce chaleur, Ouâsh pouvait se réjouir : son invasion était un triomphe; toute résistance avait cessé, et les Libyens mettaient leur nouveau territoire en coupe réglée. Taillable et corvéable à merci, la population devait obéir au doigt et à l'œil, sous peine d'exécutions sommaires et publiques, décourageant les derniers téméraires. Ces esclaves nourrissaient les soldats du guide suprême et leur bâtissaient des fortins; satisfaisant leurs moindres désirs, ils n'avaient droit qu'à de maigres repas; les vieux et les malades mouraient à la tâche. Quant aux femmes, elles servaient d'objets de plaisir, et certaines avaient préféré le suicide aux viols répétés.

Comme mode de gouvernement, le guide suprême ne croyait qu'au règne de la terreur et à la domination absolue de son clan. Résidant désormais dans une solide citadelle, il jouissait de sa conquête avant d'envisager une prochaine opération d'envergure.

— Un détail troublant, seigneur, annonça Piti, gêné.

— Parle !

— À l'extrême nord, un territoire minuscule demeure incontrôlé.

— Pour quelles raisons ?

— Des murailles de végétaux, des marais dangereux, une brume permanente...

— Envoie un détachement et qu'il explore cette contrée !

Le conseiller se mordit les lèvres.

— C'est déjà fait, seigneur.

— Résultats ?

— La patrouille... a été anéantie.

— Pas de survivants ?

— Pas un seul. Nous n'avons retrouvé que des morceaux de cadavres ; et les yeux avaient été picorés !

— Ces incapables ont mérité leur sort, estima le guide suprême. Je ne tolérerai pas la sédition d'une tribu de pêcheurs, et je dirigerai moi-même l'expédition destinée à les anéantir.

— N'est-ce pas courir un risque inutile ?

— Personne ne saurait contester mon autorité ; nous allons débusquer ces résistants, mon brave Piti, et nous les torturerons en présence d'une foule nombreuse. Toujours pas trace de la prêtresse ?

— Malheureusement non, seigneur, mais nous finirons par la retrouver.

Le regard d'Ouâsh se durcit.

— J'y compte, Piti, j'y compte bien.

- 34 -

Le Vieux avait fait un abominable cauchemar : en débouchant une jarre de vin, il n'avait trouvé… que de l'eau ! Migraineux, angoissé, il courut vérifier sa réserve personnelle et ressentit un immense soulagement. Le précieux liquide était intact, mais il serait bientôt contraint de se rationner.

Encore intense, la chaleur devenait moins insupportable ; en grimpant lentement l'escalier menant au sommet des remparts, le Vieux se demanda combien de temps durerait ce siège. Scorpion ne resterait pas inactif ; quelle folie allait-il commettre ?

En contemplant le lac qu'avait engendré cette crue d'une ampleur incroyable, le Vieux fut intrigué ; il se frotta les yeux, et regarda de nouveau, attentif.

L'évidence s'imposa : le niveau avait baissé.

— La décrue, cria-t-il, c'est la décrue !

D'abord, les sceptiques mirent en doute le jugement de l'ivrogne ; ensuite, heure après heure, ils constatèrent la réalité du phénomène. Vu sa rapidité, Nékhen ne tarderait pas à perdre cette protection inespérée, et les assauts reprendraient.

Taureau convoqua son conseil de guerre.

— Les fortifications n'ont pas trop souffert, affirma Narmer, mais le retour au sec pourrait nous infliger de mauvaises surprises. Mes équipes seront prêtes à intervenir.

— Selon mes messagères, indiqua Cigogne, les troupes de Lion et les Vanneaux demeurent à bonne distance ; en revanche, des éléments avancés de Crocodile ont réinvesti des îlots à présent émergés.

— Soyez-en certains, estima Scorpion : des nageurs de combat se préparent à nous attaquer. Mieux vaudrait prendre l'initiative et les éliminer.

— Excellente stratégie, approuva le général Gros-Sourcils.

— Disposes-tu d'un commando capable de réussir ? s'inquiéta Taureau.

— On se débrouillera !

— Les risques sont énormes, jugea Narmer, et nous sommes en infériorité numérique ; perdre Scorpion nous condamnerait à la défaite.

— Son audace nous a déjà sauvés, rappela Gros-Sourcils, surprendre l'adversaire me paraît essentiel.

— Calculons le rythme de la décrue, préconisa Chacal ; quand nous le connaîtrons, Taureau décidera.

*

Gros-Sourcils jubilait. Étant donné l'impatience de Scorpion, il ne supporterait pas d'attendre et tenterait un raid voué à l'échec ; si bon nageur fût-il, il serait terrassé par les reptiles de Crocodile, et l'armée de Taureau se verrait privée de son meilleur élément. Désespéré, Narmer s'effondrerait ; restait à éliminer le Maître du silex qui continuait à produire des armes redoutables.

Débarrassé de ce trio, le général s'attaquerait à un Taureau vieillissant qu'avaient affaibli ses graves blessures. Le puissant guerrier semblait hésitant, incapable de choisir une direction en oubliant les avis de ses conseillers.

Taureau n'était plus invulnérable.

Conscient des faiblesses de son chef, Gros-Sourcils ne tarderait pas à occuper un rôle majeur. Certes, Lion et Crocodile songeaient à l'utiliser à leur profit ; la victoire acquise, ils tenteraient de l'éliminer. Au général, à la tête de troupes non négligeables, de prouver son importance et de délimiter son territoire ; tout en changeant de maître, les clans resteraient une base indestructible.

Les soldats de Taureau obéiraient à Gros-Sourcils, militaire expérimenté. Seule une coalition permettrait aux anciens seigneurs de reconquérir le Nord en expulsant les Libyens, puis de se partager le pays.

Jamais Taureau ne soupçonnerait son général de le trahir ; et cet aveuglement le conduirait à sa déchéance.

*

— Qu'en penses-tu ? demanda le Maître du silex.

Scorpion examina une à une les amulettes.

Tête de Taureau, grenouille, hippopotame, chacal… De vraies merveilles !

— Superbe travail.

L'artisan sourit.

— Un compliment de ta part, quel cadeau !

— Je sais reconnaître les mérites. Combien de pièces terminées ?

— Une trentaine.

— Continue.

— À tes ordres.

Scorpion arpenta l'atelier où l'on produisait les armes ; examinant un javelot, il discerna une fissure dans la hampe de bois et un mauvais ajustement de la pointe en silex.

D'un geste ample et violent, il le lança vers un mur. Le javelot frôla la tête de l'artisan.

— Tu... tu es fou !

— Ramasse les débris.

En heurtant sa cible, la pointe s'était détachée et la hampe disloquée.

Le Maître du silex affichait une mine incrédule.

— Impossible...

— Cette arme a été sabotée.

Décomposé, le barbu constatait les dégâts.

— Ce javelot ne provient pas de mon atelier !

— Malheureusement si. Qui l'a fabriqué ?

— Mon équipe ne comporte pas de traîtres.

— Alors, explique-moi.

— Quelqu'un cherche à me nuire !

— Des soupçons ?

— Non, je...

— Justification sommaire, ne crois-tu pas ? Avoir vu mourir tant de Vanneaux t'a troublé l'esprit... Renier ses origines n'est pas facile.

— J'ai choisi mon camp, Scorpion, et je n'ai qu'une parole.

— Et moi, les débris d'une arme volontairement détériorée !

— Oserais-tu m'accuser ?

— Je cherchais une preuve, la voici.

— Ne comprends-tu pas qu'il s'agit d'une manipulation ? En m'empêchant de continuer mon travail, tu favoriseras le triomphe de nos ennemis !

— N'est-ce pas ton intention ?

— Ne te fourvoie pas, Scorpion ; notre armement est l'une des clés du succès. Et je suis fier d'y participer.

L'artisan ne parvint pas à déchiffrer le regard de Scorpion.

— Cherches-tu à protéger un complice ?

— Cesse de délirer !

212

— Les faits t'accablent.

— Et si c'était toi, le manipulateur et le traître ? Tu as habilement dégradé le javelot, tu m'élimines et tu te poses en justicier !

Les mains du jeune guerrier enserrèrent le cou du barbu lequel, en dépit de sa robustesse, fut incapable de se libérer.

Dans les yeux de Scorpion, il lut sa mort.

Atterrés, les assistants du Maître du silex se portèrent à son secours et tentèrent, en vain, de séparer les deux hommes. Privé d'air, leur patron succombait.

— Ça suffit ! ordonna la voix impérieuse de Narmer.

Scorpion lâcha prise, l'artisan s'effondra.

— Cette ordure nous trahit, il est au service des Vanneaux.

— En as-tu la preuve ?

— Il rend inefficaces les armes de nos soldats.

D'un hochement de tête, l'artisan protesta ; tremblant, il se releva.

— Le conseil de guerre doit vous entendre, avança Narmer.

— Nous perdons du temps, estima Scorpion ; laisse-moi exécuter ce traître.

— Nous avons lutté ensemble… Pourquoi se comporterait-il ainsi ?

— Parce qu'il désire la victoire de son peuple ! Ne sois pas aveugle, Narmer, et n'épargne pas cette vipère.

— Scorpion se trompe, protesta le Maître du silex, presque inaudible ; le véritable traître tente de semer le trouble et de nous affaiblir.

Afin d'éviter une nouvelle empoignade, Narmer s'interposa.

— Au conseil de guerre d'examiner les faits et de décider.

Excédé, Scorpion se détourna.

— Comme tu voudras, mon frère.

– 35 –

Les eaux s'étaient retirées, les vastes étendues verdoyantes du delta brillaient au soleil.

— Quel magnifique pays ! dit le guide suprême à Piti.

Ouâsh ne regrettait pas le désert de Libye et ses soli-
tudes arides. Goûtant l'ombre douce d'une palmeraie, il
se félicitait de sa conquête. Le chef de clan Taureau avait
eu grand tort de quitter son territoire et de s'engager
dans une aventure sans issue, en abandonnant de telles
richesses ; mais comment aurait-il pu prévoir le coup de
force d'un adversaire dont il ignorait l'existence ?

Ouâsh ne commettrait pas la même erreur ; conforter
son absolue domination était sa priorité. En détruisant
la capitale de Taureau, la crue lui avait rendu un fier
service ; ne subsistait qu'un seul obstacle : la ville sacrée
de Bouto.

— J'ai réuni nos meilleurs soldats, affirma Ikesh ; ils
sont à vos ordres.

— Bouto n'est qu'un endroit reculé, dépourvu d'intérêt stratégique, rappela Piti ; ne conviendrait-il pas de
l'oublier ?

— Ma souveraineté ne saurait souffrir d'aucun défaut,
jugea le guide suprême. Des révoltés ont osé s'attaquer à
des Libyens, ils seront châtiés.

— Vous exposer, seigneur…

— Je ne le permettrai pas, affirma Ikesh.

Les deux dignitaires se défièrent du regard. Depuis la fuite de la sorcière, Piti ne craignait plus le Nubien ; avoir tenté de tuer Neit prouvait que le conseiller voyait juste. Et si le grand Noir le dénonçait au guide suprême, ce dernier comprendrait son geste.

— En route, ordonna Ouâsh.

*

À Bouto, Neit vivait des heures exceptionnelles. Assurant à la fois le culte de la flamme et celui de la déesse serpent, elle communiait avec des puissances qui ouvraient son esprit à la connaissance du processus de création utilisé, à chaque instant, par les divinités. Servant le feu immortel, partageant ses mouvements incessants, la prêtresse dansait en lui et percevait le secret de ses métamorphoses ; quant au cobra femelle, il lui enseignait l'intimité de la vie et de la mort, l'impossible mariage d'où naissait pourtant toute prospérité.

Bouto ne manquait de rien ; les annexes du temple regorgeaient de nourriture, de mobilier, de vases et de tissus. Au matin, les trois Âmes disparaissaient, s'unissant à la lumière de l'aube ; au couchant, elles revenaient chez elles. Neit n'omettait pas de vénérer sa déesse protectrice en tissant des nœuds magiques disposés autour des sanctuaires.

La décrue l'angoissait. Elle permettrait aux clans de Lion et de Crocodile de reprendre le combat ; Narmer serait à nouveau en première ligne. Nourrie de l'énergie de Bouto, la jeune femme restait déterminée à le rejoindre et devrait bientôt quitter cet abri providentiel.

En s'éveillant, Neit fut étonnée : les Âmes ne s'étaient pas envolées et se tenaient côte à côte, sur le seuil de l'épais brouillard interdisant l'accès à la cité.

216

Elle ne tarda pas à comprendre : le guide suprême et son armée allaient tenter de s'emparer du site sacré et d'en extirper la magicienne qui avait osé défier Ouâsh.

*

D'abord, les Libyens avaient traversé aisément une savane ; ensuite, une zone marécageuse, pullulant d'insectes et de serpents, s'était révélée plus hostile ; enfin, ils aboutissaient à l'endroit où un détachement avait été massacré.

— Sinistre, estima Piti, les joues rougies et la voix tremblante.

Un sol spongieux, des murailles de papyrus que leur densité rendait infranchissables, un vent froid, des bruits étranges, une brume gluante qui cachait le soleil.

Les membres du commando, de féroces gaillards habitués au combat, n'en menaient pas large ; serrant leurs massues et leurs arcs, ils se demandaient à quel genre d'adversaire ils seraient confrontés. Et lorsqu'un fantassin aperçut un bras sectionné et la dépouille d'un camarade éventré, le front percé et les yeux vidés, le moral fut en berne.

Impressionné, Ikesh tenta de faire bonne figure ; mais il y avait ici tant de magie que les armes risquaient d'être inutiles.

— Le lieu est dangereux, reconnut-il.

— Aurais-tu peur ? lui demanda le guide suprême.

— Je suis inquiet pour votre sécurité.

— Ce territoire m'appartient, ce territoire tout entier, et nous vengerons les Libyens qu'ont assassinés des révoltés.

Les soldats se sentirent obligés d'acclamer leur chef.

— Frayons-nous un passage, ordonna Ouâsh ; l'ennemi se croit à l'abri, il se trompe.

Maniant un couteau, Ikesh fut le premier à l'ouvrage, aussitôt imité par ses hommes, heureux de se défouler.

À leur grande surprise, ils vinrent facilement à bout du rideau végétal et découvrirent l'entrée d'un étroit couloir serpentant entre des papyrus hauts de six mètres.

— C'est un piège, jugea Piti ; des tueurs se cachent de part et d'autre !

— Probable, approuva le Nubien.

Il désigna quatre hommes et, suivant le colosse noir, ils progressèrent en rampant, tentant de discerner les pieds et les jambes des embusqués qu'ils s'apprêtaient à trancher. Mais ils ne repérèrent personne, et nulle attaque ne se produisit. Méfiant, Ikesh se mit debout.

— Nous pouvons avancer, seigneur.

Bien protégé au milieu des fantassins, le guide suprême manifestait une tranquille assurance.

Le couloir parut interminable.

Enfin, la brume devint moins dense. Frappée de stupeur, l'avant-garde s'immobilisa à l'orée d'une esplanade circulaire.

Face aux Libyens, trois géants à tête de faucon.

Affolé, un quadragénaire tenta de s'enfuir ; d'un coup de massue, Ikesh lui fracassa le crâne.

— Vous profanez un territoire sacré, proféra une voix si grave que même le colosse noir fut ébranlé.

La tête droite et le regard impérieux, le guide suprême s'avança.

— Je suis le nouveau maître de ce pays, et chacune de ses parcelles m'appartient. Ses habitants m'obéissent et toi, comme les autres, tu dois t'incliner devant moi.

L'autorité de leur chef rassura les Libyens ; ne les conduisait-il pas de victoire en victoire ?

— Tu n'es qu'un mortel, nous sommes les Âmes de Bouto.

— Peu m'importe ! Maintenant, vous êtes mes sujets.

— Disparais, Libyen, sinon notre fureur éclatera.

— À l'attaque, ordonna Ouâsh, détruisez-les !

Oubliant la crainte et libérant leur hargne, les soldats s'élancèrent.

Aucun n'eut le temps de se servir de ses armes, pas une seule flèche ne fut tirée : déployant leurs ailes, les trois Âmes enveloppèrent l'adversaire et, avec une rapidité foudroyante, les becs percèrent les chairs et les serres les déchirèrent. Malgré leur expérience, les Libyens furent incapables de réagir et de se défendre.

Piti avait déjà pris la fuite quand Ikesh perçut la gravité de la situation ; il se rua sur le guide suprême et le projeta dans un fourré de papyrus.

— Vite, seigneur, éloignons-nous !

Ouâsh avait envie de combattre, mais une giclée de sang lui inonda le visage et le persuada d'abandonner ce champ de bataille où gisaient les corps mutilés de ses guerriers d'élite. Sans l'intervention du Nubien, il aurait figuré au nombre des victimes.

Traverser le fouillis végétal fut une rude épreuve ; chaque pas exigeait des efforts, il fallait ignorer les griffures, les agressions des insectes, les cris des prédateurs importunés.

Et, surtout, ne pas penser à la chasse qu'avaient peut-être entreprise les Âmes de Bouto !

Une trouée.

Ouâsh et le colosse noir s'y engouffrèrent, retrouvant l'air libre et la clarté du jour. Essoufflé, Piti sanglotait.

Les faucons ne les avaient pas suivis ; à l'évidence, ils étaient les seuls survivants.

— Impossible de vaincre ces Âmes, déplora Ikesh.

— Tu as choisi la bonne solution, reconnut le guide suprême ; aujourd'hui, nous ne disposons pas de la force nécessaire pour les abattre. Tu positionneras un régiment autour de Bouto, et je veux être prévenu au moindre incident. Officiellement, le Nord entier est conquis, et ma souveraineté est totale ; toi et Piti êtes les seuls témoins de ces événements qui n'ont jamais eu lieu. Que votre bouche demeure scellée.

Les deux dignitaires s'inclinèrent.

— La sorcière se serait-elle réfugiée à Bouto ? questionna Piti.

— J'ai ressenti sa présence, confessa le guide suprême ; en obtenant la protection des Âmes, elle croit échapper à ma colère.

— Sauf votre respect, avança le Nubien, je déconseille un nouvel assaut.

— Pour le moment, que Neit reste enfermée dans cette prison, où elle dépérira jour après jour. Si elle tente d'en sortir, nos hommes l'intercepteront. Alors, elle saura ce qu'il en coûte de m'offenser.

– 36 –

Narmer s'était longuement recueilli dans la tombe de l'éléphant. Lui, l'héritier de l'âme et des pouvoirs des clans disparus, se demandait si le monde qu'il avait connu, et quelle que soit l'issue du conflit en cours, n'était pas sur le point de disparaître. Malgré sa sagesse, Éléphante n'était pas parvenue à juguler les appétits de Lion et de Crocodile. Éprise de paix, la douce Gazelle avait payé de sa vie ses convictions ; et le puissant Taureau, à la suite de ses graves blessures, ne rêvait-il pas de sa gloire passée, désormais révolue ?

Quand l'eau se retirerait, la cité sainte de Nékhen deviendrait une proie facile, offerte aux deux chefs de clan qui avaient décidé de rompre l'harmonie et de répandre la violence. L'un d'eux était Crocodile, le probable assassin de la petite voyante à laquelle Narmer devait la vie et qu'il s'était promis de venger.

Rompre une parole était pire que la mort. Aussi Narmer poursuivrait-il le combat, l'espérance chevillée au corps ; seule la victoire ouvrirait les portes de l'avenir. Y croire ou non n'avait pas d'importance.

En sortant de la tombe, il songea aux exigences de l'Ancêtre ; la prochaine étape consistait à terrasser les Vanneaux, un peuple entier au service de l'ennemi. Une tâche impossible.

Les grands yeux confiants de Vent du Nord le contemplaient. Gouvernant son troupeau d'ânes avec une fermeté exemplaire, il savait réconforter son compagnon lorsque les craintes s'accumulaient au point de le troubler.

— Ne t'inquiète pas, Vent du Nord, je ne renonce pas.

Rassuré, le quadrupède inclina la tête.

*

Comment supprimer Nageuse sans être accusée de sa disparition ? Cette question hantait les insomnies de Fleur, incapable de trouver une solution. Chaque seconde qui passait augmentait sa haine à l'encontre de la Vanneau, cette intrigante assez vicieuse pour lui voler l'homme de sa vie.

Jouant les soumises, Fleur acceptait les caprices de Scorpion ; parfois, il la surprenait au milieu de la nuit et lui faisait l'amour en silence, passionné comme au premier jour. Recevoir cette marque d'affection, si minime fût-elle, lui redonnait une certitude : elle prendrait sa revanche.

Scorpion et Nageuse passaient de longues heures à entraîner un groupe de volontaires à se mouvoir sous l'eau tout en combattant ; conformément à ses habitudes, le jeune guerrier ne simulait pas, et deux incapables avaient péri noyés.

— Les hommes deviennent nerveux, confia Chasseur à Scorpion. Et moi aussi.

— Ne laisse pas nos archers s'endormir.

— Ce n'est pas le cas, mais ils sont conscients que l'heure de l'affrontement approche et...

Chasseur semblait gêné.

Le regard de Scorpion se fit incisif.

— Des reproches ?

— Ta conduite en irrite plus d'un. On te croit esclave de cette fille, une Vanneau.

— Comprends bien ceci, Chasseur : cette guerre, je veux la gagner ; c'est pourquoi j'utilise tous les moyens nécessaires. Et personne ne parviendra à m'asservir. Transmets le message.

Convaincu, Chasseur s'éloigna.

Scorpion ne considéra pas son avertissement à la légère. Il pouvait exiger beaucoup de ses hommes, à condition de garder leur estime ; en cette période difficile, les nerfs étaient à vif et son comportement déroutait. Lui qui accusait le Maître du silex de trahison à cause de ses origines couchait avec une Vanneau et lui accordait sa confiance ! La troupe avait la vue basse, Scorpion appliquait la bonne stratégie. Les événements ne tarderaient pas à lui donner raison.

En plaidant son innocence face au conseil de guerre, le Maître du silex s'était montré convaincant. Ni Chacal ni Cigogne n'avaient discerné le mal chez l'artisan, indigné de subir de tels soupçons. Taureau l'avait autorisé à poursuivre son travail, sous la surveillance d'officiers chargés de vérifier les armes avant de les distribuer. Humilié, le barbu avait accepté la sentence et repris son labeur, la joie en moins.

— Où se trouve Narmer ? demanda Scorpion au Vieux, qui jetait un œil partout.

— À la chapelle, comme chaque matin ; il cherche à attirer la faveur des dieux.

— Tu parais sceptique !

— Moi, les dieux… Ils me dépassent, et je ne les chatouille pas.

— Privés de leur appui, nous serions vaincus ! Grâce aux Âmes de Nékhen, nous avons échappé à la destruction.

— On n'est quand même pas au mieux... Et je vais bientôt manquer de vin.

— Je tiens toujours mes promesses, le Vieux ; nous briserons le siège et tu auras ton dû.

Narmer sortit de la chapelle, après avoir présenté des offrandes aux Âmes : un pain, du lait frais, de l'eau et une pièce d'étoffe. Malgré leur départ, la présence des forces de l'au-delà imprégnait encore les lieux, et le jeune homme avait dessiné trois fois le signe de la cigogne pour incarner le mot « Âmes ». Alors, il s'était senti relié à Neit. Neit, vivante.

— Notre monde est mort, dit Scorpion à Narmer, un autre naîtra. Et nous en serons responsables.

— Es-tu si certain de la victoire ?

— Pas toi ?

— Une étude attentive de notre situation...

— Oublie-la, mon frère ! Nous ne sommes assiégés qu'en apparence ; triompher exige de reprendre l'initiative.

— Si nous réussissons, la gloire en reviendra à Taureau.

Scorpion s'assombrit.

— Le monde des clans est mort, je te le répète, et tu dois avoir de nouvelles ambitions. Vénère les dieux, Narmer ; ils nous seront utiles.

*

La nouvelle lune naissait.

Les sens apaisés, Nageuse était étendue sur le corps nu de son amant. Elle s'enivrait de leurs joutes amoureuses, oubliant les regards de défiance de la garnison, elle, la Vanneau passée au service de l'ennemi. Sortie de la misère, elle jouissait de sa vie en s'offrant à cet être dont la puissance dangereuse n'avait parfois rien d'humain. Bien sûr, il exploitait ses dons et n'hésiterait pas à la sacrifier; auparavant, elle aurait profité d'un miracle.

— Contemple le soleil de la nuit, exigea-t-il.

Elle se coucha à sa gauche.

— La lune est le combattant[1] immortel; à la fin de son parcours, on croit qu'il va s'éteindre, et il réapparaît, ranimant la nature entière.

— Tu désires lui ressembler, n'est-ce pas?

— Je ne le désire pas, je lui ressemble, et sa force guide mon bras.

La jolie brune eut la chair de poule.

— Aurais-tu peur?

Un cri strident, intense, leur déchira les oreilles.

L'oie donnait l'alerte.

— Vite, nos nageurs!

À la tête de son corps d'élite, Scorpion atteignit le sommet des remparts; Narmer le rejoignit.

— La nuit est trop sombre, je ne distingue pas les agresseurs.

— Moi, je les vois, dit Narmer, doté des capacités de la chouette; là-bas, du côté du Nil, plusieurs crocodiles.

— L'offensive prévue! se réjouit Scorpion. Munissez-vous de vos couteaux, ordonna-t-il à ses hommes, et massacrons ces reptiles!

Ensemble, les membres du commando plongèrent.

Un geste précis à accomplir, mille fois répété : passer sous les crocodiles et leur ouvrir le ventre avec la lame de silex, tranchante à souhait.

Seule émergeait l'extrémité du museau des assaillants qui furent surpris par cette attaque; battant de la queue, tournant en rond, ils ouvrirent leurs mâchoires afin de déchiqueter l'adversaire.

La mêlée fut furieuse, l'eau se teinta de sang; seuls les soldats respectueux de la stratégie prévue échappèrent

---

1. *Âha*, mot masculin en hiéroglyphique, pour désigner la lune.

aux dents meurtrières. Habiles et rapides, Scorpion et Nageuse ne cessaient de montrer l'exemple.

Alors qu'il remontait à la surface pour respirer, Scorpion ne vit pas le dernier reptile s'approcher de lui en ondulant. Le monstre s'apprêtait à lui broyer le cou quand Nageuse, d'un bond stupéfiant, sauta sur sa tête et lui creva un œil.

Fou de douleur, le reptile se débarrassa d'elle ; écorchée, la jeune femme plongea au plus profond, reprit son élan d'un coup de talon et, de toutes ses forces, perfora les entrailles du crocodile. Un ultime battement de queue faillit la décapiter, mais elle s'écarta juste à temps.

L'effroyable bataille était terminée.

Ensanglantés, Scorpion et Nageuse repêchèrent deux rescapés, gravement blessés, et les ramenèrent aux remparts. Pas un seul reptile n'avait survécu ; le corps d'élite formé par la Vanneau était quasiment anéanti.

Effarés, les soldats contemplèrent le couple qui venait de briser le raid nocturne ; ils acclamèrent Scorpion, auteur de ce nouvel exploit.

— Tu m'as sauvé la vie, dit-il à Nageuse ; n'imagine pas un instant que ta bravoure te donne des droits sur moi et que j'éprouve une quelconque reconnaissance.

- 37 -

Profitant de l'obscurité, une vingtaine de Vanneaux, vieillards, femmes et enfants qui ne se trouvaient pas en première ligne, s'enfuirent en direction du désert. Leurs chances de survie seraient minces, mais ici, à Nékhen, ils étaient assurés de mourir, offerts aux flèches ennemies.

Après l'annonce de l'échec du raid de Crocodile, quantité de rumeurs désabusées couraient dans les rangs des Vanneaux. Certes, la supériorité numérique des assaillants était un argument de poids; suffirait-elle, cependant, à terrasser Taureau et ses guerriers?

Persuadé du contraire, un boiteux avait organisé cette évasion, en compagnie de ses proches. Parqués à l'extrémité du camp de Lion, ils étaient trop inoffensifs pour faire l'objet d'une étroite surveillance. Ce succès, si modeste fût-il, sèmerait un léger trouble parmi leurs congénères; à eux d'en tirer les conséquences.

Sommés de rester silencieux, les enfants obéirent; et la petite colonne de fugitifs sortit de sa prison, le cœur battant.

Les dents serrées, le boiteux redoutait l'interpellation d'un garde dont il n'aurait pas repéré la position; nul incident ne se produisit, et ce fut l'immense étendue du désert, au parfum de liberté.

— Nous avons réussi! murmura le boiteux à l'oreille de sa femme.

— Ma tante sera heureuse.

— Ta tante... Tu ne devais parler de notre projet à personne.

— Elle, ce n'est pas pareil.

— Elle appartient au troupeau d'esclaves de Vorace! Si elle a bavardé, si...

La réponse ne fut pas longue à venir.

Les grognements des lionnes figèrent d'effroi les évadés. Déjà, elles bondissaient.

*

Des milliers de Vanneaux furent contraints de contempler les cadavres dépecés.

— Aucun des déserteurs n'a survécu, clama Lion, et je réserve le même sort aux insensés qui tenteraient ce genre d'aventure! Nous sommes en guerre, et vous êtes mes soldats. J'exige une obéissance absolue, sous peine de châtiments exemplaires. Et je ne me répéterai pas.

Vorace buvait du petit-lait. Grâce au bavardage d'une naïve, il avait dénoncé les séditieux au chef de clan et en retirait des avantages substantiels, notamment en nourriture; et les Vanneaux, redoutant le trio de collaborateurs dévoués formé de Mollasson, de Gueulard et de Vorace, étaient définitivement soumis.

Lion rencontra Crocodile à l'ombre d'un saule, au bord du fleuve qui avait regagné son lit. Çà et là, des mares; protégeant la cité fortifiée de Nékhen, des fossés remplis d'eau.

— J'ai perdu d'excellents éléments, déplora Crocodile; comment les assiégés ont-ils réussi à les éliminer? Les Âmes les ont dotés de pouvoirs redoutables.

— Ne les surestime pas! Ce n'est qu'un incident mineur.

Les yeux mi-clos de Crocodile émirent une lueur verdâtre.

— Ils étaient mes enfants, et je les aimais. Toi, Lion, tu te moques des tiens, et tu ne penses qu'à ta gloire.

— Songerais-tu à te retirer ?

Le chef de clan à la crinière flamboyante retint son souffle ; sans son allié, et même avec l'appui de milliers de Vanneaux, l'issue du combat serait incertaine.

— Je vengerai les disparus, promit Crocodile, nous raserons Nékhen et je trancherai la tête de Taureau.

*

La crue avait dévasté les terres cultivables et modifié le paysage. S'ils étaient restés au bord du fleuve, les Vanneaux auraient été anéantis ; des voix s'élevaient pour remercier les collaborateurs de les avoir sauvés en les mettant au service de Lion et de Crocodile. En définitive, malgré les sacrifices à venir, le peuple acceptait sa soumission et se réjouissait de l'autorité de ses deux protecteurs qui assuraient sa subsistance.

Tout sentiment de révolte aboli, Mollasson, Gueulard et Vorace apparaissaient comme des héros, bénéficiant des faveurs des deux chefs de clan ; désormais, on dénoncerait les mauvaises têtes au trio, lequel ne manquerait pas de les signaler à ses maîtres. Ainsi, l'ordre régnerait et la majorité, docile et consentante, n'aurait qu'à se fier à ses guides.

L'heure du triomphe approchait. Un soleil ardent asséchait les dernières flaques, l'eau des fossés s'évaporait, Nékhen devenait une proie accessible. Et, cette fois, l'attaque serait massive. Déçus par les raids antérieurs, Lion et Crocodile avaient décidé d'engager la totalité de leurs troupes.

Les assiégés ne résisteraient pas longtemps à ce déferlement de forces, les archers ne parviendraient pas à abattre la masse des Vanneaux, dont le sacrifice ouvrirait le chemin à Crocodile, avide de vengeance, et à Lion, pressé de montrer sa puissance et d'écraser enfin Taureau. Leurs régiments extermineraient des adversaires épuisés et remporteraient la guerre des clans.

Les préparatifs s'accéléraient, Crocodile ne quittait plus des yeux cette arrogante citadelle qu'il se promettait de détruire. De prochaines naissances de reptiles lui fourniraient des hordes de soldats et il couvrirait le Sud de casernes assurant son pouvoir ; à lui, le fleuve et les terres fertiles, à Lion la savane et les zones désertiques. Et ce partage ne serait pas négociable.

*

Rassasié de femelles Vanneaux vouées à son bon plaisir, Lion s'étendit sur son épaisse natte, songeant au déferlement de combattants qui lui offrirait la victoire tant espérée. Au fond, les autres chefs de clan s'étaient montrés stupides en ne reconnaissant pas sa capacité à gouverner et en ne s'inclinant pas devant lui.

Oryx, Gazelle, Éléphante étaient morts ; Taureau, Chacal, Cigogne ne tarderaient pas à disparaître. Restait l'indispensable allié, Crocodile... Indispensable pour gagner la guerre. Ensuite, gouverner le pays reviendrait de droit à Lion ; n'avait-il pas pris les initiatives, ne prouvait-il pas quotidiennement ses aptitudes ? Si Crocodile ne le comprenait pas, s'il refusait de rester à sa place, il subirait la colère du nouveau maître des Deux Terres.

La nuit était tourmentée, un vent violent soufflait, soulevant des nuages de sable qui agressaient les yeux des gardes. Regroupés dans des enclos, les lionceaux ne réussissaient pas à dormir.

Nerveux, un soldat crut distinguer une bête inconnue, s'approchant en silence. Il brandit sa pique, elle s'évanouit.

Intrigué, il s'avança.

— Montre-toi !

Les environs semblaient vides.

Alors qu'il se retournait, des mâchoires se refermèrent en même temps sur ses poignets et ses chevilles ; mains et pieds tranchés, se vidant de son sang, le malheureux n'eut pas la force de donner l'alerte.

Avant d'être horriblement mutilé, un deuxième garde poussa un cri d'effroi qui fit frissonner ses camarades postés à quelques pas. Ils accoururent à la rescousse, mais les prédateurs avaient disparu ; le soldat gisait, agonisant.

Et un autre spectacle, non moins abominable, les attendait : incapables de se défendre, les lionceaux avaient été égorgés.

Perdant de sa superbe, Lion était effondré.

Un rire jaillit des ténèbres.

— Les hyènes, constata-t-il, les hyènes !

*

Le Vieux appréciait le couchant ; repu, désaltéré pour une brève période, il observait le désert. Pourtant si lointaine, la paix semblait s'imposer à cette immensité se teintant d'ocre jaune.

Soudain, il se crispa.

En dépit de l'âge, et grâce au vin, sa vue restait bonne. À cet instant, il en douta ; attentif, il ne se trompait pas.

Une, puis un groupe de quatre, une douzaine de suivantes…

Affolé, il courut prévenir Scorpion, en grande conversation avec Narmer et les chefs de clan, préparant leur système de défense.

— Venez voir… C'est grave, très grave !

— N'aurais-tu pas trop bu ?

— Venez !

Le Vieux ne divaguait pas.

— Des hyènes, constata Cigogne, soucieuse.

— La dernière fois que je les ai vues aussi proches, précisa le Vieux, mille calamités sont advenues !

— Tu ne te trompes pas, approuva la cheffe de clan. Quand se produit l'année des hyènes, elle s'accompagne de violence, de malheur et de famine.

- 38 -

Si elle n'avait pas rencontré Narmer, Neit aurait passé le reste de ses jours à Bouto, sous la protection des Âmes. Bien que surveillée en permanence par un régiment libyen en interdisant l'accès, la cité sainte demeurait inviolable, et la prêtresse accomplissait les rites en parfaite sécurité. Ici, la guerre des clans n'existait pas ; à la frontière de l'au-delà, la jeune femme goûtait une étrange sérénité.

Avoir échappé au guide suprême, à l'asservissement et à la torture était un miracle, mais elle ne saurait s'en contenter et se satisfaire de cette tranquille solitude, à l'abri du danger ; la bienveillance de la déesse ne devait pas nourrir son égoïsme et garantir sa seule quiétude.

En cette douce matinée d'automne, elle s'adressa aux Âmes :

— Soyez remerciées de votre hospitalité ; pour moi, l'heure du départ est venue. Il me faut rejoindre Narmer et le seconder lors du grand affrontement.

Les regards des trois faucons convergèrent.

— Préserve le tissu de la déesse, ordonna la voix grave, et suis le chemin du Combattant.

Le Combattant… On appelait ainsi la perche du Nil, un poisson long de deux mètres, agressif, aimant les courants rapides et les eaux profondes.

La prêtresse se dénuda et se couvrit le corps d'onguents avant de rendre un ultime hommage à la flamme et à la déesse cobra. Sans doute ne reverrait-elle jamais Bouto.

Purifiée, Neit se recueillit longuement afin de recueillir l'énergie des Âmes ; puis elle se vêtit de l'étoffe sacrée, toujours immaculée, et s'adressa aux trois géants à tête de faucon :

— Je dois combattre à mon tour ; Narmer m'attend.

Les Âmes restèrent silencieuses.

Et Neit franchit la barrière de brouillard formant une muraille impénétrable autour de la ville sainte.

À bonne distance, des dizaines de soldats libyens assoupis, répartis entre leurs tentes. La jeune femme se glissa dans un profond canal ; aussitôt, une perche vint à sa rencontre. Animés d'une lueur orange, ses yeux traduisaient la volonté de la déesse.

Confiante, elle nagea en la suivant. La perche prit soin de ne pas la distancer et, à un rythme régulier, elles s'éloignèrent de Bouto.

*

En rage, Fleur assistait à l'ascension de Nageuse. Comment ne pas vanter le courage de la belle Vanneau qui avait sauvé Scorpion d'une fin atroce ? Nul ne doutait de son engagement aux côtés des adversaires de son peuple. À la différence de Fleur, elle savait se battre et n'hésitait pas à affronter les reptiles. Une telle vaillance lui valait l'admiration des soldats de Taureau se préparant à une confrontation décisive ; aussi Fleur s'interdisait-elle toute critique, craignant de voir Scorpion la répudier. Maîtresse secondaire, jouet à la disposition de son seigneur, elle feignait d'accepter son sort.

Pour le moment, Nageuse se trouvait hors de sa portée. Quand la bataille éclaterait, des opportunités se présenteraient; au cœur de l'action, la Vanneau ne se méfierait pas de ses arrières. Sans être remarquée, Fleur parviendrait-elle à la supprimer?

Des larmes de dépit coulèrent sur ses joues; elle, fragile, n'avait aucune chance de terrasser une guerrière. Pourtant, elle n'était pas encore vaincue! À la moindre occasion elle agirait, quelles que soient les conséquences.

— À quoi penses-tu, fillette? lui demanda le Vieux.

— Je... j'ai peur.

— Tu as bien raison! Cette guerre est une horreur, et le pire reste à venir. Au lieu de te poser des questions inutiles, profite de la vie.

— Nous allons... mourir?

— Pas besoin d'un devin! Avant le déclenchement de l'assaut, je viderai ma dernière jarre. N'oublie pas mon conseil, fillette.

« Mourir, pensa Fleur, c'est moins grave que de perdre Scorpion. »

*

— Satisfait? interrogea le Maître du silex, tendu.

Scorpion examina les lances, à peine terminées.

— Légères, maniables, de longues pointes perforantes... Du beau matériel.

— Persistes-tu à me soupçonner?

— Toi, un Vanneau, ne ressens-tu pas d'émotion à voir périr les tiens?

— Je déplore qu'ils aient choisi le camp adverse, qui ne songe qu'à utiliser leur nombre en se moquant des existences sacrifiées. Ils paieront très cher cette erreur, même si Lion et Crocodile sont vainqueurs.

— As-tu préparé les amulettes?

— Elles sont à ta disposition.

L'œil critique de Scorpion scruta les petits objets protecteurs. Taille parfaite, écrins de magie donnant un avantage non négligeable à ceux qui en bénéficieraient... L'artisan avait travaillé de façon remarquable.

— Nous serons tous appelés à combattre, précisa Scorpion, toi compris.

— Je m'y attendais.

— Surtout, ne me déçois pas.

Le barbu fulminait.

— Tu m'imagines rejoindre les Vanneaux ?

— Tu n'en aurais pas le temps.

*

La patience du général Gros-Sourcils serait bientôt récompensée. Au terme de la décrue, Lion et Crocodile se lanceraient à l'assaut de Nékhen et, cette fois, rien ne briserait leur élan. Pendant le conseil de guerre de la veille, Narmer avait reconnu qu'il n'aurait pas la possibilité de reconstituer une zone piégée ; conscient des faiblesses des assiégés, l'ennemi choisirait une offensive de masse. Et le silence de Scorpion signifiait que le jeune guerrier, adulé des soldats, acceptait l'inéluctable.

Heure après heure, le moral des troupes s'affaiblissait et la peur grandissait, malgré le culte assuré par Narmer en faveur des Âmes disparues ; les dieux n'abandonnaient-ils pas Taureau, son clan et ses alliés à un sort lamentable ?

Gros-Sourcils appliquerait la stratégie prévue. Forcément chargé de commander une partie de l'armée, il la conduirait à la débandade et à la défaite ; en dépit de leur bravoure, Taureau, Scorpion et Narmer seraient écrasés.

Feignant l'optimisme, Gros-Sourcils ne cachait pas la gravité de la situation ; et chacun sentait que l'issue du conflit ne serait pas favorable au clan de Taureau. Nékhen n'apparaissait plus comme un abri, et ses murs deviendraient ceux d'un cimetière.

Au général, quand il aurait accompli son rôle destructeur, de sortir indemne de ce mouroir et de réclamer son dû.

*

Seule Cigogne était autorisée à soigner Taureau ; suspicieux, il n'accordait sa confiance qu'à la vieille cheffe de clan qui lui appliquait des onguents aux senteurs agréables. Ces remèdes le soulageaient, mais certaines douleurs demeuraient rebelles et le contraignaient parfois à s'allonger.

— Tu me parais bougon, aujourd'hui, observa la guérisseuse en massant l'énorme cou de Taureau.

— Je souffre d'un mal dont tu ne me guériras pas : le poids des ans.

— Tu as encore beaucoup d'énergie !

— Je m'affaiblis, Cigogne, et gouverner me fatigue, surtout dans les circonstances présentes ; je n'imaginais pas que cette guerre serait aussi éprouvante. Naguère, j'aurais piétiné ce fanfaron de Lion et ce tordu de Crocodile ! Nous avons perdu du temps, trop de temps, à cause de cette blessure. Mais rassure-toi, je serai à la tête de mes hommes.

— Je prépare une potion qui renforcera ta musculature.

— Tes messagères sont-elles revenues ?

— Elles sont toutes rentrées.

— Et qu'ont-elles vu ?

— Les troupes de Lion et de Crocodile se sont rapprochées de Nékhen, et ne cessent de faire mouvement. L'attaque est imminente.

— Les Vanneaux ?

— Les officiers de Lion les encadrent.

— Tu ne me dis pas tout, fidèle amie ; inutile de dissimuler la réalité. Au contraire, j'ai besoin de la connaître afin d'y adapter ma stratégie.

Le long visage de Cigogne s'assombrit.

— Les Vanneaux... Leur nombre paraît illimité. Une foule gigantesque, capable d'encercler Nékhen et d'attaquer au même moment l'ensemble des fortifications.

— Une ruée capable de nous submerger et d'ouvrir la voie aux tueurs de Lion et Crocodile...

— C'est la fin, prédit Cigogne.

- 39 -

Imitant les mouvements de la perche, Neit économisait ses forces ; et la créature de la déesse sortit du canal pour emprunter un bras du Nil traversant le delta. À plusieurs reprises, la prêtresse avait évité des campements libyens.

Lorsque la nuit tomba, le grand poisson se mit à tourner en rond et s'immobilisa au fond de l'eau ; Neit nagea jusqu'à la rive, écarta les hautes herbes et dégagea un petit espace où elle espérait dormir. Dérangée, une genette sauta d'une ombelle de papyrus à une autre.

Une pique jaillit des roseaux et menaça la prêtresse.

— Une femme ! s'exclama le Libyen. Accourez les gars, venez voir ma prise !

Une dizaine de gaillards hirsutes entourèrent la captive.

Lentement, elle se releva et les dévisagea un à un. Impressionnés, ils reculèrent de deux pas.

— La sorcière, s'exclama un maigrichon, c'est la sorcière que recherche le guide suprême, et nous allons la lui remettre !

Déjà, l'escouade imaginait une fabuleuse récompense : victuailles, nattes, pagnes neufs et des femelles prélevées chez les vaincus !

— On ne la touche pas, ordonna le maigrichon ; notre chef la veut indemne.

Un murmure de déception s'éleva, mais l'on se rendit à la raison.

— Suis-nous, on t'emmène au camp.

Immaculé, le tissu de la déesse n'était pas mouillé. La têtc haute, la prêtresse continuait d'effrayer les soldats ; cent légendes couraient à son sujet, et l'on parlait de pouvoirs magiques acquis auprès de démons à tête d'oiseau de proie.

Les brutes formaient l'une des centaines d'escouades mobiles chargées de sillonner en permanence le Nord afin de traquer d'éventuels résistants et de terroriser les habitants des hameaux. Ils volaient, violaient et tuaient quelques paysans de manière à démontrer toute la puissance de l'armée libyenne. Comment auraient-ils pu supposer que la chance les servirait à ce point ? Capturer la sorcière tant convoitée !

Une déception les attendait : leur feu s'était éteint.

— Pauvre imbécile ! éructa le maigrichon en s'en prenant à un édenté ; tu avais l'ordre de l'entretenir !

— Fiche-moi la paix, je...

La pointe d'un poignard lui piqua la gorge.

— On ne parle pas comme ça à son supérieur !

Le sang perla.

— Les incapables, on les élimine.

— Les dieux ont décidé de vous priver de feu, révéla Neit d'une voix posée. Moi seule peux obtenir leur clémence et le rallumer.

La déclaration de la sorcière stupéfia les soudards.

Le maigrichon repoussa l'édenté et brandit son arme vers la prisonnière.

— N'essaie pas de nous envoûter ! Surveillez-la.

Les piques formèrent un cercle menaçant.

Nerveux, l'officier voulut prouver qu'il maîtrisait la situation ; s'emparant d'un bâton de bois dur, il le ficha dans une cavité creusée au cœur d'un morceau de bois tendre et le fit tourner rapidement. D'ordinaire, rotation et frottement provoquaient une étincelle. Cette fois, échec humiliant.

Irrité, le maigrichon s'acharna. En vain.

La sorcière avait dit vrai. À l'inquiétude de passer une nuit sans feu et de risquer une attaque de prédateurs, s'ajoutait la crainte de cette femme trop belle, capable de jeter des maléfices. Même l'officier n'en menait pas large.

— Pourquoi… pourquoi nous aiderais-tu ?

— En échange de renseignements.

— Nous ne sommes qu'une escouade et…

— Ton maître a-t-il conquis la totalité du Nord ?

La poitrine du maigrichon se gonfla.

— Le guide suprême s'est rendu maître de ce pays et de ses habitants ! À présent, ils sont nos esclaves. La place forte de Taureau a été détruite, et nous installons des dizaines de garnisons dans des fortins qui repousseront n'importe quelle armée. Grâce à notre chef, cette terre est libyenne à jamais !

— Vive le guide suprême ! hurlèrent les soudards.

Neit masqua sa consternation ; le désastre était plus ample qu'elle ne le supposait.

— Cette victoire ne vous offre pas du feu pour la nuit, rappela la magicienne.

Ce retour à une réalité immédiate et angoissante dissipa la brève gaieté de l'escouade.

La prêtresse s'agenouilla et disposa ses bras en équerre, paumes ouvertes vers l'occident.

— Déesse de Bouto, donne-moi ta force et permets-moi de dissiper les ténèbres en te faisant renaître ici, au sein du chaos ; que ta lumière me guide et me libère.

Une brise parfumée se leva, et le foyer commença à rougeoyer ; fixant les braises éteintes, le regard de la sorcière les ranimait !

— On devrait s'enfuir, estima le bedonnant.

— J'abattrai les déserteurs, affirma le maigrichon.

La flamme jaillit. D'abord faible et rouge pâle, elle ne tarda pas à gagner de la vigueur, et des crépitements traduisirent le succès de la prêtresse.

Fascinés, les Libyens laissèrent tomber leurs piques et s'approchèrent.

Des volutes d'un rouge intense se déployèrent, enveloppant les membres de l'escouade. En tentant de les étouffer, au prix de mouvements désordonnés, ils attisèrent le feu qui les transforma en torches.

Incapables de se dégager, les soldats du guide suprême se ratatinèrent, et des fumées nauséabondes montèrent de leurs dépouilles noirâtres.

Après avoir remercié le cobra de Bouto, Neit regagna le fleuve ; sur la rive, des oiseaux, des dattes et des figues. À la surface affleurait la bouche de la perche, dispensatrice de ces nourritures providentielles.

Se sentant en sécurité, Neit se restaura et s'endormit.

*

À la pointe du delta et à l'orée de la vallée du Nil, la perche fit demi-tour, refusant de franchir la frontière du Sud. Privée de son guide, la prêtresse n'hésita pas à poursuivre son chemin. La mangouste et les deux crocodiles, eux aussi, étaient restés au Nord, comme s'ils n'acceptaient pas la fatalité et la domination libyenne.

Cette fois, Neit se sentait vraiment seule et livrée à l'inconnu, mais elle ne regrettait pas sa décision : rejoindre Narmer. Vivre loin de lui serait une mort lente.

— Ne m'abandonne pas, déesse, et permets-moi de suivre la voie juste !

Surgit un chacal, les oreilles dressées.

La jeune femme sourit.

242

— Est-ce toi mon nouveau guide? Le chef de ton clan n'est-il pas l'allié de Narmer?

Les yeux du canidé brillèrent.

— Ton nom?

Dans le sable du désert, un rayon de soleil traça deux des signes que la déesse avait révélés à sa servante : un socle, le G, et une jambe, le B.

— Geb… Acceptes-tu de me conduire à Narmer?

Battant de la queue, ses longues oreilles bien droites, le chacal prit la direction du sud en passant par le désert.

*

Geb connaissant les points d'eau, Neit ne risquait pas de mourir de soif; excellent chasseur, il se nourrissait de lièvres que la prêtresse faisait rôtir.

Au terme de quatre jours de marche forcée, au crépuscule, Neit aperçut une fumée. Geb ne paraissant pas inquiet, elle l'accompagna au sommet d'une dune et découvrit un bivouac rassemblant une centaine de soldats, des femmes, des enfants et un impressionnant taureau sauvage qui ressentit aussitôt sa présence et celle du chacal.

Sortant de sa quiétude, il beugla en grattant le sol de ses sabots. Des archers se mirent en position.

Accompagnée de Geb, Neit se dirigea d'un pas tranquille vers ces hôtes inattendus.

Les arcs se baissèrent.

— Qui es-tu? demanda un officier au visage fatigué.

— La prêtresse de la déesse Neit; ce chacal m'a guidée.

— Nous sommes les rescapés de la place forte de Taureau, révéla le capitaine; la violence de la crue l'a détruite, et nous avons été contraints de fuir, avec l'espoir de rejoindre notre chef de clan. Hélas! beaucoup d'entre nous ont succombé... Nous nous sommes heurtés à des patrouilles libyennes, nous manquons d'eau et sommes harcelés par des hyènes.

Le regard de la jeune femme s'assombrit.

— L'année des hyènes... Sais-tu ce que cela signifie ?

— Seuls des vieillards en ont connu une ; ils parlent de famine, d'un déferlement de haine, de malheurs innombrables ! Voilà où nous mène la guerre des clans.

Le taureau sauvage s'était calmé, la prêtresse lui caressa le front.

— Ne désespère pas, recommanda-t-elle ; ce brave nous mènera à son maître et nous livrerons bataille afin de rétablir l'harmonie.

- 40 -

Les chevilles enflées, Mollasson était d'humeur cha-
grine. En apparence, tout allait bien ; il bénéficiait d'une
hutte confortable, s'offrait de longues siestes et appréciait la dévotion d'une dizaine de servantes qui, en
satisfaisant ses moindres caprices, espéraient échapper
à de pires conditions. Amateur de viandes grasses et
de féculents, Mollasson n'éprouvait plus le besoin de
posséder une femelle ; seul l'exercice du pouvoir l'intéressait.

La soumission du peuple Vanneau était un beau
succès ; décidé à collaborer, il croyait aux discours de
son trio de dirigeants, tellement estimés des chefs de
clan, Lion et Crocodile, et lui promettant un avenir
radieux après la victoire.

Victoire inéluctable, certes, mais qui en tirerait les
fruits ? Au premier rang, Lion et Crocodile, soit un vainqueur de trop. L'un éliminerait l'autre, et s'emparerait
de la totalité du Sud. Or, il serait impossible d'asseoir
une autorité sans exploiter les Vanneaux, donc d'utiliser Mollasson et ses deux amis.

Ami... Était-ce le bon terme concernant Gueulard ?
Ivre le jour, changeant de maîtresse chaque nuit, râleur
impénitent, il s'était montré précieux lorsqu'il avait fallu
bousculer son peuple. À présent, le personnage devenait encombrant.

— Tu souhaitais me voir ? demanda Vorace.

— Assieds-toi. De la bière ?

— Volontiers. Tu parais contrarié !

— Disons… soucieux.

Vorace ne prenait pas à la légère les états d'âme de son aîné. Vicieux et dissimulateur, Mollasson était un stratège hors pair, sachant abuser son monde ; désireux d'étendre son influence, Vorace avait besoin de ce tordu voûté, aux paupières lourdes.

— Redouterais-tu l'échec de notre grande offensive ?

— Pas un instant ! Taureau et ses alliés n'avaient pas prévu que la masse des Vanneaux les submergerait, et les deux chefs de clan sauront porter le coup fatal.

— Quelle est la cause de ton trouble ?

Mollasson feignit d'hésiter.

— Le comportement de Gueulard ne t'inquiète-t-il pas ?

— Il ne dessoûle pas, et son agressivité me pose des problèmes ; ce matin encore, il s'est querellé avec des officiers de Lion, et je l'ai remis à sa place afin d'éviter que la situation ne s'envenime. Ce genre d'incident pourrait nous nuire.

— Malheureusement, tu confortes mes craintes ! Au lendemain de la victoire, Gueulard se montrera-t-il à la hauteur des responsabilités qui nous seront confiées ?

— Peu probable, admit Vorace.

— Cet insensé ne menace-t-il pas notre sécurité ?

— Possible, en effet.

— Rester inactifs nous condamnerait à de sérieuses difficultés, voire à la déchéance, ne crois-tu pas ?

— J'en ai peur. Et… que proposes-tu ?

— J'y réfléchis depuis plusieurs jours et je n'ose envisager une solution… radicale.

— Soyons clairs : tu as perdu toute confiance en Gueulard, moi aussi. Et notre passivité ruinerait des mois d'efforts! Nous avons conquis une place appréciable, et je n'entends l'abandonner à personne. Tu m'entends, Mollasson : à personne.

— Je t'approuve mon ami, d'autant plus que notre ascension n'est pas terminée; toi et moi sommes différents de ce pitoyable Gueulard. Son attitude a prouvé sa médiocrité.

— Comment s'en débarrasser?

— Il faut agir vite, en se servant des circonstances.

*

Lion et Crocodile réglaient les derniers détails de l'attaque. En bouleversant les alentours de Nékhen et en dévastant la zone naguère piégée, la crue leur avait fourni une aide inespérée. Entre eux et les assiégés, un terrain bosselé, difficile à parcourir; de nombreux Vanneaux y perdraient la vie, mais certains parviendraient aux remparts et épuiseraient les défenses adverses avant l'assaut final des troupes des deux chefs de clan.

— Pas de raids fractionnés, préconisa Lion; le caractère massif de la ruée étouffera l'ennemi. Même les soldats expérimentés seront épouvantés, certains seront incapables de se battre, d'autres rendront les armes.

— Je ne partage pas ton optimisme, objecta Crocodile; Taureau saura donner à ses troupes l'énergie du désespoir, et la mêlée sera furieuse. Et cette stratégie repose sur l'engagement sans faille des Vanneaux.

— De ce côté-là, aucun problème! Cette racaille m'est totalement soumise et obéira à mes ordres.

« Si telle est la vérité, pensa Crocodile, mieux vaut qu'une majorité de Vanneaux soit anéantie lors de l'assaut. Ainsi, Lion ne disposera, après la victoire, que d'un nombre réduit d'esclaves auxquels il sera interdit de porter des armes. »

— Nous allons changer ce monde, promit Lion, exalté, et nous en deviendrons les maîtres ! Comme j'ai eu raison de déclencher la guerre des clans, comme tu as été perspicace de te rallier à ma cause !

— Il faut d'abord la gagner, cette guerre, puis expulser les Libyens.

— Rien ne nous résistera !

Un officier de Lion s'approcha et s'inclina.

— Seigneur, une Vanneau souhaiterait vous parler.

— Quelle impudence ! Fouette-la et offre-la aux fantassins.

— Elle prétend avoir d'importantes révélations à faire, susceptibles de modifier l'issue du combat.

— Une folle !

— Écoutons-la, préconisa Crocodile.

Haussant les épaules, Lion accepta.

La Vanneau était jeune, douce et aguichante ; tête baissée, elle s'agenouilla. Un seul coup de griffe de Lion, elle était morte ; aussi sa voix tremblait-elle.

— Seigneur, c'est horrible, si horrible…

— Explique-toi.

— Vos lionceaux… Ils ont été massacrés, et je sais…

Elle s'étrangla, les traits de Lion se durcirent.

— Que sais-tu ?

— Quelqu'un a ouvert l'enclos pour permettre aux hyènes d'y pénétrer. Sinon, les lionceaux auraient été épargnés.

— Son nom ?

— Gueulard.

— Comment l'as-tu appris ?

— Je suis sa favorite, chargée de lui procurer sans cesse de nouvelles femelles. Cette nuit, il était encore plus ivre que d'habitude et s'est vanté de son exploit. Il compte se débarrasser de ses amis, Mollasson et Vorace, et commander seul notre peuple.

248

Lion agrippa la Vanneau par les cheveux, lui arrachant un cri de douleur.

— Oserais-tu me mentir ?

— Je suis votre servante !

— Nous connaîtrons la vérité, assura Crocodile.

*

— Je t'en supplie, laisse-moi ! supplia l'adolescente.

Gueulard la plaqua sur le ventre.

— Tu me plais, petite, et je jouirai de toi comme il me convient.

Gueulard s'apprêtait à forcer sa dernière conquête quand les soldats de Lion le relevèrent brutalement, l'entravèrent et le conduisirent à leur chef, au regard enflammé.

À sa gauche, Crocodile semblait endormi.

— As-tu ouvert l'enclos de mes lionceaux pour les livrer aux hyènes ?

La tête embrumée, le Vanneau mit de longues secondes à comprendre la question. Lorsqu'il en mesura l'énormité, il vomit.

— Oh non, seigneur, bien sûr que non !

— Un témoin t'accuse.

— Qui… qui profère de tels mensonges ?

Lion poussa devant lui la jolie dodue.

— Toi !

— Tu m'as avoué ton crime, confirma-t-elle.

Rageur, Gueulard échappa aux gardes et, du front, percuta la poitrine de son accusatrice avec tant de violence qu'il lui défonça le sternum. Asphyxiée, elle ne survécut pas.

— Ennuyeux, marmonna Crocodile ; il n'existe plus qu'un moyen d'établir la vérité.

— Je suis innocent, innocent !

Les Libyens attachèrent Gueulard à un poteau, les jambes repliées sous lui. Sanglotant, il implora la pitié des chefs de clan.

À l'appel de Crocodile, une sorte de sifflement à peine audible, sept reptiles de belle taille encerclèrent le Vanneau. Et leurs gueules s'ouvrirent.

Les intestins de Gueulard lâchèrent.

— Si j'avoue, aurai-je la vie sauve ?

— La clémence est parfois une bonne solution, reconnut Lion, glacial.

— Alors, j'avoue ! En ouvrant l'enclos, je voulais sauver les lionceaux et leur permettre de s'échapper, non les livrer aux hyènes !

— Un acte héroïque… Qu'en pensent tes juges ?

L'un des reptiles referma ses mâchoires sur la cheville droite de Gueulard, donnant le signal de la curée.

- 41 -

Sous la conduite de leur chef incontesté, Enki, les Sumériens marchaient depuis des semaines à travers un désert de plus en plus hostile. Par bonheur, ces derniers jours, la chaleur diminuait et les nuits se rafraîchissaient, permettant aux organismes épuisés de recouvrer des forces.

À la tête des lambeaux de l'armée sumérienne, le général Enki était un homme de grande taille, au visage allongé et au regard impérieux. À l'instar de ses compatriotes, il portait la barbe, tressée comme ses cheveux longs ; telle était la dernière mode à Eridu, l'opulente cité aujourd'hui disparue.

Eridu, où le général habitait une vaste maison, entourée d'un jardin. Une femme magnifique, quatre enfants, une dizaine de domestiques, un troupeau de vaches, des champs... Bonheur et richesse suscitaient l'envie, mais Enki n'en avait cure. Issu d'une famille modeste, il s'était imposé grâce à son talent, éliminant de nombreux rivaux, coupables de le sous-estimer.

Sachant lire et écrire, doté d'une santé exceptionnelle, Enki avait grimpé les échelons de la hiérarchie militaire, devenant un personnage central de la haute société. Soucieux de préserver leurs privilèges, les dirigeants sollicitaient ses conseils et en tenaient compte.

Et puis la rumeur s'était répandue : désireux de
s'emparer du pouvoir, le général préparait un coup
d'État! Enki avait eu tort de se moquer du poison que
répandaient des dignitaires qu'il se croyait capable de
briser; oubliant la menace, il préférait favoriser la car-
rière d'un artisan génial, Gilgamesh, lequel décorait de
mosaïques les murs en terre cuite des sanctuaires et des
demeures luxueuses. Ses innovations déplaisaient, le
général l'encourageait.

Le pays des deux fleuves[1] n'était pas facile à vivre.
Inattendues et violentes, leurs crues dévastaient les terres
fertiles et détruisaient les villages; aussi Enki avait-
il envisagé un vaste programme d'aménagement de
canaux et de production de bateaux. En cas de désastre,
ils sauveraient nombre de vies.

Au sommet de sa popularité, le général se sentait
invulnérable. Et cette vanité le rendait aveugle.

Alors qu'il s'apprêtait à présider la fête de la Grande
Déesse, ses propres officiers supérieurs étaient venus
l'arrêter.

En un instant, tout s'écroulait.

Accusé de haute trahison, Enki n'avait rien à espérer
d'un tribunal composé de ses pires ennemis. Il serait
condamné à mort, son épouse exilée, ses enfants réduits
à l'état d'esclaves, ses biens dispersés.

Au fond d'un cachot, pestant contre son inconscience,
le général ne se résignait pas à attendre la mort. Acheter
ses gardes, tenter de les supprimer, creuser un tunnel?
Une autre réponse survint. Une réponse tellement
effroyable que personne n'aurait pu la prévoir.

La pluie s'était mise à tomber, avec une intensité
inhabituelle; plus les heures passaient, plus sa violence
augmentait; les deux fleuves débordèrent, les précipita-
tions redoublèrent.

---

1. Le Tigre et l'Euphrate.

Et le déluge détruisit l'œuvre des humains.

Le flot ayant emporté les murs de sa prison, Enki retrouva la liberté et découvrit le chaos. Des cadavres éparpillés, pas un seul édifice intact. Ni son épouse ni ses enfants n'avaient été épargnés.

Quand le soleil réapparut, les rescapés se rassemblèrent au port. Parmi eux, l'un des officiers qui avaient trahi le général dont il implorait le pardon. Sans montrer le moindre signe d'irritation, Enki le massacra à coups de pied et de poing ; ayant dépassé les frontières de la désespérance, le général était à présent un être glacial, dépourvu d'émotions.

Et cette froideur avait imposé son autorité. À la suite du cataclysme, une seule solution : quitter cette contrée maudite en emportant des armes et des bateaux en pièces détachées. Mais où aller ? Un prêtre géographe connaissait l'existence d'un pays au delta verdoyant, se prolongeant par une longue vallée que parcourait un fleuve poissonneux. Selon un devin, une cité nommée Abydos lui servait de porte de l'au-delà et attirait la protection des dieux. Des clans se partageaient les Deux Terres ; ils repousseraient férocement un envahisseur.

Ce fut pourtant la destination que choisit Enki, balayant les contestations ; il misait à la fois sur l'effet de surprise, la qualité de son armement et la division inévitable des chefs de clan face à un événement imprévu. La réputation de l'un d'eux, Taureau, était parvenue à Sumer ; commandant une armée puissante, il occupait la quasi-totalité du Nord qu'il conviendrait donc d'éviter.

Assisté du géographe, Enki décida d'emprunter la voie des déserts afin d'atteindre Abydos, de s'emparer de ce site sacré et de remonter les bateaux pour obtenir la maîtrise du fleuve Plusieurs voix s'étaient élevées contre ce projet insensé, mais le retour de pluies diluviennes les avait fait taire. Sumer condamné à disparaître sous les eaux, même les récalcitrants suivirent le général.

L'artiste Gilgamesh, son protégé, avait survécu ; lorsqu'il aurait conquis le Double Pays, Enki lui confierait la décoration de sanctuaires dédiés à la Grande Déesse, tantôt bienfaitrice, tantôt terrifiante.

Et les derniers Sumériens avaient quitté leur pays ravagé, entreprenant un long et périlleux voyage en direction d'une contrée à l'abri d'un déluge. Habitués à un climat humide, les marcheurs s'étaient vite heurtés aux rudes conditions des zones désertiques ; fauves en maraude, serpents en chasse pendant la nuit, puces agressives, soleil ardent, risque permanent de manque d'eau.

Sans la discipline militaire qu'imposait Enki, inaccessible au doute et à la fatigue, l'entreprise aurait tourné court. Une seule tentative de révolte s'était produite, des angoissés prônant le retour en arrière. Le général les avait exécutés de sa main.

Muets, les Sumériens avaient continué à progresser, en proie à divers maux et perdant peu à peu l'espoir d'arriver à bon port ; les décès se succédaient et, malgré son caractère imperturbable, Enki peinait à maintenir la cohérence du reliquat de son peuple.

Gilgamesh lui avait procuré une aide décisive. Utilisant des plantes médicinales, les unes provenant de Sumer, les autres récoltées au hasard de ses trouvailles, il était parvenu à guérir des malades et à soulager les souffrances.

Le général avait offert à la Grande Déesse un sacrifice consistant en têtes de gazelles et d'oryx abattus par ses archers ; montant vers le ciel d'un bleu intense, loin du déluge, la fumée ravivait la puissance invisible, l'incitant à guider ses enfants.

Les pièces détachées de bateaux pesaient lourd, et certains porteurs, épuisés, suggérèrent de les abandonner; la colère froide de leur chef les dissuada d'insister. Se priver d'une telle arme les condamnerait à l'échec, quand ils atteindraient le Nil. Éviter Taureau ne suffisait pas; le clan possédant le territoire d'Abydos le défendrait et recevrait peut-être des renforts. Les bateaux étaient le principal gage de triomphe des Sumériens. Convaincus, les porteurs tentèrent d'oublier leurs douleurs.

Un mets régala les voyageurs : les escargots du désert, abondants et moelleux. Les riches regrettaient le confort de leurs belles demeures et l'empressement de leurs cuisiniers; contraints de côtoyer des domestiques et des esclaves que le déluge avait libérés, ils ne jouissaient plus d'aucun privilège. Curieusement, la promiscuité, le danger et les risques encourus favorisèrent un rapprochement; les exilés comprirent qu'ils ne réussiraient qu'ensemble. Et le général vit naître une armée, fondée sur une vraie hiérarchie; seules comptaient les compétences, l'endurance et la volonté de vaincre. Un esprit de corps souda cette troupe, désormais résolue à conquérir un nouveau territoire.

Gilgamesh, lui, vivait dans son monde; au lieu de l'angoisser et de l'affaiblir, le désert lui ouvrait des perspectives insoupçonnées. Il ne récoltait pas que des plantes, s'intéressant aussi aux variétés de pierres dont certaines, à l'issue d'un simple frottement, lui fournissaient de superbes couleurs. Des morceaux de calcaire lui servaient de support, il dessinait des animaux et perfectionnait sa technique. Enki le dispensait de corvée et le laissait s'épanouir.

Survint un lever de soleil incomparable. Le disque dissipa la nuit, ses premiers rayons réchauffèrent les corps fatigués, l'air était léger, envoûtant. Voilà longtemps que les Sumériens n'avaient pas connu une matinée si tranquille, et chacun pressentit l'imminence d'un événement exceptionnel.

La haute stature du général semblait dominer les dunes environnantes. Quittant le campement, il se dirigea vers le sud, escalada une pente rocailleuse et parvint au sommet d'une butte.

Dérangé, un cobra s'éloigna.

Enki respira profondément.

Une palmeraie, un sanctuaire, un fleuve aux eaux scintillantes... Abydos et le Nil, les premières destinations de l'exode imposé à son peuple ! Lui, déchu et condamné à mort, avait réussi, et il ne s'arrêterait pas là.

Un détail le troubla : nulle défense apparente. Abandonner un tel site ? Impossible. Un piège avait été tendu, il faudrait le déjouer.

- 42 -

Une atmosphère sinistre imprégnait le conseil de guerre réuni par Taureau. À la suite des confidences de Cigogne, le chef de clan avait décidé d'informer ceux qui allaient se battre et mourir sous ses ordres.

— J'avais une idée exacte des forces de Lion et de Crocodile, et je m'estimais capable, à juste titre, de les briser ; mais comment imaginer qu'ils réussiraient à rassembler une telle nuée de Vanneaux, et que cette maudite crue détruirait une partie de nos défenses ? Inutile de se leurrer : nous ne résisterons pas à un assaut massif, et l'ennemi l'a bien compris.

— Les derniers rapports de mes messagères sont alarmants, ajouta Cigogne ; elles n'ont jamais vu pareille foule.

— Que proposes-tu ? demanda Scorpion à Taureau.

— L'issue du combat ne fait aucun doute, nous serons tous massacrés. L'entamer me paraît donc suicidaire.

Cette déclaration stupéfia les membres du conseil ; qui aurait soupçonné le renoncement du puissant guerrier ?

Scorpion s'enflamma.

— Envisages-tu... de rendre les armes ?

— Certes pas, car l'ennemi n'épargnera personne et se livrera à d'abominables tortures !

— Alors, quel est ton plan ?

— Organiser la fuite d'un maximum des nôtres. Moi, mes taureaux sauvages et mes soldats d'élite tenterons une sortie et créerons un front ; à nous de tenir assez longtemps pour permettre au reste de l'armée de partir en direction du sud.

— Ce sacrifice risque d'être inutile, avança Narmer.

— Peut-être, mais c'est l'unique solution ! Les murailles de Nékhen ne sont plus qu'une protection illusoire. Et mon rôle de chef consiste à lutter jusqu'à l'extinction de mes forces.

— Permets-nous de réfléchir encore, intervint Chacal.

— Le temps nous est compté, et je dois intervenir avant l'assaut ; ce soir, ma stratégie sera arrêtée.

*

Nageuse chantonnait un air ancien, langoureux et mélancolique ; malgré les exploits accomplis, elle ne croyait pas qu'elle survivrait au prochain combat. Quelle importance ? Elle, misérable Vanneau, aurait dû croupir dans la boue des bords du fleuve, offerte aux désirs des mâles. Les dieux lui avaient accordé un surprenant destin : devenir la maîtresse de Scorpion, ce merveilleux tyran, amant hors pair dont elle n'espérait aucun égard.

Nageuse aimait cette saison où, après la décrue, le soleil se montrait d'une douceur particulière ; pour elle, les murs de Nékhen étaient un espace de liberté, ouvert sur le ciel. Rêvant d'un avenir impossible, elle espérait que Scorpion lui ferait une dernière fois l'amour avant qu'un bain de sang ne submergeât la place forte.

— Tu as une belle voix, lui dit Fleur.

Étonnée, la Vanneau leva les yeux sur sa rivale.

— Ma chanson te plaît ?

— Elle est jolie, mais triste.

— Aurions-nous une raison de nous réjouir ?

— Ne crois-tu pas à notre victoire ?

Nageuse eut un regard désabusé.

— Serais-tu stupide, Fleur ?

— Je ne m'intéresse qu'à un seul être : Scorpion. Nous nous aimons à jamais, et personne ne me le volera.

— Tu le connais mal...

— C'est toi qui te trompes ! Tu n'es qu'une friandise, il t'oubliera.

— Probablement.

Fleur fut déconcertée.

— Alors, écarte-toi de lui !

— À Scorpion de choisir.

— Ou tu m'obéis, ou je te tue.

— Tu m'amuses, petite ! Dans quelques heures, nous serons tous morts.

— Tu mens !

— Maintenant, Fleur, tu m'ennuies. Va-t'en, ou c'est moi qui t'étrangle.

*

Du haut des remparts, Narmer et Scorpion goûtaient la paix du couchant. Un moment privilégié, apaisant les tensions et autorisant à supposer qu'il existât un avenir.

— Taureau a perdu la main, estima Scorpion ; son plan est absurde, et nous n'avons pas subi tant d'épreuves pour périr ainsi !

— Je crains qu'il n'ait raison. Il combattra en première ligne, je couvrirai ses arrières et tu organiseras la retraite.

— Moi, à la tête des fuyards ?

— Demain, ce seront les seuls rescapés de l'ancien monde, et toi seul auras la capacité de les commander afin d'entreprendre une reconquête.

— En fractionnant nos forces, déjà inférieures, nous périrons tous.

— D'après l'Ancêtre, la prochaine étape de mon parcours consistait à vaincre les Vanneaux ; je n'imaginais pas que leur nombre permettrait aux fauteurs de troubles de remporter la guerre des clans.

— Toi, Narmer, tu renonces ?

— Je les affronterai, et tu survivras.

— Oublies-tu tes pouvoirs ?

— L'âme des chefs disparus continue à parler en moi, ils me donneront la force nécessaire pour ne pas reculer.

— Je suis un guerrier, rappela Scorpion, et je refuse la défaite annoncée.

— Que préconises-tu ?

— Moi aussi, j'ai un allié, un puissant allié, et il ne m'abandonnera pas.

— Devons-nous le vénérer et lui présenter des offrandes ?

— Non, je dois m'entretenir avec lui, cette nuit même.

— À quel endroit ?

— Dans le désert.

— Tu veux… sortir de Nékhen ?

— C'est notre unique chance d'obtenir la puissance qui nous permettra de vaincre.

— C'est une folie, Scorpion !

— J'irai seul. Surtout, n'essaie pas de me suivre.

*

Pendant que Scorpion faisait l'amour à Nageuse, Narmer, posté à proximité, songeait à Neit, l'unique femme de sa vie qu'il ne reverrait pas. Elle était vivante, il le ressentait, mais échapperait-elle longtemps aux Libyens, à Lion et à Crocodile ? Peut-être se réfugieraitelle à Bouto, si les Âmes ne quittaient pas ce pays occupé, en proie à la violence.

Narmer suivrait son frère et volerait à son secours, quoi qu'il arrive ; le laisser périr, seul, était une lâcheté inconcevable.

— Renonce à ton projet, conseilla la voix profonde de Chacal, presque invisible dans l'obscurité.

— Je n'abandonnerai pas Scorpion !

— Là où il se rend, tu ne peux ni ne dois aller ; vos destins ne sont pas identiques. Toi, tu as vu et écouté l'Ancêtre, et tu connais tes devoirs. Scorpion a choisi un autre chemin.

— Nous sommes frères.

— Tu ne l'aideras pas. Au contraire, vous périrez tous les deux, et tu ne tiendras pas la parole donnée à l'Ancêtre. En la trahissant, tu perdras ta lumière, ton âme et ton nom.

Comment prendre à la légère les avertissements du chef de clan ?

— Scorpion reviendra-t-il ? demanda Narmer, ébranlé.

— Je l'ignore. Les pouvoirs des ténèbres et de la terre rouge sont incommensurables ; s'il y résiste, son bras sera celui d'un millier de guerriers.

*

Scorpion parvint à contourner les lignes adverses sans être repéré par les sentinelles. Il longea les campements des Vanneaux et gagna le désert où rôdaient vipères et cobras. Avançant vite, il ne tarda pas à repérer le signe qu'il espérait : entre deux monticules, la lueur rouge des yeux de l'animal de Seth.

Les grandes oreilles dressées, le museau d'une longueur impossible, la queue se terminant en fourche, le maître de l'orage attendait son disciple.

261

Scorpion osa le contempler.

— J'ai besoin de ton aide !

— Manquerais-tu de force ?

— Des nuées de Vanneaux encerclent Nékhen, nous sommes vaincus d'avance.

— Ne m'as-tu pas offert ta vie et ton âme, n'as-tu pas promis de répandre la guerre et de toujours refuser la paix ?

— Je l'ai promis !

Devenant rouge vif, les yeux étincelèrent.

— En ce cas, pourquoi douter de toi ?

— Cette masse, cette foule…

— Aurais-tu peur ?

— Oui, peur de la défaite !

— Prouve-moi ta valeur, je t'aiderai.

- 43 -

— Les revoilà ! hurla l'éclaireur.

Pour la dixième fois, des hyènes attaquaient la colonne de rescapés qui se dirigeaient vers Nékhen. Irrité, le taureau sauvage grattait le sable de ses sabots ; les archers se mirent en position, de manière à protéger les civils.

D'ordinaire, une volée de flèches suffisait à repousser les prédateurs qui revenaient sans cesse, guettant le moindre signe de faiblesse. Les hyènes avaient déjà dévoré un bambin, éloigné de ses parents, égorgé une sentinelle endormie et tué un matamore croyant pouvoir les affronter seul.

— C'est anormal, dit le capitaine à Neit ; ces fauves sont plutôt craintifs, et n'attaquent que la nuit, de préférence des charognes !

— L'année des hyènes, elles sont habitées d'une fureur dévastatrice, rappela la prêtresse.

Une centaine de bêtes, les yeux fixes, empêchèrent la colonne d'avancer ; et leurs congénères commençaient à encercler leurs proies. Cette menace sema la panique, et le capitaine éprouva des difficultés à rétablir l'ordre.

— Chantez, tapez dans vos mains, faites un maximum de bruit ! ordonna-t-il.

Le vacarme demeura inopérant, et le rire des hyènes glaça le sang de leurs futures victimes. Les soldats eux-mêmes tremblaient à l'idée d'affronter des griffes et des crocs dont ils connaissaient l'horrible efficacité.

— Nous risquons de succomber sous le nombre, murmura le capitaine, affolé.

Neit partageait cet avis. Avoir échappé aux Libyens, traversé le désert, et périr ainsi à proximité du but... Seule la déesse pouvait repousser la fatalité.

Écartant deux archers, la jeune femme sortit du groupe et s'avança à la rencontre de la meute.

— Reviens, supplia l'officier, elles vont te dévorer !

Neit interpella une énorme hyène, fort agitée.

— Toi, je connais ton nom ! Tu es la voleuse, et tu ne cherches qu'à égarer ton peuple. À cause du mal que tu répands, la déesse te châtiera.

Ôtant le tissu sacré, la prêtresse l'éleva à bout de bras et le tendit entre elle et le soleil.

Montrant leurs crocs, une dizaine de fauves s'approchèrent, prêts à bondir.

— Disparais, Voleuse, ou bien les flèches de la déesse t'abattront !

Feulant, la hyène s'élança.

Du tissu jaillirent deux traits de lumière entrecroisés qui transpercèrent le ventre de la meneuse. Tuée net, elle s'effondra, la langue pendante ; désemparée, sa meute se dispersa.

De nouveau recouverte de l'étoffe sainte, Neit exhorta la colonne à reprendre sa marche en avant. Selon l'éclaireur, Nékhen n'était plus très loin.

*

Sachant qu'il s'agissait de sa dernière nuit, Taureau n'avait pas dormi, désireux de se remémorer les étapes de son existence et les belles heures de son clan. Il aurait préféré mourir chez lui, dans son domaine, en nommant son successeur, mais le destin en avait décidé autrement, et le puissant guerrier n'éprouvait pas de sentiment de révolte. Jusqu'au terme, il lutterait pour les siens et une juste cause.

Peinant à se mettre debout, il fut heureux d'accueillir Cigogne dont les onguents lui redonnaient vigueur et souplesse.

— Une folie... Scorpion commet une folie !

Taureau n'avait jamais vu la vieille dame aussi bouleversée.

— À la tête de sa milice, poursuivit-elle, il a ouvert la porte de la citadelle et attaque les Vanneaux, à un contre mille !

Taureau sortit de sa résidence et se heurta à Narmer.

— Scorpion nous a tous pris au dépourvu.

— C'est insensé, jugea le chef de clan ; pourquoi tient-il à se faire massacrer ?

— Nous n'avons plus le choix : imitons-le en attaquant du côté du fleuve, avec le gros de nos troupes. Si nous réussissons une percée, une partie des nôtres s'échappera.

Chacal et Cigogne acquiescèrent, Taureau céda.

*

À moitié soûl, le Vieux suivait son chef ; comme la réserve de vin était épuisée, inutile de continuer à vivre.

Maniant une massue en calcaire d'une dizaine de kilos que lui avait remise la veille le Maître du silex, Scorpion traçait un sillon sanglant dans les rangs des Vanneaux, surpris par la férocité de l'attaque. Frappant et frappant sans cesse, il frayait un chemin à ses meilleurs soldats, équipés de leurs amulettes et maniant, eux aussi, des massues.

Seul le Vieux se contentait d'une lance dont la pointe de silex pénétrait les chairs avec jubilation.

La surprise passée, l'adversaire commençait à se ressaisir, et des soldats de Lion vinrent porter main-forte aux Vanneaux. La milice de Scorpion subit ses premières pertes, et son chef faillit se trouver isolé.

— Attention, dans ton dos! cria le Vieux en voyant une griffe prête à labourer la nuque du jeune guerrier.

Le réflexe de Scorpion fut salvateur; il reprit sa marche meurtrière, rencontrant une opposition de plus en plus résolue.

— Nous sommes fichus, marmonna le Vieux, ils sont trop nombreux.

Se jetant à terre, il évita une autre griffe et se faufila entre les jambes de Vanneaux pour rejoindre Scorpion, campé au centre d'un cercle menaçant. Coupé de ses hommes, il tenait encore à distance ceux qui rêvaient de l'abattre.

— Je t'ai prouvé ma valeur, clama-t-il, les yeux au ciel; tiens ta promesse!

Pensant que son patron était devenu fou, le Vieux aperçut un petit nuage blanc grossir à une vitesse incroyable et se teinter de rouge; en quelques secondes, il cacha le soleil et des éclairs jaillirent, brûlant des dizaines d'ennemis.

Le Vieux vacilla et tomba. Croyant d'abord à l'abus de vin, il vit les Vanneaux subir un sort identique, et Scorpion lui-même peinait à tenir debout. La terre tremblait, se fendillait, des crevasses s'ouvraient. Par centaines, des Vanneaux et des soldats de Lion furent engloutis.

Épouvanté, le Vieux s'accrocha à la jambe de Scorpion qui retint sa massue juste à temps. Le morceau de sol sur lequel ils se trouvaient fut épargné; autour d'eux, des langues de feu montaient des profondeurs et transformaient les fuyards en torches.

Du côté du désert, Scorpion remportait une impossible victoire.

— On ne devrait pas rester ici, suggéra le Vieux.

— Tu as raison, allons aider Taureau !

*

La sortie de Taureau, à la tête de la totalité de ses forces, ne donnait pas de mauvais résultats. Archers et manieurs de frondes faisaient des ravages, et les taureaux de combat creusaient de larges brèches ; l'exemple du chef de clan galvanisait ses soldats, et l'on crut possible une percée décisive.

Et puis les reptiles lancèrent une contre-offensive. Sortant du fleuve en rangs serrés, les troupes de Crocodile déchiquetèrent l'avant-garde de Taureau, semant la terreur parmi des combattants pourtant aguerris.

Se rapprochant de son chef, le général Gros-Sourcils attendait le moment propice pour le frapper dans le dos ; quand il répandrait la nouvelle de sa mort, ce serait la débandade. Mais Narmer combattait aux côtés du Maître du silex et de Chasseur, et ne s'éloignait pas suffisamment du chef de clan.

Gueule ouverte, un monstre se précipita sur Taureau. Ses petits yeux fixaient sa proie avec avidité et, d'un coup de queue, il éventra deux fantassins protégeant leur maître.

Déjà rougies de sang, les dents acérées allaient broyer les mollets de Taureau lorsque Scorpion, d'un bond hallucinant, enfourcha le crocodile et, de coups répétés de sa massue, lui fracassa la tête.

— On ne recule pas ! ordonna le vainqueur, brandissant son arme.

Des soubresauts agitèrent le Nil, gênant le déploiement des reptiles ; côte à côte, Taureau et Scorpion enfoncèrent les lignes adverses. Piétinant les cadavres, ils contraignirent Crocodile à ordonner la retraite.

En proie à une exaltation qu'animait un feu invincible, Scorpion massacrait quiconque osait s'opposer à sa progression.

Haletant, couvert de sang, il s'arrêta quand sa massue frappa le vide.

Taureau peinait à reprendre son souffle, Narmer contemplait le champ de bataille, couvert de morts et de blessés. Les Vanneaux se dispersaient, les reptiles s'enfuyaient.

Hagard, Scorpion éprouvait une étrange souffrance; exigeant son dû, l'animal de Seth dévorait son âme.

— Tu as gagné la bataille de Nékhen, lui dit le Vieux, assoiffé.

- 44 -

Cigogne pleurait.

Des monceaux de cadavres, des soldats agonisants, un territoire dévasté, le fleuve rouge du sang des morts... Comme il était loin, le monde de paix et de prospérité qu'elle, Éléphante et Gazelle avaient défendu ! Seule rescapée des cheffes de clan, elle déplorait ces atrocités qui ne conduisaient qu'au chaos, annoncé par l'année des hyènes.

En apparence, Taureau avait triomphé ; il devait cette victoire à la fureur de Scorpion, animé d'une force de l'au-delà, mais à quel prix ? Les armées étaient exsangues, les meilleurs guerriers avaient succombé et, faute d'effectifs, la reconquête du Nord s'annonçait impossible.

Scorpion savourait son succès. Chacun savait que, sans lui, la défaite aurait été inéluctable. Les failles s'étaient refermées, les alentours de Nékhen avaient repris leur aspect habituel, un doux soleil baignait les vainqueurs. En vendant son âme à l'animal de Seth, Scorpion n'était-il pas devenu invincible ? Guerre et violence seraient le lot éternel des humains, prétendre le contraire relevait d'une absolue stupidité. En conséquence, profiter de la vie consistait à imposer sa domination en écrasant les faibles.

Nourri de la puissance du désert et de la foudre, Scorpion se découvrait une nouvelle stature.

— Tu as pris un maximum de risques, lui dit Narmer.

— Le résultat n'en valait-il pas la peine? Les Vanneaux se sont dispersés, Lion est réduit à ses zélateurs, Crocodile replié sur des îlots.

— Qui t'a conféré tant de puissance?

— Tu vénères l'Ancêtre, mon frère, il trace ton chemin; moi, je suis ma propre voie.

— Où te conduira-t-elle?

— N'avons-nous pas choisi notre destin quand nous nous sommes rencontrés? Ouvre les yeux, Narmer, seule la victoire totale nous permettra de survivre et de donner un avenir à ce pays.

— Ne s'agirait-il pas de… *ton* avenir?

— C'est moi qui ai remporté cette bataille, pas Taureau! Mon initiative nous a sauvés du désastre, mais s'arrêter là serait une erreur fatale. L'ennemi n'est qu'amoindri, nous devons l'anéantir. Aide-moi à lancer l'offensive.

— Nos hommes sont épuisés!

— L'heure n'est pas au repos; profitons de notre avantage et ne laissons pas respirer les troupes de Lion et de Crocodile.

— À Taureau de décider.

— En est-il capable?

— Je me suis battu auprès de lui, et sa vaillance fut déterminante; il reste le chef de l'armée. Convainquons-le d'adopter tes vues.

*

Cigogne massait le large cou de Taureau, trônant dans sa résidence de Nékhen. Fatigué, déplorant l'énormité de ses pertes, le chef de clan se réjouissait à peine d'une victoire si chèrement acquise.

L'attitude de Scorpion lui rappela sa jeunesse. Comme lui, il avait été habité de certitudes inébranlables et persuadé que rien ni personne ne lui résisterait; aujourd'hui, cette folie lui avait donné l'énergie nécessaire pour renverser une situation désespérée. Comme lui, il s'était cru invulnérable, doté d'une puissance capable de terrasser des nuées d'adversaires.

Et Scorpion avait réussi.

— Nous n'avons pas eu le temps de récupérer, déclara-t-il, l'ennemi pas davantage. C'est pourquoi je veux lui briser les reins. Un effort supplémentaire, et nous gagnerons vraiment cette guerre.

— Tu exiges beaucoup...

— Beaucoup trop, je sais! Et c'est l'unique issue. J'attaquerai du côté du désert, toi du fleuve, et nous anéantirons les derniers bataillons de Lion et de Crocodile.

— Nos hommes sont épuisés, objecta le général Gros-Sourcils; ils n'ont plus la force de se battre.

— Taureau et moi saurons animer leurs bras.

Alors que le chef de clan réfléchissait, une messagère de Cigogne se posa à Nékhen et lui transmit aussitôt une information stupéfiante. Inquiète, la vieille dame la communiqua au conseil de guerre.

— Un peuple entier encercle Abydos, annonça-t-elle.

— Des Vanneaux là-bas? s'étonna Gros-Sourcils.

— Probablement des Libyens, estima Taureau; le Nord conquis, ils s'en prennent au Sud.

— Je pars immédiatement avec les membres de mon clan, décida Chacal; nous devons défendre le territoire sacré.

— Je t'accompagne, déclara Narmer; nous avons l'habitude de guerroyer ensemble, et l'Ancêtre nous aidera.

— Puisque nous sommes contraints de diviser nos forces, conclut Scorpion, n'hésitons plus un seul instant et portons le coup décisif ; débarrassés de Lion et de Crocodile, nous pourrons nous préoccuper d'un nouveau front.

— Ainsi agirons-nous, décréta Taureau en redressant sa lourde carcasse.

*

Renfrogné, son abondante crinière souillée de sang, Lion refusait encore l'évidence : à cause de ce jeune guerrier, habité d'une fureur démoniaque, et du tremblement de terre, l'affrontement avait tourné au désastre. La plupart de ses soldats et de ses lionnes étaient morts ; ne restait que sa garde rapprochée, incapable de lancer une nouvelle attaque, même en utilisant les Vanneaux survivants, piètres combattants. Il fallait donc regrouper les lambeaux de son armée et les troupes de Crocodile pour s'emparer de Nékhen où s'étaient réfugiés Taureau et les siens, gravement affaiblis. Surpris par cette initiative inattendue, mal remis de leur victoire illusoire, ils n'offriraient qu'une faible résistance.

Décomposé, l'aide de camp envoyé auprès de Crocodile s'inclina.

— Seigneur, je... je ne l'ai pas trouvé.

— Comment, pas trouvé ! T'es-tu adressé à ses officiers ?

— En réalité, le clan de Crocodile a disparu.

— Disparu... Tu veux dire : enfui ?

— Seuls demeurent des Vanneaux qui se placent sous votre protection.

— Le lâche, le tordu ! Jamais je n'aurais dû lui accorder ma confiance !

La stratégie s'imposait : rassembler un maximum de Vanneaux, battre en retraite et trouver un endroit sûr afin d'y préparer les combats futurs, car Lion ne s'avouait pas vaincu.

La tête basse, Mollasson et Vorace furent appelés à comparaître devant le chef de clan. Ils lui indiquèrent des refuges, au bord du Nil; eau et poissons permettraient de survivre, non loin de Nékhen.

*

Se colleter de nouveau avec les reptiles n'enchantait pas Taureau, mais il approuvait Scorpion : écraser l'ennemi avant qu'il ne reprenne son souffle mettrait fin à la guerre des clans. Accompagné de deux taureaux de combat couverts de blessures et n'émettant pas la moindre plainte, il entraîna ses hommes vers le fleuve. Le Maître du silex et Chasseur, légèrement atteint au bras gauche, les encourageaient; la supériorité de l'armement n'avait-elle pas été prédominante? Un ultime effort, et l'on pourrait soigner les plaies et prendre du repos.

Le chef de clan traversa un champ de cadavres entremêlés et, à son grand étonnement, atteignit la rive sans rencontrer d'opposition.

Prostrée, une Vanneau pleurait; la vue du mastodonte l'épouvanta.

— Si tu dis la vérité, je t'épargnerai; où se cache Crocodile?

— Lui et ses reptiles sont partis!

De fait, les bords du Nil et les îlots herbeux semblaient déserts. Le prédateur avait donc repris son indépendance, redoutant l'extermination de son clan.

En retournant à Nékhen, Taureau y retrouva un Scorpion circonspect.

— Je n'ai pas eu à livrer combat, Lion et les Vanneaux se sont enfuis!

— Crocodile également, et pas en sa compagnie ; leur alliance paraît rompue.

— Peut-être se rejoindront-ils à bonne distance de Nékhen pour préparer un assaut.

— En tout cas, ils nous laissent le temps d'enterrer nos morts, de soigner les survivants et de reconstituer nos défenses ; les émissaires de Cigogne les débusqueront, et nous saurons si Crocodile a réellement abandonné Lion.

La victoire ne réjouissait pas Scorpion autant qu'il l'avait espéré : le départ de Narmer et les dangers qu'il courait répandaient une ombre inquiétante.

- 45 -

— Là-bas, Nékhen !

L'éclaireur apercevait enfin la cité appartenant aux Âmes à tête de Chacal. Un étrange silence pesait sur elle, des monceaux de cadavres l'environnaient.

— Nous arrivons trop tard, dit le capitaine à Neit ; Taureau n'a pas résisté aux assauts de l'ennemi, son clan a été anéanti.

Ce désastre impliquait la mort de Narmer, et la jeune femme se sentit privée de toute envie de vivre.

— Éloignons-nous rapidement, préconisa le capitaine ; si nous sommes repérés, on nous pourchassera.

Le taureau brun-rouge eut une réaction surprenante. Sortant de sa torpeur, il s'élança en direction de Nékhen.

— Lui veut encore combattre, constata la prêtresse ; ne l'abandonnons pas.

— C'est de la folie, nous serons massacrés !

— En avant, capitaine ; personne ne souhaite retraverser le désert.

La colonne s'ébranla, Neit marcha à sa tête.

Elle vit le taureau sauvage franchir un espace dévasté et pénétrer à l'intérieur de la cité ; aucune flèche ne fut tirée contre lui.

Intriguée, la prêtresse pressa l'allure ; le capitaine et ses soldats se préparaient à un affrontement sanglant dont ils ne sortiraient pas vivants.

Taureau apparut, accompagné de son animal fétiche, heureux d'avoir retrouvé son maître, lequel le caressait en le félicitant pour son courage et sa fidélité.

— Nous sommes sauvés, bredouilla le capitaine; notre chef a triomphé!

Les arrivants et les vainqueurs de Nékhen se tombèrent dans les bras et l'on parla de la terrible bataille où tant de membres du clan avaient succombé.

Neit découvrit la cité et fut attirée par son sanctuaire, semblable à celui de la déesse qu'avaient probablement détruit la crue et les Libyens. D'ici émanait la puissance qui avait procuré à Taureau la capacité de vaincre l'adversité. Rendre hommage aux Âmes était la première démarche à accomplir.

— Elles ont quitté leur chapelle, révéla une voix que Neit connaissait.

Les bras croisés, le front haut, Scorpion la dévisageait.

— Narmer a-t-il survécu? demanda-t-elle, anxieuse.

— Rassure-toi, il est indemne.

— Où se trouve-t-il?

— Il se rend à Abydos, en compagnie de Chacal; on redoute une attaque des Libyens.

Neit s'assit, effondrée.

Elle espérait le retrouver, elle croyait l'avoir perdu, le miracle se produisait, mais elle le reperdait.

Lui, rescapé d'une bataille abominable; elle, d'un voyage périlleux. Et ils restaient séparés.

Neit se releva.

— Je vais le rejoindre.

— Tu n'y parviendras pas, Chacal emprunte des pistes connues de lui seul. Tu ne peux te procurer une escorte, car nous sommes à peine assez nombreux pour défendre Nékhen. Crocodile et Lion semblent s'être retirés, mais ne serait-ce pas une ruse? Ils disposent encore d'une foule de Vanneaux qui pourrait nous écraser, tant nos pertes ont été importantes. Nous avons besoin de toi, ici, Neit; il y a quantité de blessés à soigner, Cigogne ne suffira pas à la tâche. Et la protection de la déesse ne sera pas superflue! Narmer avait coutume de rendre hommage aux Âmes, tu élargiras ce culte.

La prêtresse acquiesça.

— Quand Narmer reviendra-t-il?

— Soit lui et Chacal dispersent les agresseurs d'Abydos, soit ils battent en retraite.

La réponse de Scorpion avait une tonalité sinistre, et Neit sentit qu'elle n'aurait d'autre espérance que la magie de la déesse.

Le Vieux s'approcha, émoustillé.

— Qui est cette beauté?

— La prêtresse de Neit et la compagne de Narmer, révéla sèchement Scorpion.

— Ah bon, ah bon! marmonna le Vieux en reculant.

— Si tu te comportes correctement, elle t'épargnera; commence par lui montrer sa résidence, près de celle de Taureau.

Vu les pouvoirs de ce genre de sorcière, le Vieux ferait tout pour la satisfaire; il se chargea lui-même du ménage, choisit une natte de grande qualité, et apporta du pain chaud et du lait.

— Celui de la vache de Narmer, précisa-t-il, elle et son veau sont sacrés.

Malgré sa tristesse, Neit s'amusait de la servilité du gredin, lequel s'éclipsa lors de la venue de Taureau.

— Prêtresse de Neit, ton aide nous sera précieuse! Avoir accompli un tel voyage est digne d'admiration. Le capitaine de ma place forte m'a appris sa destruction; les Libyens occupent-ils la totalité de mes terres?

Neit ne cacha rien du désastre et parla longuement du guide suprême, Ouâsh, et de ses deux redoutables âmes damnées, Piti le fourbe et Ikesh, le géant noir. À l'évocation de la ligne de forteresses, Taureau comprit que la reconquête de son domaine serait longue et difficile.

— Bouto est-elle tombée aux mains des barbares ?

— Lorsque j'ai quitté la cité sainte, elle était assiégée, mais les Âmes à tête de faucon maintenaient une frontière infranchissable.

Le colosse paraissait fatigué.

— Une grave blessure m'a vieilli, avoua-t-il, et l'affrontement fut épouvantable ; j'ai perdu plus de la moitié de mon armée, dix taureaux de combat ont péri et la fuite de l'ennemi ne signifie pas sa défaite. Et voilà qu'Abydos est menacé !

— Tu as remporté une première victoire, rappela Neit, Nékhen est sauvée. Reprenons notre souffle et préparons l'avenir, en dépit de l'année des hyènes.

La détermination de la jeune femme rasséréna le chef de clan. Paternel, il lui prit doucement les mains.

— Les armes ne suffisent pas à vaincre le mal ; déploie ta magie.

— Puis-je interrompre vos effusions ? demanda Cigogne ; nous avons beaucoup de souffrances à soulager, et la science de la prêtresse de Neit m'est indispensable.

En s'étourdissant dans le travail, la jeune femme tenta d'oublier la peine qui déchirait son cœur ; son amour pour Narmer ne cessait de croître, et son absence était un fardeau presque impossible à supporter. Défiant la cruauté de l'occupant libyen, il ne renoncerait pas à libérer Abydos et risquait d'y perdre la vie.

*

La présence de Neit redonnait de l'énergie à l'ensemble des habitants de Nékhen. Grâce à la qualité des soins, les blessés voyaient leur état de santé s'améliorer jour après jour, et certains reprenaient du service ; l'atelier du Maître du silex fonctionnait à plein régime et produisait les armes nécessaires aux prochaines victoires ; tonique, Chasseur entraînait archers et manieurs de frondes, améliorant leur précision et leur distance de tir ; sous la direction du Vieux, des terrassiers creusaient de nouveaux pièges et plantaient des pieux afin d'assurer la défense de la cité.

Désormais, il était possible d'en sortir et de s'aventurer assez loin, jusqu'à des hameaux dévastés par la crue ; l'un d'eux abritait des caves où subsistaient des jarres de vin, un cru modeste qui, néanmoins, rehaussa le moral, en particulier celui du Vieux.

Avant la tenue d'un conseil de guerre auquel elle était conviée, Neit vit Scorpion embrasser fougueusement une brune au corps élancé ; tout en lui cédant, elle manifestait une fierté certaine.

Au seuil de la résidence de Taureau, Neit ne résista pas à l'envie d'interroger le jeune guerrier, à la beauté aussi éblouissante qu'inquiétante.

— Ta nouvelle conquête ?

— Cette Vanneau mérite bien son nom : Nageuse. Une superbe lutteuse qui m'a sauvé la vie lors d'un combat contre les reptiles de Crocodile ; et ses joutes amoureuses ne m'ont pas encore lassé. Fleur en prend ombrage, je dois la ramener à la raison : ma liste de conquêtes s'allongera selon mes désirs. Toi seule m'échapperas, parce que tu appartiens à Narmer. Et rien ne saurait entacher notre fraternité.

Neit préféra se taire ; ni elle ni personne ne modifierait le tempérament de Scorpion.

Satisfait de voir les membres de son clan accomplir diverses tâches avec ardeur, Taureau reprenait de la vigueur ; pourtant, il avait une mauvaise nouvelle.

— La cigogne envoyée à Abydos n'est pas rentrée, déplora-t-il ; inutile de se voiler la face : les Libyens l'ont abattue. Et nous ignorons le sort réservé à Chacal et à Narmer.

Retenant ses larmes, la prêtresse estima urgent d'intervenir.

— Nous pouvons protéger ces messagères en les équipant d'une amulette représentant les flèches de la déesse ; ainsi, elles éviteront celles des ennemis.

— Le Maître du silex les façonnera aujourd'hui même, promit Scorpion.

— Pas trace de Crocodile, reprit Taureau ; je suis persuadé qu'il se cache dans des forêts de roseaux, au bord du fleuve, et qu'il reconstitue ses forces. Quant à Lion et à ses Vanneaux, ils se sont regroupés à plusieurs journées de marche au sud de Nékhen, à la lisière du désert. Nous avons la preuve que les deux fauteurs de troubles ont rompu leur alliance.

— Méfions-nous des apparences, recommanda Scorpion ; Crocodile est le maître de la dissimulation. Renforcer les défenses de Nékhen est impératif.

— Et tu en as la charge, confirma Taureau. Malgré cette crue désastreuse, il reste des terres cultivables, et nous allons les utiliser pour nourrir les nôtres.

— Ne devons-nous pas redouter une attaque des Libyens, guidés par Crocodile ? s'inquiéta Cigogne.

— C'est ma plus grande crainte, avoua Taureau.

- 46 -

Prudent, le général Enki avait longuement attendu avant de s'approcher du site sacré d'Abydos. Un lieu d'une telle importance devait bénéficier de défenses exceptionnelles, façonnées par les dieux.

Pourtant, les guetteurs n'apercevaient qu'une meute de chiens noirs tournant autour du sanctuaire à intervalles réguliers, et se recueillant du lever au coucher du soleil. Pas un seul soldat en vue, pas trace de présence humaine.

Ce maigre dispositif était d'autant plus inquiétant, et laissait présager un piège mortel; à la suite du déluge qui avait anéanti Sumer, Enki tenait à épargner au maximum la vie des rescapés.

Contournant Abydos que continuaient à surveiller des fantassins, prêts à donner l'alerte au moindre signe d'hostilité, Enki installa son peuple au bord du fleuve. On captura du gibier, on pêcha des poissons, on coupa des roseaux et des papyrus pour construire des huttes et l'on goûta de doux moments de repos après l'épuisante traversée du désert. Chacun remercia le général d'avoir entrepris ce périlleux voyage qui avait conduit les derniers Sumériens à un petit paradis.

L'inquiétude ne tarda pas à réapparaître; le reste du pays ne ressemblait sans doute pas à cet endroit paisible, et l'on pouvait s'attendre à l'attaque de tribus indigènes, hostiles aux arrivants.

Enki donna l'ordre de remonter les bateaux, et se trouva ainsi à la tête d'une belle flottille de guerre. Les autochtones en possédaient-ils une semblable ? Un seul moyen de le savoir : commencer à explorer le Nil, en prenant un minimum de risques.

Alors que Gilgamesh, assis à la proue, dessinait des paysages, le général partit vers le nord avec deux bateaux chargés de soldats. Et la chance le servit.

Un village de pêcheurs, des femmes, des enfants... À la vue des navires sumériens, ils furent frappés de stupeur. Quelques-uns tentèrent de s'enfuir, aussitôt abattus par les archers du général. Accostage et débarquement s'effectuèrent sans difficulté ; puis les conquérants regroupèrent leurs prisonniers au centre du hameau formé de pauvres huttes.

Enki et Gilgamesh avaient appris plusieurs dialectes grâce à des marchands, devenus esclaves à Sumer, et ils n'eurent aucune peine à comprendre la supplique du chef de village qui s'agenouilla, tête basse, les mains élevées en signe de vénération.

— Épargnez-nous, seigneur, nous n'avons pas d'armes ! Prenez tout ce que vous voudrez, mais accordez-nous la vie !

Enki jeta un regard dédaigneux autour de lui. Cette terre était-elle réduite à tant de misère ?

— Nous sommes de pauvres Vanneaux, reprit le chef du village, incapables de nous battre ! La grande guerre n'est-elle pas terminée ? Les clans de Lion et de Crocodile ont enrôlé des milliers des nôtres pour s'emparer de la ville de Nékhen où les Âmes avaient accueilli Taureau, le puissant guerrier venu du Nord ; beaucoup de Vanneaux sont morts en vain, la forteresse n'est pas tombée. Et Lion, impitoyable, continue à garder en otages les survivants.

282

— Où se trouve Nékhen ?

— Loin au sud, seigneur ; cette cité sainte contenait d'inépuisables richesses !

— Était-ce le centre du pouvoir ?

— Quand les clans respectaient le pacte de paix, nul n'aurait osé s'attaquer au domaine des Âmes. Aujourd'hui, à la suite de ce conflit, tout n'est que désordre et confusion.

Sous le coup de l'émotion, le Vanneau craignit d'en avoir trop dit ; et il ne savait même pas qui étaient ces envahisseurs aux étranges chevelures !

Enki observait les canots en papyrus.

— Existe-t-il des embarcations plus solides ?

Le chef du village ne comprit pas la question.

— De génération en génération, nous fabriquons celles-là ! Et les troupes de Taureau en ont utilisé de semblables.

Le général esquissa un sourire. Ainsi, il disposait d'une absolue supériorité navale, et le Nil lui appartenait. C'est donc la voie qu'il emprunterait afin d'atteindre Nékhen.

— Les Vanneaux n'ont-ils pas de maître ?

— Si, si... Mollasson et Vorace. En échange de notre soumission aux clans de Lion et de Crocodile, ils nous ont promis la prospérité. Nous ignorions que la guerre serait tellement meurtrière !

— J'aimerais rencontrer tes deux chefs, avança Enki d'une voix rassurante.

— Je ne sais comment les trouver, répondit trop vite le pêcheur.

— C'est curieux, je suis persuadé du contraire... Puisqu'ils ne vous ont pas enrôlés, toi et les habitants de ton village, tu dois bénéficier de relations privilégiées.

— Non, seigneur, non, je vous assure !

— Soit tu m'es utile, et je t'accorde la vie sauve ; soit tu ne l'es pas, et je rase ce hameau.

283

Le Vanneau sut que l'étranger ne plaisantait pas.

— Je... je peux vous guider.

— Abydos serait-elle abandonnée ? s'étonna Gilgamesh.

— Chacal, le chef du clan propriétaire de ce territoire, est parti guerroyer aux côtés de Taureau ; une petite meute de ses serviteurs veille sur un sanctuaire déserté. Pas le moindre trésor à piller.

Enki ne s'intéressait plus à ces larves ; l'essentiel, c'était la conquête de Nékhen.

*

En apercevant leur souverain, les chacals préposés à la garde d'Abydos jappèrent de joie ; son retour signifiait-il la fin du conflit ? Hélas ! ses déclarations dissipèrent leurs espoirs. Si le désastre avait été évité, on ne pourrait parler de victoire avant la mort ou la reddition de Lion et de Crocodile.

Narmer s'étonna du calme régnant à Abydos ; Chacal se serait-il trompé en croyant son domaine menacé ? Le rapport des gardiens prouva la perspicacité de chef de clan. Une horde nombreuse, composée de guerriers à la chevelure tressée, s'était approchée d'Abydos, sans oser lancer un assaut auquel les valeureux défenseurs du lieu sacré n'auraient opposé qu'une courte résistance, submergés sous le nombre.

Hésitants, les étrangers avaient passé plusieurs jours à observer Abydos, ne parvenant pas à franchir une muraille invisible. Puis ils s'étaient retirés.

— L'Ancêtre a protégé mon domaine, estima Chacal ; va, il t'attend.

Les gardiens s'écartèrent, Narmer franchit le seuil du sanctuaire, plongé dans l'obscurité.

Inquiet, Vent du Nord retint un braiment qui aurait troublé le silence d'Abydos et mécontenté le chef de clan ; mais cette démarche, à la lisière de l'au-delà, ne l'enchantait guère.

Provenant du fond de l'édifice, une lueur rouge perça peu à peu les ténèbres ; Narmer distingua la haute figure de l'Ancêtre aux yeux de perles blanches, portant un masque triangulaire et un long manteau.

Le jeune homme se prosterna.

— Nékhen est sauvée, déclara-t-il, et Taureau pourchassera ses adversaires.

— Toi, demanda la voix aux sombres intonations, as-tu vaincu les Vanneaux ?

— Leur peuple obéit à Lion et...

— Tant que les Vanneaux seront en état de combattre, tu n'auras pas franchi cette étape, et le Double Pays sera menacé de destruction. Et voici qu'un redoutable adversaire, prêt à s'allier aux ennemis dont tu ne perçois pas la puissance, risque de causer ta perte.

— Les envahisseurs aux cheveux nattés ?

— Un déluge a détruit la terre des Sumériens, et les survivants ont formé une armée qui a traversé le désert avec l'intention de conquérir notre pays, quelle que soit l'intensité du combat à mener. En les tenant à distance d'Abydos, j'ai préservé le coffre mystérieux ; mais la vague de Sumériens s'étend à présent vers Nékhen.

— Je cours prévenir Taureau !

— Ne mésestime pas les Vanneaux, rappela l'Ancêtre avant de s'effacer.

*

Vent du Nord respira mieux en voyant réapparaître Narmer, préoccupé.

— Nous repartons immédiatement, annonça-t-il à Chacal ; Nékhen est en grand péril.

À la suite des récits de ses gardiens, le chef de clan s'attendait au pire ; Narmer, lui, ressentit du découragement. Les Libyens occupaient le Nord, Crocodile s'était échappé et reconstituait ses forces, Lion était à la tête de milliers de Vanneaux, et de nouveaux envahisseurs, les Sumériens, déferlaient!

Comment l'armée de Taureau, sévèrement amoindrie, résisterait-elle à l'alliance d'autant d'agresseurs? Cette fois, Nékhen était condamnée. Privé de la présence de Neit, au sort incertain, Narmer verrait son existence s'achever au pied de la place forte abandonnée par les Âmes.

- 47 -

L'imposante flotte sumérienne était maîtresse du grand fleuve; les équipages apprenaient à déceler ses dangers, moins redoutables que ceux du Tigre et de l'Euphrate. Émerveillé, Gilgamesh ne cessait de dessiner sur des tessons de poterie des paysages enchanteurs, rythmés par des palmiers, des sycomores, des tamaris, des acacias et d'autres essences. D'un bleu intense, le ciel incitait à la méditation et non à la guerre.

Enki n'avait pas le temps de rêver. Il devait mener son peuple à une victoire rapide et totale, donc s'emparer de Nékhen et briser toute résistance.

Le chef du village devint nerveux.

— N'allons pas plus loin, seigneur! Nous approchons du premier camp de Lion; mes supérieurs y résident.

— Amène-les-moi.

— S'ils refusent...

— Conseille-leur d'accepter, et n'essaie pas de me jouer un mauvais tour. Regarde cette épée.

Le général brandit une arme lourde, en bronze, métal inconnu du chef de village. D'un seul coup, il trancha un épais cordage.

— Nous attaquer serait suicidaire, précisa Enki, et tu n'imagines pas l'ampleur de ma colère. Hâte-toi de revenir avec tes chefs.

*

Contrairement à Vorace, Mollasson avait cru aux déclarations confuses du chef de village, et il ne le regrettait pas. Accompagnés d'une escorte, les deux maîtres des Vanneaux découvrirent, effarés, les bateaux en bois et leurs occupants aux cheveux tressés.

Figés, ils virent un homme à l'impressionnante stature venir vers eux, d'un pas décidé. Barbu, le regard impérieux, il s'exprima d'une voix posée.

— Je suis le général Enki, et mon peuple, les Sumériens, a décidé de conquérir ce pays. Aucune armée ne pourra nous résister. Ou bien vous m'obéissez ou bien vous mourrez.

— Seigneur, protesta Mollasson, nous avons été enrôlés par le chef de clan Lion et...

— Je me moque de ce tyran que j'écraserai sans difficulté. Et ses alliés subiront le même sort.

Un œil aux bateaux chargés de guerriers, un second au général... Mollasson sentit que son existence ne tenait qu'à un fil.

La main d'Enki se refermait sur le pommeau de son épée en bronze, d'une taille stupéfiante.

— Décidez-vous. Maintenant.

— Quel statut nous accordez-vous ? demanda Vorace.

— Sous réserve d'une parfaite collaboration, vous garderez vos privilèges.

Mollasson prit la main de Vorace ; ensemble, ils s'inclinèrent.

— Général, nous sommes vos fidèles sujets. Commandez, et nous obéirons.

Les doigts d'Enki se desserrèrent.

— Vous êtes des hommes raisonnables et vous tirerez bénéfice de votre soumission. Voici mes ordres : quand

Lion verra passer ma flotte de guerre en direction de Nékhen, semez la panique parmi vos congénères et conseillez-lui de ne pas réagir. Lorsque mon triomphe sera évident, préconisez un assaut des Vanneaux, afin de porter un coup fatal à l'ennemi. Ensuite, je m'occuperai de Lion. Bien entendu, par votre bouche, votre peuple reconnaîtra mon autorité. S'il n'en était pas ainsi, et s'il vous venait à l'esprit de me trahir, vous subiriez un supplice identique à celui que je suis contraint d'infliger à ce témoin gênant.

Enki désigna le chef de village dont s'emparèrent aussitôt deux Sumériens.

— Moi, seigneur! Mais pourquoi? Je me tairai, je...

— Empalez-le, ordonna Enki.

Les soldats utilisèrent une pique à la pointe de bronze. Les hurlements du supplicié glacèrent d'effroi Mollasson et Vorace.

*

Rassurante constatation : la technologie des Sumériens était largement supérieure à celle des clans qui causaient le malheur du pays. Bateaux et armement garantissaient leur réussite.

Gilgamesh avait cessé de dessiner, son front s'était ridé.

— Général, fais-tu confiance à ces Vanneaux?

— Certes pas, mais ils suivront mes instructions pour sauver leur misérable existence et préserver leurs prérogatives. Si ces deux lâches ne sont pas tués lors du combat, je m'en débarrasserai, et leur peuple nous fournira des esclaves dociles. Traîtres et collaborateurs sont indispensables à la conquête d'un territoire; le succès confirmé, il convient d'opérer un tri.

— Tant de violence...

— Comme toi, j'aurais préféré l'éviter. Ne soyons pas naïfs, Gilgamesh : les clans ne nous ouvriront pas leurs bras, et nous devons les briser afin d'établir une paix durable. À nous de frapper les premiers.

— Une négociation ne serait-elle pas préférable ?

— Il est trop tôt. Quand les habitants de ce pays auront constaté notre suprématie militaire, ils courberont le dos et nous imposerons les lois et l'administration qui ont assuré la prospérité de Sumer. Alors, tes conseils me seront précieux.

— Je ne suis qu'un artiste et...

— Ton regard est différent, car tu n'as pas à traiter l'urgence. En cherchant le secret des formes et le caché sous l'apparence, tu te délivres des médiocrités humaines. Ne change pas, Gilgamesh, et tu serviras ton peuple davantage qu'un valeureux soldat.

Malgré ces étonnantes paroles, le dessinateur redoutait les heures à venir. Le sang coulerait, souillant la sérénité du fleuve et la tranquillité de ses rives où s'ébattaient des milliers d'oiseaux. Et le long voyage entrepris depuis Sumer se terminerait en un massacre, peut-être à l'origine d'une nouvelle société.

Le plongeon d'un martin-pêcheur attira l'attention de Gilgamesh. Vif et précis, il plaquait ses ailes contre son corps et plongeait à une vitesse remarquable avant de ressortir de l'eau, un poisson dans le bec.

Soudain, il renonça et s'éloigna du fleuve. Gilgamesh tenta de comprendre la cause de cette fuite et, fixant le Nil, il aperçut deux yeux à la surface des ondes. Se sentant repéré, voire menacé, le crocodile regagna la rive, la grimpa à toute allure et se dissimula à l'intérieur d'un massif de roseaux.

Le paysage parut brusquement moins aimable au Sumérien ; ce paradis ne cachait-il pas des forces dangereuses, qu'ici comme ailleurs il faudrait soumettre ? Si ce monstre appartenait à un clan, il vaudrait mieux que ce dernier ne fût pas hostile aux conquérants.

Gilgamesh prévint aussitôt le général de cette présence inquiétante ; Enki disposa des guetteurs et alerta les marins. Pendant la navigation, les hommes de proue et de poupe se montreraient d'une vigilance particulière.

Soucieux et méticuleux, le général prépara longuement l'attaque qui devrait être décisive et surprendre les habitants de Nékhen. Il s'occupa en personne du moindre détail, qu'il s'agisse de la qualité des flèches ou de celle des outres ; les incompétents furent châtiés, Enki ne tolérant aucune excuse. La négligence d'un soldat ne risquait-elle pas d'entraîner la perte de ses camarades ?

Enfin, le général parut satisfait ; ses ultimes vérifications le rassurèrent, et il annonça le départ de la flotte pour l'aube suivante. Les survivants du déluge allaient conquérir une terre qu'ils sauraient rendre riche.

*

Les déclarations de Mollasson et de Vorace laissèrent Lion muet de surprise. Un peuple entier d'envahisseurs, à bord d'énormes bateaux, et doté d'armes jamais vues... Invraisemblable !

— Pourquoi inventez-vous ces fables ? s'emporta le chef de clan.

— Des Vanneaux ont vu ces Sumériens, affirma Mollasson, et ces terrifiants guerriers ont déjà détruit plusieurs villages. D'après un survivant, ils progressent vers le sud et se heurteront forcément à Nékhen.

— N'est-ce pas une excellente nouvelle ? interrogea Vorace. Taureau résistera, et l'affrontement causera d'innombrables victimes. Alors, nous interviendrons et nous remporterons une victoire éclatante !

Irrité, Lion ne parvenait pas à croire les deux Vanneaux.

— C'est moi qui commande, pas vous!

La mine décomposée, deux soldats accoururent.

— Seigneur, venez voir!

— Une attaque de Taureau?

— Non, non... Venez!

Du haut de la rive, Lion vit passer de stupéfiantes embarcations, lourdes de soldats aux cheveux tressés. Des archers, des fantassins équipés de longues lances, d'autres d'épées... Des marins maniaient des rames en cadence. Bientôt, ils atteindraient Nékhen. Les Vanneaux n'avaient pas menti; et leurs suggestions méritaient d'être retenues.

- 48 -

À toute heure du jour et de la nuit, des groupes de hyènes apparaissaient, émettaient leurs rires menaçants, s'approchaient, puis s'éloignaient. Tour à tour, Chacal, Vent du Nord et Narmer montaient la garde. À plusieurs reprises, le chef de clan avait réussi à leur parler, apaisant leur agressivité ; mais la trêve semblait fragile et, lorsqu'il changeait d'interlocutrice, Chacal devait à nouveau se montrer convaincant.

Le trio avançait à marche forcée en direction de Nékhen, ne s'accordant que de brèves périodes de repos. Une crainte majeure le hantait : arriver trop tard, après une attaque-surprise des Sumériens. Avaient-ils précipité leur action ou, au contraire, pris le temps de la préparer afin de porter un coup décisif ? S'allier aux Vanneaux, donc obtenir l'approbation de Lion ou l'éliminer, exigeait un certain délai. Fort de cette conviction, Narmer suivait ses deux guides qui, à travers le désert, choisissaient le meilleur itinéraire.

Dernière inquiétude, à l'approche du but : des lionnes en quête de proies se dissimulaient-elles aux abords de la cité ? Ni Chacal ni l'âne ne sentirent leur odeur. Épuisés, les trois compagnons aperçurent enfin la ville, intacte !

— Prenons garde, avertit Narmer, la zone fortifiée a été rétablie. Vent du Nord, emprunte le sentier cheminant entre les pièges.

À pas lents et précis, il s'y engagea.

*

Sous la direction de Taureau, l'existence des vainqueurs s'organisait. Des escouades sortaient quotidiennement de Nékhen pour s'acquitter des corvées d'eau et de nourriture, et l'on avait même mis en place un service de bacs permettant de traverser aisément le fleuve et de commencer à exploiter des terres fertiles.

Bénéficiant des soins efficaces de Cigogne et de Neit, les blessés se remettaient, et la plupart reprenaient un travail ; en rendant hommage à la puissante déesse, la prêtresse attirait sa bienveillance, et le clan, malgré l'année des hyènes, tenait bon.

Satisfait d'avoir obtenu la surveillance des caves, le Vieux ne perdait pas une occasion de se reposer, tout en gardant un œil mi-clos ; une passion ardente unissait toujours Nageuse et Scorpion qui, de temps à autre, honorait la couche de Fleur, apparemment résignée.

L'activité militaire ne diminuait pas ; assisté de Chasseur, Scorpion soumettait les rescapés du dernier affrontement à de multiples exercices. Quant au Maître du silex et à son équipe d'artisans, ils continuaient à fabriquer des armes.

La tristesse de Neit, d'une remarquable dignité, peinait le Vieux. L'amour qu'elle vivait n'avait rien d'une passade, et l'absence de Narmer, peut-être définitive, l'affaiblissait.

Ce matin-là, lors du conseil de guerre, Taureau écouta les rapports réconfortants de ses subordonnés ; il se prit à rêver d'un départ vers le Nord et de la reconquête de son territoire où ses taureaux de combat retrouveraient de vastes étendues verdoyantes.

Mais ce n'était encore qu'un mirage, et d'angoissantes questions demeuraient en suspens.

— Général Gros-Sourcils, quand serons-nous prêts à faire mouvement ?

— À mon avis, pas avant le printemps, et à condition d'être sûrs que l'ennemi n'a pas préparé un traquenard.

— Cigogne, tes émissaires ont-elles repéré l'ennemi ?

— Malheureusement non, déplora la vieille dame ; seule certitude : Lion et les Vanneaux ont quitté le désert. Ils se cachent probablement dans les massifs de roseaux du bord du fleuve, au sud de Nékhen. Crocodile et les siens sont invisibles.

— On peut redouter qu'ils n'aient établi une jonction, avança Scorpion ; en ce cas, attendons-nous à un nouvel assaut.

— Les cigognes ont-elles aperçu Chacal, Narmer et Vent du Nord ? interrogea Neit.

La cheffe de clan hocha négativement la tête.

— C'est plutôt rassurant, estima Scorpion ; à cause des hyènes et des lionnes, Chacal se dissimule au maximum. Il ramènera Narmer, je le sens ; et toi aussi, Neit.

La confiance du jeune homme la réconforta. À aucun moment, en effet, elle n'avait éprouvé la morsure d'un vide qui eût été celui de la mort.

Un officier interrompit la séance du conseil.

— Ennemis en vue, annonça-t-il ; ils tentent de traverser la zone piégée. Dois-je ordonner aux archers de tirer ?

— Je m'en occupe, décida Scorpion ; accompagne-moi, Gros-Sourcils.

À la satisfaction générale, les relations entre les deux hommes s'étaient beaucoup améliorées, et ils se partageaient volontiers les tâches sans se heurter. Taureau appréciait cette réconciliation.

Du haut des remparts, Scorpion et Gros-Sourcils découvrirent les trois arrivants.

— Je cours prévenir Neit !

Resté seul, le général hésita ; et s'il ordonnait à un archer d'abattre Narmer en l'accusant ensuite d'avoir commis une terrible bévue ?

Manœuvre trop risquée.

— Ne tirez pas, imbéciles ! N'avez-vous pas reconnu les nôtres ?

Scorpion ouvrit lui-même la grande porte.

Vent du Nord fut le premier à franchir le seuil, chaudement félicité.

Et les deux frères se donnèrent une vigoureuse accolade.

— Je n'ai jamais douté de ton retour, affirma Scorpion.

— Ta force nous a aidés.

Scorpion s'écarta, et Narmer la vit.

Sortant de l'ombre de la muraille, baignée d'un rayon de soleil soulignant la finesse de ses traits, Neit avançait lentement.

Ni lui ni elle n'accordèrent libre cours à leurs émotions. Sous le regard de la garnison, ils devaient se comporter avec la dignité de leur fonction ; aussi se contentèrent-ils de se prendre tendrement les mains.

— Ta pensée ne m'a pas quitté, lui avoua-t-il ; sans elle, j'aurais cédé au découragement.

— Tu parais épuisé… Il faut te reposer. Mes onguents effaceront la fatigue.

— Je suis porteur d'une terrifiante nouvelle.

— La destruction d'Abydos ?

— Non, l'Ancêtre protège ce site sacré ; mais nous sommes tous en danger de mort.

Déjà, la joie des retrouvailles s'effaçait, et le conseil de guerre se réunit sur-le-champ, pendant que le Vieux donnait à boire et à manger à Vent du Nord. Cette précipitation ne présageait rien de bon, et seules quelques goulées de vin le réconforteraient.

Taureau ne masquait pas sa préoccupation. Pourquoi cette entrevue, au lieu d'un banquet célébrant le retour des aventuriers ?

D'abord, Chacal se montra rassurant : ses fidèles serviteurs continuaient à monter la garde autour du sanctuaire d'Abydos, dont l'Ancêtre assurait magiquement la survie ; ensuite, Narmer révéla ce qu'il avait appris.

— Le peuple habitant le pays des deux fleuves, les Sumériens, en a été chassé par un déluge. Les rescapés ont formé une armée qui a traversé les déserts afin de conquérir notre pays ; n'étant pas assez nombreux, ils veulent se servir des Vanneaux et s'emparer de Nékhen.

— Ces insensés oublient Lion ! grogna Taureau. Échaudé à la suite de la défection de Crocodile, il ne partagera pas sa souveraineté.

— Les Vanneaux, eux, sont prêts à se soumettre au plus vindicatif. D'après l'Ancêtre, les Sumériens ne tarderont pas à nous attaquer ; je craignais même d'arriver trop tard. Et je redoute une coalition formée de ces envahisseurs, de Lion et de Crocodile.

— Être parvenu au terme d'un si dangereux voyage exige de rudes caractères, jugea Scorpion ; ces Sumériens ne seront pas des adversaires faciles.

— Nos défenses ont été renforcées, rappela Taureau, et nous disposons d'un excellent armement !

— La masse des Vanneaux, à présent aguerris, demeure la menace majeure, précisa Narmer. Correctement encadrés, ils nous submergeront.

— Depuis plusieurs jours, indiqua le chef de clan, pas de mouvement de troupes. Ces Sumériens emprunteront soit le désert, soit le fleuve, et nous leur réserverons une chaude réception! Cigogne, envoie des messagères inspecter les alentours de Nékhen; dès l'approche de ces étrangers, nous nous mettrons sur le pied de guerre.

La vieille dame n'eut pas le loisir d'exécuter l'ordre.

Les cris rauques de l'oie gardienne déchirèrent les tympans de la garnison et réveillèrent le Vieux, pourtant profondément endormi.

Scorpion bondit et retourna au sommet des remparts.

Venant du désert, une meute de fantassins aux cheveux tressés et aux longues jupes brandissaient des lances; le fleuve était couvert de bateaux d'une taille incroyable, chargés d'archers qui visaient Nékhen.

Et la première flèche frôla la tempe de Scorpion.

- 49 -

Les habitants de ce pays misérable ne pouvaient imaginer la rapidité des bateaux sumériens, et l'attaque-surprise se déroulait comme prévu, sous les regards des deux chefs de clan qui n'avaient pas conclu de nouvel accord et entendaient, chacun de son côté, tirer profit d'un éventuel succès des envahisseurs.

À la tête de milliers de Vanneaux sortis de leurs cachettes et rassemblés à proximité, Lion ne prendrait pas le moindre risque et attendrait la défaite de Taureau pour porter le coup de grâce; soigneusement dissimulés dans les hautes herbes, Crocodile et ses soldats d'élite adoptaient la même stratégie, croyant utiliser Enki.

En réalité, c'était le général sumérien qui les manipulait; certes, il aurait à sacrifier une première vague d'assaut afin de convaincre ces faux alliés d'intervenir mais cette manœuvre assurerait la victoire qu'il saurait ensuite exploiter.

Nul ne prévoyait la puissance dévastatrice de ses armes; en maniant le cuivre et l'étain, les forgerons sumériens avaient obtenu un matériau d'une résistance remarquable, le bronze. Boucliers, épées, pointes de lances et de flèches... Les soldats d'Enki terrasseraient aisément des adversaires réduits à l'emploi du silex. De plus, la taille de leurs arcs et la portée de leurs traits leur assuraient un avantage décisif.

Rendant grâce à la Grande Déesse de l'avoir amené jusqu'ici, Enki songea aux braves qui rejoindraient le domaine des trépassés, froid et obscur, peuplé d'ombres languissantes ; redonner un pays aux rescapés du déluge était à ce prix.

Tirant depuis leurs bateaux, hors de portée de l'ennemi, les Sumériens abattirent nombre d'archers ; en tombant des créneaux, ils percèrent les branchages et les couches de sable recouvrant les fosses creusées au pied des remparts.

Du côté du désert, les envahisseurs connurent un succès identique ; protégés par des volées de flèches dégarnissant les rangs des défenseurs et les empêchant de riposter, les assaillants repérèrent les pièges et tracèrent des chemins permettant de les éviter. Bientôt, ils atteindraient la grande porte et parviendraient à l'enfoncer.

— C'est le moment, suggéra Mollasson à Lion ; les Vanneaux sont prêts à déferler. Vorace et moi transmettrons vos ordres.

Secouant sa crinière, le chef de clan ne résista pas à l'envie de prendre sa revanche. Cette fois, Taureau allait connaître une défaite définitive.

— À l'attaque, décida-t-il.

*

En retirant la flèche de la poitrine de Chasseur, Scorpion contempla un matériau inconnu, responsable de l'anéantissement de ses archers d'élite, morts ou gravement blessés. Impossible d'opposer une parade à la précision et à l'intensité des tirs adverses ; jonchés de cadavres, les remparts ne formaient plus qu'une défense muette, et la prise de Nékhen s'annonçait inévitable.

Quand la meute hurlante des Vanneaux s'élança l'issue de l'assaut ne fit plus aucun doute.

— Enfuis-toi, sauve ta vie, recommanda Chasseur dont la vue se brouillait.

— Je t'emmène.

— Inutile de te charger d'une dépouille... J'ai été heureux de te rencontrer et de te servir.

Un flot de sang jaillit de la bouche de Chasseur, il se cramponna au bras de Scorpion, émit un soupir de souffrance et rendit l'âme.

Furieux de n'avoir pas eu le temps de se charger d'énergie auprès de l'animal de Seth, Scorpion brandit le poing vers le ciel.

— Donne-moi au moins la force de sortir de cette prison !

Descendant des remparts, Scorpion massa des fantassins derrière la grande porte qui commençait à céder. À l'intérieur de la cité, la panique se propageait ; et du côté du fleuve, les Sumériens apportaient des échelles qu'ils dresseraient contre les murs. Après avoir détruit les bacs de Taureau et leurs équipages, proies des reptiles de Crocodile, ils ne rencontraient pas d'opposition.

S'agrippant à son couteau, le Vieux regrettait de ne pas être complètement ivre ; qu'elle prît la forme d'une flèche ou du piétinement des Vanneaux, la fin ne serait pas douce.

Entouré de ses derniers taureaux de combat, protégeant la vieille Cigogne qui refusait de partir, le chef de clan rassemblait ses sujets, assisté de Narmer. Abasourdi, le Maître du silex tâtait les pointes de bronze. Et Neit implorait la déesse de ne pas abandonner ses enfants.

— Toute résistance est inutile, déclara Scorpion ; notre unique chance de survie consiste à quitter Nékhen.

— Ne songeons pas à la grande porte, constata Narmer; la direction du Nil nous étant interdite, perçons le mur et tentons une sortie. Là, l'ennemi ne devrait pas nous attendre.

Taureau approuva, les soldats se mirent à l'ouvrage, frappant à coups de massue; et les cornes des quadrupèdes élargirent la trouée. Le mâle brun-rouge s'élança le premier, suivi du chef de clan, de Scorpion et de l'ensemble des habitants de Nékhen, au moment où les premiers Sumériens arrivaient au sommet des remparts. La masse des Vanneaux venait d'enfoncer la grande porte, et Lion leva les bras, au comble de l'exaltation.

Gros-Sourcils était désemparé. Non seulement il n'avait pas réussi à supprimer Taureau, mais encore son plan initial volait en éclats; son crime accompli, il aurait commandé l'armée des vainqueurs, Lion et Crocodile, aujourd'hui séparés. Et l'intrusion des Sumériens lui brouillait l'esprit; à qui se fier désormais, et quelle option adopter? Les envahisseurs ignoraient son existence, lui ne connaissait pas leurs intentions, à l'issue de leur triomphe; et Lion misait-il toujours sur le général?

Incapable de trancher, Gros-Sourcils se laissa entraîner par la vague que provoquait le chef de son clan; et il fut même contraint, comme les autres, de se battre pour préserver son existence.

Voyant Fleur affolée au point de quitter le groupe, Nageuse lui saisit le bras et la replaça dans le rang.

— Cours, ne cesse pas d'avancer! Si tu t'arrêtes, tu mourras.

Reprenant son sang-froid, Fleur tenta de se rapprocher de Scorpion.

Lors de cette ruée vers la survie, hommes, femmes, enfants et animaux étaient mélangés; le Vieux veillait sur la vache et le veau de Narmer, inséparables, et Vent du Nord, tête haute, entraînait ses compagnons.

Au début de la percée, Taureau crut à un succès presque facile; exaltés, ivres de joie, criant et dansant, Sumériens et Vanneaux envahissaient la ville de Nékhen et recherchaient du butin. Ni Lion ni Enki ne pouvaient freiner cette liesse; pourtant, le premier parvint à rameuter des fantassins équipés d'armes en forme de griffes auxquels se joignirent des Sumériens qui se trouvaient à l'extérieur de la cité.

Courroucée de voir s'échapper tant d'adversaires, la horde les poursuivit. Lançant leurs piques, les envahisseurs atteignirent l'arrière-garde de Taureau et brisèrent l'élan de son clan.

Gilgamesh eut le tort, en se tenant à l'écart, de croiser le chemin de ses compatriotes qui l'entraînèrent avec eux et lui confièrent un glaive; exterminer les fuyards serait un bel exploit que le général Enki saurait récompenser.

Scorpion perçut le danger.

— Demande à Taureau de presser l'allure, dit-il à Narmer, et toi, maintiens la cohésion; grâce au reste de ma milice, je vais vous protéger.

— Trop risqué, je…

— Tu le sais, il n'existe pas d'autre solution; à bientôt, mon frère.

Les soldats désignés touchèrent leurs amulettes; se joignit à eux le Maître du silex, à l'œil farouche, décidé à dissiper les derniers soupçons de Scorpion à son sujet.

— Nous n'en reviendrons pas, précisa le jeune guerrier.

— Quand tu me verras tuer des Vanneaux, je regagnerai ta confiance.

Résigné, le Vieux demeura auprès de son seigneur; jusqu'au bout, il tenterait de lui éviter le pire. La jeunesse n'avait-elle pas besoin d'expérience?

Le choc fut d'une violence inouïe.

Maniant sa massue à l'énorme tête de silex, Scorpion abattit une dizaine de Sumériens, surpris par une telle hargne; impressionnés, les assaillants reculèrent. Mais un officier, entouré de Vanneaux surexcités, les remobilisa; vu leur supériorité numérique, ils sortiraient vainqueurs de la mêlée. C'était sans compter avec la fureur ravageuse de Scorpion dont l'exemple rendait ses miliciens plus efficaces qu'ils ne l'avaient jamais été. Tenant sa promesse, le Maître du silex utilisait deux massues de belle taille afin d'éclaircir les rangs des Vanneaux.

L'officier comprit qu'il fallait supprimer le meneur de ces enragés; se glissant derrière lui, il lui percerait les reins de son épée en bronze. Au départ du geste, le Vieux se jeta dans les jambes du Sumérien; le coup mortel fut dévié, la lame épaisse entailla la jambe droite de Scorpion. Se retournant, il fracassa la tête de son agresseur et redressa le Vieux, étourdi.

La mort de leur supérieur désorganisa les assaillants; et comme Scorpion, malgré sa blessure, continuait son massacre, les survivants se débandèrent.

— Ne me tuez pas, supplia une voix grelottante.

Regardant à ses pieds, Scorpion aperçut, sous deux cadavres, un Sumérien couvert de sang.

— Il est fichu, estima le Maître du silex, atteint au front et à la hanche; je l'achève.

— Non, je vous en supplie! Ce sang n'est pas le mien, je suis indemne!

— Pourquoi devrions-nous t'épargner?

— Mon nom est Gilgamesh, je suis un proche du général Enki, et je vous fournirai de précieuses informations concernant mon peuple.

— Ne restons pas ici, préconisa le Vieux, encore brumeux; l'ennemi pourrait revenir.

De la milice, il ne restait qu'une dizaine d'hommes, certains en piteux état.

Scorpion agrippa le Sumérien par ses longs cheveux et le remit debout.

— Tâche de nous être utile.

- 50 -

À l'ombre d'un saule, les yeux mi-clos, Crocodile avait assisté à la prise de Nékhen par les envahisseurs, équipés d'armes redoutables et assistés de la foule des Vanneaux que commandait Lion. Les reptiles s'étaient contentés de dévorer les blessés et d'empêcher toute tentative de fuite du côté du fleuve.

Impressionnant le chef de clan, les bateaux des Sumériens leur donnaient la maîtrise du Nil ; il faudrait une véritable meute d'hippopotames en furie pour les renverser, à condition qu'ils échappent aux flèches et aux harpons d'équipages aguerris.

Quelles étaient les intentions de ces étrangers qui venaient de terrasser Taureau, jusqu'alors invincible ? Un tel triomphe ne s'accompagnerait pas de compassion et d'alliances. Les Libyens au Nord, les Sumériens au Sud ! Voilà le pitoyable résultat de la guerre des clans, presque tous détruits. Lion rêvait en croyant garder son rang.

Crocodile serait le seul rescapé. Lui et les siens devraient reprendre leur existence antérieure, en se cachant et en se contentant de rapines. À moins que... Une nouvelle idée germa dans son esprit. Avant de la mettre en pratique, Crocodile désirait constater l'évolution de la situation ; aussi envoya-t-il un espion à

Nékhen afin de savoir comment les envahisseurs agiraient après leur formidable conquête. Connaissant Lion, il tenterait d'imposer son autorité, et la masse des Vanneaux lui fournirait un argument majeur.

La discussion se transformerait-elle en confrontation sanglante ? Réjouissante perspective ! Les troupes de Crocodile n'auraient à combattre que des débris d'armées et obtiendraient un succès facile.

Étant donné la confusion et la liesse régnant à Nékhen, l'espion s'y introduirait aisément et assisterait aux événements décisifs qui ne tarderaient pas à se produire.

L'avenir du clan Crocodile n'était peut-être pas si sombre.

*

Sumériens et Vanneaux pillaient Nékhen, dévastaient la résidence, les locaux d'habitation et les chapelles. Le général Enki appréciait ce déferlement de violence stupide, car les nerfs des vainqueurs se relâchaient, et seuls les remparts de la place forte possédaient une réelle valeur.

Lui recherchait une tombe dont la taille prouverait son importance aux yeux des fondateurs de la cité ; il en découvrit deux, et donna l'ordre à sa garde rapprochée d'en interdire l'accès aux fêtards.

La première sépulture, celle d'un éléphant, témoignait de la puissance d'un clan à présent disparu ; la seconde, ornée de peintures et de dessins étrangers, semblait évoquer la conquête des Sumériens ! Un voyant avait pressenti cet événement majeur, confié au domaine de la mort. Gilgamesh saurait compléter ces figures et leur conférer l'ampleur nécessaire.

Bien que l'au-delà ne fût qu'ombres et vide douloureux, il fallait néanmoins empêcher ses forces destructrices de se répandre sur la terre des vivants. Voyant leur repos troublé, les ancêtres de Nékhen tenteraient de se venger des envahisseurs; les magiciens de Sumer avaient façonné un objet capable de clore la bouche des défunts et de les clouer au fond des profondeurs.

Enki déposa le vase hanté au centre de la tombe. Sa panse était ornée d'une tête d'apparence humaine, inspirant la terreur en raison de ses yeux, disposés à une hauteur différente et de sa bouche tordue. Rappelant les maléfices d'une âme déchue, ce récipient empêcherait les anciens habitants du site de le reprendre aux Sumériens.

Sa tâche accomplie, le général remonta à la surface. Peu à peu, le tumulte s'apaisait; les ateliers avaient été dévastés, les entrepôts vidés de leurs richesses; ivres, gavés, les vainqueurs commençaient à s'assoupir.

Enki était fier de son triomphe. L'orgueilleuse cité était tombée en un minimum de temps, et le rude Taureau avait pris la fuite. Grâce à la qualité de ses soldats et à l'intelligence de sa stratégie, le général venait d'anéantir un monde ancien auquel succéderait celui des Sumériens.

Un personnage flamboyant, entouré d'une garde d'honneur, s'avança vers Enki. Doté d'une superbe chevelure, la tête haute, le poitrail conquérant, il semblait sûr de sa force.

— Je suis Lion, chef du clan dominant. Es-tu le général commandant cette armée étrangère?

— En effet; mon nom est Enki, et j'ai guidé jusqu'ici le peuple des Sumériens.

— Ne possédais-tu pas un territoire?

— Un déluge l'a anéanti, et j'ai décidé de m'installer dans une contrée moins exposée aux colères des dieux.

— Ton aide nous a été précieuse pour vaincre un abominable tyran, le chef de clan Taureau; en remportant cette guerre et en lui brisant les reins, moi, Lion, je deviens le seul maître de ce pays et je t'accorde volontiers l'hospitalité.

— C'est fort aimable, apprécia Enki; comme il reste quelques détails à régler, nous serons plus à l'aise sur mon bateau. Je serais très honoré de t'y accueillir en compagnie de tes principaux subordonnés.

Lion appela ses officiers supérieurs et les deux collaborateurs Vanneaux, Mollasson et Vorace, qui l'avaient si bien servi. Tous admirèrent l'impressionnant navire amiral et s'installèrent à l'abri d'une large toile tendue au-dessus de quatre piquets. On but de la bière brassée à Nékhen.

L'espion de Crocodile se glissa dans l'eau et se tint à proximité de la coque, de manière à entendre les interlocuteurs, assis sur des tabourets pliants. Les marins d'Enki étaient armés d'épées, de poignards et d'arcs; et leur visage n'avait rien d'amical.

— Belle discipline, nota Lion.

— Elle nous a permis de traverser des contrées hostiles et d'atteindre cette région; le paysage est magnifique, la bière délicieuse. Pourquoi la guerre des clans a-t-elle éclaté?

— Les ambitions de Taureau l'ont égaré. Chassé du Nord par des barbares venus de Libye, il a tenté de s'emparer du Sud, lequel m'appartient depuis toujours. Les autres clans, malheureusement disparus au cours du conflit, m'avaient désigné commandant suprême afin de les mener à la victoire. Et les Vanneaux, peuple des bords du fleuve, se sont placés, eux aussi, sous mon autorité.

Mollasson et Vorace inclinèrent la tête.

— Combien de temps comptes-tu séjourner ici? demanda Lion à Enki.

— Mes hommes ont besoin de repos.

— Je le comprends ; vu ton engagement à mes côtés, je t'accorde une lunaison et ne prélèverai qu'une faible contribution. Disons… une centaine d'épées.

— Les Sumériens ne consentiront pas à donner leurs armes.

Lion s'énerva.

— Je fais la loi, je dicte mes conditions et je déteste être contrarié ! Souviens-t'en, et nous resterons bons amis.

— Ton amitié ne m'intéresse pas.

— Personne n'est autorisé à me parler sur ce ton !

Le général sumérien se releva.

— Ta vanité t'aveugle, Lion ; cette guerre, c'est moi qui l'ai gagnée, et Nékhen m'appartient. Maintenant, tu me dois obéissance.

Outré, le chef de clan se releva à son tour et toisa l'étranger.

— Tu perds la raison, Sumérien ! Implore immédiatement mon pardon. Sinon…

— Sinon ?

Lion eut un sourire méprisant.

— Tu possèdes des bateaux et des armes redoutables ; moi, je dispose d'un nombre de guerriers très supérieur au tien, et je n'aurai aucune peine à exterminer ton peuple.

— Tu te trompes.

— Les Vanneaux sont des milliers !

— Exact.

Un instant, Lion fut désemparé.

— Puisque tu le reconnais, pourquoi me défier ?

— Parce que les Vanneaux ont trouvé un meilleur maître.

Interloqué, le chef de clan jeta un œil courroucé à Mollasson et à Vorace qui se placèrent derrière Enki.

— Qu'est-ce que ça signifie ?

— Tu ne maîtrises plus qu'une petite milice incapable d'affronter mon armée. Désormais, la masse des Vanneaux m'obéit. Entre nous deux, ils ont choisi. Ces collaborateurs préserveront leur avenir et leurs privilèges.

Lion voulut massacrer Mollasson et Vorace, mais l'épée du général Enki l'en empêcha.

— Sois raisonnable, toi aussi, et mets ton clan à mon service, ou bien je t'exécuterai de mes propres mains. Je t'accorde une nuit de réflexion.

- 51 -

— Ils ne nous suivent plus, constata Scorpion en réintégrant la colonne de fugitifs progressant à travers le désert.

La gravité de la blessure à la jambe inquiéta Neit qui utilisa aussitôt son dernier pot d'onguents. Quant au Maître du silex, ayant perdu beaucoup de sang, il tourna de l'œil, et deux hommes le portèrent jusqu'à Cigogne. La vieille dame recouvrit de miel les plaies profondes et les banda de façon sommaire.

— Si nous ne faisons pas halte, plusieurs blessés mourront, confia-t-elle à Taureau ; sais-tu au moins où nous allons ?

— Nous sommes encore trop près de Nékhen ; j'espère atteindre un endroit sûr.

— En plein désert ?

Une ombre obscurcit le soleil.

— Regardez ! recommanda Narmer, levant les yeux au ciel. Les dieux nous guident !

La mère Vautour planait au-dessus des rescapés, et ses ailes immenses leur procuraient une ombre bienfaisante. Après avoir échangé un regard, le taureau brun-rouge et Vent du Nord infléchirent leur direction et obliquèrent vers une barrière de dunes.

— Le vautour leur a indiqué un refuge, suivons-les.

— C'est de la folie, protesta Fleur, nous périrons de soif et de chaleur !

Taureau approuva Narmer. Soutenant les blessés et les malades, les valides puisèrent dans leurs ultimes forces.

— Appuie-toi sur mon épaule, dit Narmer à Scorpion qui peinait à marcher.

— Ces Sumériens ne sont pas invincibles ; je me suis emparé d'une de leurs épées et je détiens même un prisonnier ! Le bonhomme a promis de nous fournir des renseignements et, crois-moi, il parlera.

— Songerais-tu déjà à notre riposte ?

— Pas toi ?

Narmer eut presque envie de rire ; avec Scorpion, il existait une issue aux pires situations.

Le trajet parut interminable et, quand la colonne franchit la barrière des dunes, elle en découvrit une autre. Ni l'âne ni le taureau ne ralentirent l'allure, et Nageuse, débordante d'énergie, incita les pessimistes à continuer.

— Sacrée femelle, apprécia le Vieux, souffrant de ses articulations ; voilà des années que je n'avais pas autant marché ! Si les dieux nous sont vraiment favorables, ils auront déposé une jarre de vin au cœur de cette fournaise.

Gardant à l'œil le Sumérien aux mains ligotées derrière le dos, le Vieux lui donnait de petits coups dans les mollets dès qu'il manquait de rythme. Tentant d'oublier ses futures épreuves, Gilgamesh ne protestait pas et ne songeait qu'à survivre.

Soudain, l'on ressentit les morsures du soleil ; l'immense vautour avait disparu et, privés de son ombre, les membres du clan de Taureau éprouvaient davantage de difficulté à progresser.

Le braiment de Vent du Nord les surprit ; immobile au sommet d'une dune, l'âne regardait au loin.

314

Parvenu à ses côtés, Narmer discerna des palissades à moitié ensablées. Il dévala la pente et trouva une entrée.

Un village composé de huttes et de modestes demeures en brique sèche, de grandes corbeilles enduites de glaise et contenant des céréales, des ateliers de tissage et de vannerie, un dépôt de poteries... Et pas âme qui vive.

Méfiant, Narmer explora les lieux en compagnie de quelques soldats. Aucune mauvaise surprise, le village avait été abandonné. Les moins épuisés se hâtèrent de le nettoyer, et l'on put enfin prendre du repos et soigner les blessés.

Scorpion grimaçait de souffrance, le Maître du silex n'avait pas repris connaissance, et deux soldats ne respiraient plus. Cigogne savait qu'elle ne parviendrait pas à sauver plusieurs malades.

Pourtant, Neit s'agenouilla en posture d'orante et remercia la déesse. Surpris, Scorpion éprouva de l'admiration pour cette femme capable, en un tel moment, d'oublier les détresses humaines et de vénérer l'invisible. Refusant de se plier aux circonstances, la prêtresse de Neit en appelait à une puissance inconnue des Sumériens. N'était-ce pas la meilleure voie à suivre?

Même le Vieux, subjugué, en oublia ses douleurs. La prière de la magicienne renforçait le cœur des suivants de Taureau dont la stature demeurait intacte, au terme de tant d'épreuves. La seule présence de Neit ne présageait-elle pas un renouveau?

Narmer, lui, était amoureux; comme son frère, il admirait l'enchanteresse et s'estimait indigne d'elle. Néanmoins, il osa s'approcher et lui prendre la main afin de la relever lorsque sa psalmodie s'éteignit; et leurs regards communièrent si intensément qu'ils se surent liés à jamais.

*

Taureau confia à Narmer le soin de répartir les membres de son clan à l'intérieur du village, en accordant la priorité aux blessés et aux malades qui eurent droit à des nattes, abritées du soleil, et reçurent les soins de Neit et de Cigogne. Le Maître du silex sortit enfin du coma, et Scorpion fut le premier à lui témoigner sa joie.

À la nuit tombante, les épaules lourdes, Narmer pénétra dans une petite maison au plafond bas qu'éclairait la lumière du couchant; il n'avait qu'une envie : dormir. Au fond de la pièce jaillit une forme mouvante, enveloppée d'un halo rouge.

Le cobra femelle… Le serpent bénéfique qui avait déjà croisé son chemin en lui permettant d'échapper au néant! Protecteur, il accueillait les rescapés.

Narmer lui fit une offrande de lait, Neit lui présenta l'étoffe sacrée de la déesse; apaisé, le cobra regagna son domaine souterrain, et le couple, enlacé, s'assoupit.

*

La nuit durant, les membres du clan de Chacal avaient monté la garde, prêts à donner l'alerte en cas d'attaque, pendant que leur maître se chargeait des inhumations, à l'écart du village.

Nul incident ne se produisit et, à l'aube, chacun apprécia d'avoir conservé la vie. Mais l'inquiétude succéda vite à cette satisfaction; comment subsister?

La présence de citernes, contenant encore de l'eau pour quelques jours, et de rudimentaires silos à blé prouvait que les anciens habitants avaient découvert le moyen de survivre au sein de cet environnement hostile.

— Nous tiendrons une dizaine de jours en nous rationnant de façon rigoureuse, dit Narmer à Taureau.

316

— Les lionnes finiront par nous repérer; maintenons les soldats en alerte permanente.

Le chef de clan était las; de sa puissance passée, il ne restait rien. La guerre, perdue, se terminait dans ce mouroir, si loin des vastes étendues herbeuses du Nord.

— Nous n'avons pas le droit de désespérer, estima Narmer; ne venons-nous pas d'échapper à un péril imprévisible ? Sans l'intervention des envahisseurs, nous aurions terrassé Lion et Crocodile. La lutte n'est pas terminée.

— Les Libyens occupent le Nord, les Sumériens le Sud, rappela Taureau, accablé, et mon armée a été décimée. Rendons-nous à l'évidence, Narmer : le monde ancien a disparu, et nous n'avons plus de place dans le nouveau qu'imposeront les conquérants.

— Nous les chasserons, et ce monde nouveau, c'est nous qui le construirons !

— J'ai passé l'âge de rêver.

— Toi seul, Taureau, incarnes la légitimité du pouvoir; renoncer à te battre serait insulter les dieux et accepter le chaos.

Le colosse redressa la tête : les paroles de Narmer ouvraient un chemin.

*

Le sabot de la patte avant droite de Vent du Nord grattait obstinément au même endroit, à l'angle nord-est du village, un coin abandonné, derrière le four à pain; des débris de poteries grossières jonchaient ce dépotoir.

À force de persévérance, l'âne dégagea une sorte de marche; intrigué, le Vieux lui prêta main-forte, et une deuxième marche apparut. Un escalier... Curieux de voir où il aboutissait, le Vieux ôta un sable fin et léger.

Une porte en pisé, facile à démolir.

Elle donnait accès à une cave profonde et fraîche, remplie de jarres aux bouchons d'argile et d'herbes. Le Vieux en ouvrit une : de la viande séchée ! Les villageois avaient accumulé un beau trésor et, vu le nombre de récipients, le clan dc Taureau ne manquerait pas d'une nourriture robuste.

Poursuivant son exploration, le Vieux atteignit une deuxième salle, elle aussi abritant une impressionnante quantité de jarres dont les bouchons étaient plus épais ; en ôter un lui prit du temps, mais la senteur qui emplit ses narines provoqua une extase.

Du vin... C'était du vin !

Et du respectable ! Une série de dégustations s'avérant satisfaisante, le Vieux recommença à croire en la protection des dieux.

- 52 -

L'espion de Crocodile nagea sous l'eau et traversa le fleuve sans être repéré par les marins sumériens. Loin de leurs regards, il grimpa le long de la berge en direction du saule dont l'abondant feuillage abritait le chef de son clan que protégeaient une dizaine de monstrueux reptiles.

À l'approche de l'espion, ils ouvrirent leurs gueules et l'entourèrent, menaçants; un geste de Crocodile les calma, mais ils demeurèrent vigilants.

Semblant assoupi, leur maître s'exprima d'une voix assourdie :

— Nékhen est-elle tombée entre les mains des envahisseurs?

— Le chef de ces Sumériens est le général Enki; lui et son peuple sont les rescapés d'un déluge, ils ont décidé de s'installer ici après avoir traversé le désert au prix de mille souffrances; s'emparer de Nékhen fut leur première victoire. Ils ont transporté leurs bateaux en pièces détachées et possèdent des armes d'une efficacité terrifiante.

— Comment Lion a-t-il réagi?

— Il a tenté, en vain, d'imposer son autorité.

— Les Sumériens ne redouteraient-ils pas la masse des Vanneaux?

— Mollasson et Vorace ont trahi Lion et prêté allégeance au général Enki; désormais, ses soldats encadrent des milliers de sujets dociles. Enki a sommé Lion de se soumettre; s'il refuse, il sera exécuté.

Les yeux de Crocodile s'entrouvrirent.

— Ainsi, ce fauve est condamné! J'ai eu raison de rompre notre alliance. Et Taureau?

— Son clan est détruit. Les survivants se sont enfuis dans le désert où ils mourront de soif et de faim.

Comme elle semblait lointaine l'époque où les clans, malgré leurs tiraillements, respectaient une forme de paix et favorisaient la prospérité du pays! Taureau et Lion, si persuadés de leur invincibilité, ne tarderaient pas à disparaître.

Et seul subsisterait Crocodile.

Un conquérant pouvait-il se satisfaire du territoire arraché à l'adversaire et s'imposer à lui-même des frontières? Crocodile n'y croyait pas. Les Libyens auraient envie de s'emparer du Sud, les Sumériens du Nord; en choisissant son camp, le maître des reptiles lui procurerait un avantage décisif et saurait tirer parti de son appui.

*

Enfermé dans son campement, sous la surveillance d'une centaine de Vanneaux armés de piques, Lion tournait en rond. Lui, subir un tel affront de la part de ces pouilleux, lâches et hypocrites! Il aurait dû se méfier de la servilité de Mollasson et Vorace, des larves sans foi ni loi.

Trop tard pour avoir des regrets; une réponse à donner au lever du soleil! Incapable de dormir, Lion refusait la fatalité. Et personne ne le réduirait à un rôle de subalterne. Vainqueurs d'un jour, les Sumériens s'enivraient de leur faible succès; s'emparer de Nékhen ne suffisait pas à dominer le pays.

Lion appela son aide de camp.

— État des lieux ?

— Ta garde d'honneur a été désarmée, seigneur, et tes soldats sont prisonniers à l'intérieur d'un enclos.

— Combien de sentinelles ?

— Des nuées de Vanneaux.

— Fais passer le message : nous allons sortir de cette nasse.

— Mais comment...

— Ces déchets ne connaissent pas l'étendue de mon pouvoir. Hâte-toi et sois discret ; que mes sujets se préparent à récupérer leurs armes et à combattre.

Lion sortit de sa hutte et contempla la pleine lune.

— Toi, l'âme des guerriers, éveille mes servantes et guide-les jusqu'à moi ! Rends-les féroces, qu'elles déchirent la chair de mes ennemis !

Répercutées par les rayons de lumière argentée, les paroles du chef de clan suscitèrent la fureur des lionnes réparties à la lisière du désert. Des feulements s'élevèrent, une meute s'organisa.

Silencieuse, rapide, elle se dirigea vers le campement où leur maître était retenu contre son gré.

Leur attaque fut si soudaine et si violente qu'aucun Vanneau ne fut capable de résister ; crocs et griffes dévastèrent leurs rangs. Libérée, la garde d'honneur brisa l'enclos, et les guerriers de Lion furent bientôt aptes à se battre. L'apparition de leur chef, à la crinière flamboyante, leur redonna de la vigueur.

— Massacrons-nous les Sumériens ? demanda l'aide de camp.

— Nous avons mieux à faire, décréta Lion ; rassemblement général et départ pour Abydos.

— Abydos...

— La conquête de ce lieu sacré nous offrira l'énergie dont nous avons besoin. Nous écraserons à la fois les Vanneaux et les Sumériens.

Quand le défunt chef de clan Oryx avait tenté d'accaparer la magie d'Abydos afin d'obtenir la domination suprême, son entreprise était mal préparée, ses troupes insuffisantes. Chacal éliminé, emporté dans la tourmente avec Taureau, le terrain se trouvait dégagé.

Détenteur du feu magique, Lion n'aurait plus d'adversaire à sa mesure.

*

Installé à Nékhen, Enki avait ordonné aux Vanneaux de quitter la ville, désormais réservée aux Sumériens. Les traces de la liesse effacées, le général réglait l'aménagement de confortables locaux d'habitation; et c'est en choisissant celui de Gilgamesh qu'il s'aperçut de la longue absence de l'artiste.

Aussitôt, il ordonna à plusieurs officiers de le rechercher, craignant qu'il n'ait été tué ou blessé lors de la bataille; mais le jeune homme, inexpérimenté, se tenait à l'écart des affrontements qui l'horrifiaient. En dépit de sa répugnance à guerroyer, Gilgamesh possédait de remarquables qualités qu'appréciait Enki.

Le pouvoir sumérien incontesté, le général comptait confier à l'artiste des tâches importantes; son art donnerait une nouvelle apparence à Nékhen, et l'on bâtirait des monuments semblables à ceux que le déluge avait détruits. Enki imaginait de nouveaux escaliers géants et des sanctuaires en terrasses, construits en brique crue; outre ses peintures, Gilgamesh façonnerait des statues et son art domestiquerait ces contrées avec une efficacité différente de celle des armes, mais tout aussi importante. La mentalité des Vanneaux serait transformée en profondeur, la législation sumérienne dicterait leur conduite.

À cet instant, le général prit conscience de la place qu'occupait Gilgamesh dans le processus de conquête de ce pays. Privé de son aide, Enki ne serait qu'un militaire de haut vol, fier de son triomphe.

Les officiers se présentèrent au rapport.

Aucune trace de Gilgamesh. Un seul indice, inquiétant : un fantassin l'avait vu, isolé, proche de la trouée qui avait permis au clan de Taureau de s'enfuir.

En l'absence de cadavre, une hypothèse plausible : Gilgamesh enlevé et prisonnier! Une captivité de courte durée… Les vaincus lui infligeraient forcément les pires sévices et jetteraient sa dépouille aux charognards.

Éprouvé, Enki se vengerait; les indigènes paieraient au prix fort ce meurtre-là.

Alors qu'il songeait au disparu, un gradé lui amena Mollasson et Vorace, affolés.

— Général, déclara le premier, un drame épouvantable! Après avoir tué nos gardes, Lion et les siens se sont échappés.

— C'était prévu.

Les deux Vanneaux furent stupéfaits.

— Je… je ne comprends pas, marmonna Mollasson.

— Si j'avais voulu retenir Lion, je l'aurais confié à des Sumériens; je savais vos congénères incapables de résister à sa meute de lionnes. Sans grand espoir, j'espérais qu'il aurait l'intelligence de se soumettre. Au lieu de céder à la raison, il a préféré sa dérisoire souveraineté; les débris de son clan crèveront de faim et de soif.

Mollasson et Vorace se sentirent soulagés; le nouveau maître du pays ne leur reprochait pas la moindre faute.

— Vous êtes de fidèles collaborateurs, observa Enki.

— Commande, et nous obéirons, déclara Vorace, enthousiaste.

Le regard du général se détourna.

— Un traître continue à trahir, affirma-t-il. Vous serviez Lion, vous l'avez abandonné et, demain, vous soulèverez les Vanneaux contre moi.

— Non, je jure que non ! s'emporta Vorace.

— Je n'ai plus besoin de vous, et vous ne méritez pas une place dans le nouveau monde des Sumériens.

Les deux Vanneaux reculèrent.

— Nous… nous sommes indispensables ! protesta Mollasson.

— Au contraire, vous me gênez.

Des soldats s'emparèrent des condamnés et les ligotèrent ; puis, à coups de poing et de pied, ils les contraignirent à sortir de Nékhen.

En apercevant les deux pieux à l'extrémité taillée en pointe, Mollasson et Vorace sanglotèrent.

- 53 -

— Ça suffit ! estima Scorpion en écartant Fleur qui lui massait doucement la jambe.

Furibond, il se leva et fut satisfait de tenir debout.

— Cigogne te recommande de rester couché.

— J'ai besoin de grand air et d'exercice.

Claudiquant, il sortit de sa hutte où ses deux maîtresses et la vieille guérisseuse s'étaient relayées pour lui dispenser les meilleurs soins.

Exécutant les directives de Narmer, les membres du clan Taureau avaient rendu le hameau du désert aussi agréable que possible ; les règles d'hygiène étaient strictement appliquées, et chacun mangeait à sa faim, le prisonnier sumérien compris. Conformément aux instructions de Scorpion, Gilgamesh restait attaché à un poteau jour et nuit, s'interrogeant sur les tortures qu'on allait lui infliger.

À l'approche du jeune guerrier, l'artiste sursauta ; il s'était presque habitué à sa condition, espérant être oublié.

Scorpion lui délia les mains et lui offrit une coupe de vin.

— Selon le Vieux, un connaisseur, il est excellent.

Gilgamesh but lentement ; la beauté sauvage de son interlocuteur le fascinait. Mais cette amabilité inattendue ne cachait-elle pas la violence à venir ?

— Que sais-tu faire, Gilgamesh ?

— Dessiner, peindre, sculpter ..

— Et manier les armes ?

— J'en suis incapable et je déteste la guerre.

— Tu es pourtant l'un des soldats de l'armée sumérienne.

— Non, seulement un ami du général Enki ! Quand le déluge a détruit notre pays, il a rassemblé les survivants et décidé de traverser le désert afin de s'emparer d'une terre riche, à l'abri des désastres. Beaucoup d'entre nous sont morts au cours de ce voyage harassant, et seule l'obstination de notre général nous a convaincus de continuer. Cent fois, nous avons voulu déposer l'insupportable fardeau, les pièces détachées des bateaux, notre bien le plus précieux d'après Enki. Comme il avait raison ! Grâce à eux, nous avons acquis la maîtrise du fleuve et pris possession de Nékhen.

— Quelles sont les intentions de ton chef ?

— Rétablir ici la grandeur de Sumer, implanter nos coutumes et nos institutions ; les Vanneaux serviront de terrain d'expérience et deviendront nos esclaves. Voilà, j'ai tout dit.

Scorpion fit la moue.

— Au fond, tu n'avais pas grand-chose à m'apprendre ; pourquoi nourrir une bouche inutile, de surcroît celle d'un ennemi ?

— Je... j'en sais davantage !

— Je t'écoute.

Gilgamesh donna le nombre exact de bateaux et de soldats sumériens, évoqua leur armement et leurs stratégies.

— C'est mieux, reconnut Scorpion ; quel est le matériau utilisé pour façonner les épées ?

— Un alliage de métaux, le cuivre et l'étain, extraits de mines où travaillaient des ouvriers spécialisés, afin de produire le bronze.

— Enseigne-moi ton écriture.

Gilgamesh fut heureux de tracer des signes dans le sable et d'en révéler la signification à son interlocuteur dont la capacité d'assimilation l'étonna ; peu de leçons suffiraient à lui conférer la maîtrise du cunéiforme, l'expression écrite des Sumériens.

— Le général Enki a-t-il une femme et des enfants ?

— Ils sont morts lors du déluge, et cette tragédie l'a profondément marqué. Il n'a plus qu'une idée en tête : restaurer notre puissance en nous offrant un nouveau territoire.

— Ses proches ?

— Sans me vanter, je crois être le seul à pouvoir lui parler en toute franchise.

— Ce n'est pas négligeable.

L'appréciation de Scorpion réjouit Gilgamesh.

— M'épargneras-tu ?

— Quelle est la divinité protectrice d'Enki ?

— La Grande Déesse de Sumer, à la fois tendre et cruelle ; elle repousse ses adversaires et donne la capacité de vaincre.

— Tu t'es montré coopératif, constata Scorpion.

— Alors... je vivrai ?

L'hésitation de Scorpion inquiéta Gilgamesh.

— C'est curieux, j'ai le sentiment que tu dissimules un fait majeur.

— Non, je...

— Nous sommes en guerre, Gilgamesh, et j'utiliserai n'importe quel moyen pour la gagner.

— J'accepte de t'aider, je...

— Le courage de l'armée sumérienne, la qualité de son armement, la supériorité de ses bateaux, entendu ; mais il existe une force cachée qui rend cet ensemble cohérent et guide le bras du général Enki. Cette force, tu la connais et tu tentes de me la cacher.

Gilgamesh baissa les yeux.

— Je t'ai parlé de la Grande Déesse.

— Comment Enki capte-t-il sa violence ?

— Il la prie et...

— Ne te moque pas de moi, Gilgamesh ; tout guerrier d'envergure possède un talisman qu'a gravé son dieu. Quand je brise les os de mes adversaires avec ma massue, le feu de mon protecteur l'anime.

— Tu me demandes de trahir Enki !

— Désires-tu vivre ?

— Si je te procure une indication décisive, te suffira-t-elle ?

— Je verrai.

— Toi et les tiens, oubliez Nékhen et partez loin de cette ville et de cette contrée ! Le dispositif mis en place par Enki ne vous laisse aucune chance de reconquête. Seriez-vous aussi nombreux que les grains de sable du désert et disposeriez-vous d'armes géantes, vous échoueriez.

— Nous touchons à l'essentiel, apprécia Scorpion ; la magie des Sumériens serait-elle si puissante ?

— Avant de quitter notre pays englouti, Enki s'est servi de sa rage et de sa douleur pour attirer la fureur destructrice de la Grande Déesse. Ne t'oppose pas à lui, tu serais anéanti !

— J'ai déjà remporté plusieurs combats perdus d'avance, et celui-là me paraît très attirant.

— Tu ne comprends pas, tu...

— Au contraire, Gilgamesh ; il ne manque qu'une ultime précision : la nature du talisman maléfique

— Je n'ai pas le droit d'en parler.

— En serais-tu l'auteur ?

L'artiste leva des yeux éplorés.

— Enki m'a contraint d'exécuter cette œuvre atroce ; en la terminant, mes mains brûlaient, et j'ai failli les perdre.

— De quel objet s'agit-il, Gilgamesh?

— Je dois fidélité à Enki. Mes révélations n'évitent-elles pas à ton peuple de subir une horrible destruction? Vous tomberiez tous malades, votre sang se figerait! En échange de ces informations, je mérite au moins la vie, ne penses-tu pas?

— Tu ne me parais pas en position de négocier.

— Je ne peux pas aller plus loin!

— Dommage, Gilgamesh.

Le visage de Scorpion se crispa.

— Vas-tu… me torturer?

— Je réserve ce soin à un spécialiste.

Scorpion appela le Vieux qui sortait à peine d'une sieste fortement alcoolisée et lui remit un poignard bien aiguisé.

— Découpe ce prisonnier en lanières, ordonna-t-il.

— Tu plaisantes?

— En ai-je l'air?

— En lanières…

— Très fines.

— Que faut-il lui faire avouer? demanda le Vieux.

— Rien, il refuse de parler; ce sera son châtiment. Et prends ton temps.

— Sale boulot!

— Double ration de vin et trois jours de repos.

Le Vieux se gratta le menton.

— J'accepte de me dévouer.

Scorpion s'éloigna à pas lents, le Vieux contempla la lame de silex.

— Reviens, je t'en supplie! hurla Gilgamesh.

L'interpellé ne se retourna pas.

— Parleras-tu?

— Tu connaîtras la vérité!

Scorpion s'approcha du Sumérien.

— Retourne dormir, le Vieux.

— Et ma prime ?

— Accordée.

Des larmes coulaient sur le visage de Gilgamesh ; en divulguant son secret, il s'éloignerait à jamais du sauveur des Sumériens.

— Il s'agit d'un vase que j'ai sculpté et qui contient les maléfices de la Grande Déesse recueillis par Enki. Une bouche déformée, grimaçante ; des yeux remplis de haine ; l'expression du mal, insidieux, gluant ! Le général l'aura déposé dans une tombe de Nékhen de manière à répandre la mort et à former un rempart d'effluves destinés à ronger les ennemis de Sumer.

La voix de Gilgamesh était brisée.

— Cette fois, je t'ai vraiment tout dit ; m'accordes-tu la vie ?

Scorpion rattacha les mains de l'artiste.

- 54 -

« Pourquoi ai-je si longtemps oublié Abydos ? » s'interrogeait Lion en conduisant les rescapés de son clan vers le territoire de Chacal. À force de mener une guerre usante, il avait négligé le véritable centre du pays, frontière entre le visible et l'invisible, porte de l'au-delà. Abydos était l'unique endroit où un chef de clan pouvait vaincre la mort et assurer aux siens la pérennité ; étant donné les circonstances, Lion exigerait davantage des dieux. En utilisant la magie du coffre mystérieux, il provoquerait une vague de feu qui réduirait en cendres les Sumériens et les Vanneaux.

Lion n'avait pas commis d'erreur. Né pour gouverner, il devait se débarrasser de ses opposants, comme Oryx l'insensé, la prudente Éléphante et Gazelle la diplomate ; ces aveugles le mésestimaient et maintenaient une paix favorable à Taureau, aujourd'hui brisé. En obtenant l'aide de Crocodile, il s'était imposé, croyant soumettre des milliers de Vanneaux.

Proche du but, si proche du but... Et cette intrusion des Sumériens ! Un simple aléa. Avec un brin de lucidité, les autres chefs de clan auraient accordé à Lion la suprématie ; le déclenchement de la guerre résultait de leur stupidité qu'ils avaient justement payée de leur vie.

Crocodile en fuite, Lion demeurait l'unique maître du jeu. Les Sumériens ? Des envahisseurs de passage. Les

Vanneaux? Des lâches qui se laisseraient exterminer sans réagir.

À l'approche d'Abydos, les lionnes se détachèrent du groupe.

— Seigneur, dit un officier, nos soldats se sentent mal ; la fatigue, la chaleur, les mouches…

— Faisons halte, et envoie des éclaireurs.

Exténués, les fantassins de Lion se désaltérèrent et s'endormirent. Les deux éclaireurs revinrent à la nuit tombante.

Selon leurs observations, pas le moindre système défensif ; seule une meute de chacals gardait le sanctuaire d'où émanait une douce lumière bleu-vert.

Lion se redressa de toute sa taille.

— Je me rends seul à Abydos ; demain, j'en rapporterai le feu qui nous rendra invincibles.

— Seigneur, n'est-ce pas imprudent ?

— Sois sans crainte, Abydos m'appartiendra.

Déterminé, Lion se dirigea vers le lieu saint qu'éclairait la pleine lune ; ressentant sa présence, les chacals se regroupèrent devant l'entrée de la chapelle principale.

— Ne me reconnaissez-vous pas ? Votre maître a disparu, je suis le nouveau possesseur de ce territoire. Obéissez-moi, et vous serez bien traités.

D'ordinaire combatifs et ne redoutant aucun adversaire, les gardiens s'éparpillèrent, accordant le champ libre à Lion. Son instinct ne l'avait pas trompé : Abydos s'offrait à lui, il ne lui restait qu'à s'emparer du coffre mystérieux.

Traversant le halo bleu-vert, il pénétra à l'intérieur du sanctuaire, plongé dans la pénombre.

En s'y habituant, Lion constata que la chapelle était vide. Où Chacal avait-il dissimulé le coffre ?

— Tu violes ce lieu sacré, affirma une voix grave provenant du fond de l'édifice.

Une forme apparut, celle d'une grande statue portant une sorte de masque dont les yeux de perles blanches fixaient l'intrus.

— Serais-tu... l'Ancêtre ?

— Tu n'es pas autorisé à fouler ce sol, Lion.

— Tous les clans ont disparu, sauf le mien ! Moi seul peux sauver le Double Pays, moi seul saurai le gouverner.

— Tu es venu pour voler le trésor d'Abydos.

— Il m'appartient de fait, comme le reste du territoire ; si je ne l'utilise pas, cette terre ne sera pas délivrée des Libyens et des Sumériens.

— Une grave accusation a été portée contre toi.

— N'écoute pas les jaloux et les calomniateurs ! En écartant les faibles, je provoque leur hargne, mais je m'en moque ! Grâce à ma bravoure, nos ennemis seront vaincus et mon triomphe assurera notre prospérité.

— Chacal a transmis une plainte au tribunal des dieux, révéla l'Ancêtre. Elle émanait de la cheffe de clan Gazelle que tu as assassinée, brisant ainsi le pacte de paix et provoquant la guerre des clans.

— Elle... elle a osé !

La porte de la chapelle se referma.

— Cette diplomate nous conduisait à la catastrophe, protesta Lion, et le conflit était inévitable ! Moi, j'ai pris mes responsabilités.

— Tu es venu chercher ton juste châtiment ; les dieux m'ont chargé de te l'infliger.

— Laisse-moi sortir d'ici ! Notre peuple a besoin de ma force.

— Ne souhaitais-tu pas emporter le coffre mystérieux ?

Sortant du sol, l'objet sacré apparut.

Fasciné, Lion vit, à deux pas de lui, l'arme qui lui donnerait une totale suprématie.

— Oublions Gazelle, Oryx et les vaincus! exigea-t-il. Je promets d'honorer les dieux et de leur bâtir un immense sanctuaire.

— Nul ne saurait effacer tes crimes et la plainte d'une cheffe de clan; seul l'exercice du pouvoir t'attire, non le bonheur du pays.

— Je refuse la sentence! À présent, ce coffre m'appartient, et tu ne m'empêcheras pas de quitter Abydos.

Lion se jeta sur l'inestimable trésor, croyant pouvoir le soulever facilement.

Ses efforts furent vains et ses mains restèrent collées aux parois devenant brûlantes; d'atroces douleurs parcoururent son corps, et sa crinière s'embrasa, illuminant la chapelle.

*

Vêtu d'une longue robe de laine provenant de Sumer, le général Enki, proclamé prêtre de la Grande Déesse, lui offrit, au centre de Nékhen, un abondant sacrifice humain composé de vieillards, d'infirmes et d'enfants arrachés aux Vanneaux. Ce sang impur, abreuvant d'innombrables sillons, nourrirait la fureur de la haute protectrice d'Enki et la rage du général à l'encontre de ses nouveaux esclaves.

Jamais il ne leur pardonnerait la disparition de Gilgamesh. L'artiste aurait embelli le pays entier, coloré les jours et les nuits, enchanté les regards; supplicié par des fuyards qu'Enki ne tarderait pas à retrouver, l'artiste criait vengeance, et le général ne cesserait pas d'entendre ses plaintes.

Les cadavres de Mollasson et de Vorace, empalés à l'extérieur de la cité, avaient frappé d'horreur les Vanneaux. Ce châtiment étant promis à tout révolté, chacun se soumettrait aveuglément au joug sumérien. Malgré leur masse, les Vanneaux demeuraient inertes ; et le général recrutait déjà des courtisans prêts à collaborer et à dénoncer d'éventuels résistants.

Réduire en servitude les populations locales était le premier objectif d'Enki ; les Sumériens, eux, formeraient la classe dominante et profiteraient d'une existence agréable, garantie par une armée inflexible. Elle apprendrait aux Vanneaux à fabriquer des briques et à édifier de vastes demeures où résideraient les notables et les officiers supérieurs que serviraient des cohortes de domestiques.

Autre priorité : le contrôle du fleuve et des bacs. Les déplacements seraient soumis à autorisation, les pêcheurs étroitement surveillés. Les Sumériens prélèveraient l'essentiel des ressources nécessaires, accordant aux Vanneaux le minimum pour subsister et travailler dur. Tout resquilleur serait roué de coups.

Contempler le Nil, ses couleurs changeantes, ses ondulations nourries de lumière, apaisait un peu le général. Brefs moments de répit, car le souvenir de Gilgamesh le hantait et l'incitait à durcir davantage ses directives ; voir souffrir les indigènes veules et soumis serait son unique source de plaisir.

Le vase maléfique qu'avait façonné Gilgamesh fonctionnait à merveille ; répandant les effluves destructeurs de la Grande Déesse, il permettait à un petit nombre de Sumériens d'asseoir leur domination sur une foule de cloportes.

Un officier alerta Enki.

— Général, des lionnes attaquent Nékhen !

Intrigué, Enki monta au sommet des remparts et vit les fauves se rassembler et tourner en rond.

— Elles ont abandonné leur chef de clan et l'ont peut-être dévoré ; non seulement nous ne risquons rien, mais encore allons-nous incorporer de nouveaux éléments à notre armée.

ET L'ÉGYPTE S'ÉVEILLA

Quand le général franchit la grande porte et s'avança à la rencontre des prédateurs, les Sumériens frémirent; leur sauveteur ne présumait-il pas de son autorité?

Deux lionnes se détachèrent du groupe et s'accroupirent, soumises, de part et d'autre du maître des animaux. Les guerrières du défunt clan de Lion se mettaient au service d'Enki.

- 55 -

— Tu me sembles tout à fait guéri, dit Nageuse à Scorpion qui venait de la combler de caresses, les unes presque délicates, les autres si intenses que la farouche Vanneau, pourtant habituée aux assauts de son amant, en fut étonnée.

— Tu détestes la routine, moi aussi.

Elle s'étira, bras et jambes allongés, attirante au point de rendre fou n'importe quel mâle. Ce soir, demain, Scorpion la répudierait ou la mort la prendrait. Alors, autant s'ouvrir à tous les plaisirs et savourer l'instant, sachant qu'elle n'aurait pas le temps de vieillir.

Un rire menaçant la fit sursauter.

— Les hyènes ! Elles reviennent sans cesse...

Scorpion s'allongea sur sa maîtresse et l'immobilisa.

— Ne t'inquiète pas, murmura-t-il, l'oie gardienne donnera l'alerte en cas d'urgence.

— Ne redoutes-tu aucun adversaire ?

— Seulement celui que j'aurais le tort de croire plus faible.

La fougue du baiser surprit Nageuse. Oubliant ses craintes, elle céda aux assauts de ce guerrier infatigable. Connaîtrait-il, lui, le privilège d'atteindre un grand âge ?

Fleur leur apporta du vin et de la viande séchée. À l'écart, silencieuse, elle acceptait son sort et se réjouissait d'accueillir son maître lorsqu'il le désirait ; satisfaisant ses exigences, elle se contentait de sa condition et préférait la soumission à l'exclusion.

Nageuse n'émettait pas de jugement ; à chacun de tracer son chemin en tentant de rester vivant.

— Si tu refuses de t'incliner devant les Sumériens, dit la Vanneau à son amant, qu'envisages-tu ?

— Je réserve mes projets au conseil de guerre, ma jolie ; rassure-toi, tu y seras associée.

*

Une hutte, une natte, des morceaux de calcaire, des pigments, des tiges de roseau servant à écrire, à dessiner et à peindre, de la nourriture… Gilgamesh croyait rêver. Scorpion ne l'avait pas tué, on ne le torturait pas, on lui permettait de s'adonner à ses passions. Probablement une courte trêve, mais autant en profiter !

Souvent, le Vieux venait discuter avec le Sumérien, curieux d'entendre parler d'un pays lointain et disparu. Gilgamesh évoquait son enfance, son admiration pour les dessinateurs et les sculpteurs, son apprentissage et la découverte de ses dons. Rêvant de figures merveilleuses, il ne s'intéressait guère au monde extérieur ; quand Enki l'avait remarqué, son existence s'était brusquement modifiée. La protection de ce puissant personnage lui offrait la possibilité de prouver sa valeur, sans souci matériel.

Et puis le déluge, l'exil forcé, l'épreuve du désert et le succès dû à la volonté inflexible du général Enki que Gilgamesh avait trahi en révélant son secret.

En voyant apparaître Scorpion, le Sumérien crut sa dernière heure arrivée.

— Tu as mauvaise mine, Gilgamesh ; le Vieux ne t'ennuie pas trop ?

— Au contraire, il me réconforte ! As-tu… pris ta décision ?

— Donne-moi une nouvelle leçon d'écriture cunéiforme ; certains points demeurent obscurs.

Le professeur s'empressa de donner satisfaction à son élève, attentif et doué.

— Grâce à toi, conclut Scorpion, nous parviendrons peut-être à chasser les envahisseurs ; cela mérite bien de vivre encore un peu.

*

Le conseil de guerre se déroula dans une atmosphère pesante qu'alourdit le rapport de Cigogne dont les rides s'étaient accentuées.

— Les Sumériens ont abattu deux de mes messagères ; la portée de leurs arcs est terrifiante. Les missions d'observation devront être menées avec une extrême prudence et se raréfier. Les envahisseurs occupent Nékhen, sillonnent le fleuve et contrôlent les bacs ; des officiers encadrent les Vanneaux qui travaillent dur afin de nourrir leurs nouveaux maîtres. À l'évidence, Enki prend pleinement possession du pays.

— Lion et Crocodile ? demanda Narmer.

— Aucune trace, mais un indice : le général sumérien a soumis des lionnes. Elles participent désormais à la défense de Nékhen.

— La situation est claire, jugea Taureau ; Enki a vaincu Lion, en fuite ou prisonnier, et Crocodile se cache, reprenant ses habitudes de prédateur. Le temps des clans est révolu, Libyens et Sumériens s'affrontent pour la domination du pays.

— Ton clan existe toujours, rappela Narmer, et nous ne rendrons jamais les armes.

— D'autant plus que Gilgamesh m'a fourni de précieuses informations, ajouta Scorpion qui les transmit au conseil.

— Détruire ce vase maléfique me paraît essentiel, indiqua Chacal ; de l'énergie qu'il propage dépend, en grande partie, la force des Sumériens.

— Mission impossible ! objecta le général Gros-Sourcils ; il faudrait s'introduire dans Nékhen, et nous ne possédons pas les effectifs nécessaires. L'unique solution consiste à quitter ce village et à rechercher un nouvel abri avant qu'une patrouille sumérienne ne nous repère.

— Un grave souci me contraint d'approuver le général, déclara Neit ; nous allons manquer d'eau. Impossible de rester ici.

— Combien de jours m'accordes-tu ? lui demanda Scorpion.

— Trois au maximum.

— Je trouverai une solution, et nous poursuivrons cette guerre.

*

Cette nuit-là, la lune était ocre, et personne, à part Scorpion, n'osait la regarder. Alors qu'il s'apprêtait à sortir du village, Narmer lui barra le chemin.

— Quelles sont tes intentions ?

— Il vaut mieux que tu les ignores.

— Si tu risques ta vie, je t'accompagne.

Scorpion sourit.

— Notre vie nous appartient-elle vraiment ? Ne t'inquiète pas, mon frère, je connais le désert. Il nous procurera l'aide indispensable : toi, veille sur les nôtres.

Scorpion s'éloigna.

En affrontant les démons de la nuit, il espérait modifier le cours du destin, et Narmer ne le convaincrait pas de renoncer.

Réussirait-il, une fois encore ? S'il ne revenait pas, après avoir découvert un puits ou une source, le clan de Taureau n'aurait qu'à disparaître.

*

Au creux d'un oued asséché, l'animal de Seth attendait le jeune guerrier qui lui avait vendu son âme. Les oreilles dressées, les yeux d'un rouge vif, il se plaisait à constater la colère de son disciple.

— Est-ce là ta puissance? questionna Scorpion en s'approchant. Incapable de lutter, l'illustre clan Taureau va s'éteindre en mourant de soif! Ne me suis-je pas trompé en concluant un pacte avec toi?

— La pleine lune est superbe, le Combattant avide de sang; ne devrais-tu pas le vénérer?

— C'est d'eau dont j'ai besoin! Ensuite, je verserai le sang de mes ennemis.

Une grosse goutte heurta la jambe blessée de Scorpion.

— Suis l'orage, Scorpion, et nourris-toi de sa violence.

La pluie battante, le tonnerre, les éclairs... L'animal de Seth fut aspiré au ciel et Scorpion, trempé, sortit de l'oued se remplissant à vue d'œil. Tombant à plusieurs reprises, la foudre lui traça un chemin de feu.

*

Incrédule, Taureau contempla l'oasis où l'avait conduit Scorpion. Pluie et vent avaient dégagé une palmeraie, des jardins, des puits, des rigoles d'irrigation. Cigogne cueillait déjà des plantes médicinales qui lui permettraient de préparer des remèdes; Vent du Nord et son troupeau d'ânes, les taureaux sauvages, la vache et le veau de Narmer se régalaient d'une herbe abondante et tendre.

— Mon patron est un sacré gaillard! déclara le Vieux. Il nous a déniché un paradis. Il y a même une vigne!

Remercions les dieux, installons-nous ici et, surtout, oublions la guerre.

Les membres du clan partageaient cet avis, lequel provoqua la fureur de Scorpion. Ses mains serrèrent le cou de son serviteur.

— Crois-tu détenir un pouvoir de décision, vieil imbécile ?

— Narmer... Regarde Narmer !

Les mains croisées à la hauteur de la poitrine, ce dernier était plié en deux, et ses cheveux se teintaient d'or, formant une sorte de crinière.

Scorpion l'empêcha de tomber.

— Es-tu souffrant ?

— Lion... Lion est mort, et son esprit vient de passer en moi.

- 56 -

À l'ombre d'un palmier, Gilgamesh dessinait ses branches en imaginant de chatoyantes peintures murales consacrées à ce jardin ensoleillé. Chargé de surveiller le prisonnier, le Vieux était prêt à l'étriper s'il tentait de s'enfuir; mais le Sumérien ne semblait pas désireux de quitter cet endroit délicieux ni de s'égarer dans le désert.

Adossé au tronc de l'arbre, goûtant du vin frais et un doux vent du nord, le Vieux espérait que le conseil de guerre renoncerait à reprendre Nékhen et se contenterait de couler des jours heureux au sein de l'oasis. La guerre était perdue, pourquoi ne pas l'admettre? Hélas! Scorpion était un obstiné... Seul Taureau, conscient de la situation, saurait dissiper les illusions et imposer son autorité. Les derniers membres de son clan n'aspiraient-ils pas à la tranquillité et au bien-être?

La récente transformation de Narmer était inquiétante. D'ordinaire calme et posé, il avait acquis une nouvelle envergure et ne semblait pas moins déterminé que Scorpion à poursuivre le conflit. Quelle folie! Malgré son courage, une poignée d'hommes et de bêtes serait terrassée par les Vanneaux, aux ordres du général Enki.

Se faire oublier : telle était la meilleure stratégie.

Les membres du conseil sortirent de la hutte de Taureau. À leur visage fermé, le Vieux comprit qu'ils n'avaient pas trouvé d'accord.

— Donne-moi à boire, exigea Scorpion.

— On ne bouge pas ?

— Mon plan et celui de Narmer paraissent délirants à Taureau et à Cigogne, mais nous aurions réussi à les convaincre si Chacal n'était pas intervenu. Avant toute décision, il exige que Narmer, héritier de l'esprit des clans disparus, franchisse les portes de granit.

Le Vieux blêmit.

— Elles ne s'ouvrent pas devant un humain !

— Puisque Narmer est réellement le dépositaire des puissances défuntes, il réussira.

— Tu n'y crois pas un instant !

— Narmer est mon frère, et nous avons déjà affronté l'impossible. À la veille de combattre les Sumériens, il doit surmonter cette épreuve.

— Et… s'il échoue ?

— Toi et moi, nous reprendrons Nékhen.

Effondré, le Vieux but une énorme goulée.

*

Neit et Narmer s'isolèrent à l'extrémité méridionale de l'oasis où sourdait une source. Comme tant de couples, ils auraient pu mener une existence normale, avoir des enfants, obéir à leur chef de clan et ne pas se soucier des décisions à prendre. Mais elle était prêtresse de Neit, et lui l'héritier de forces surnaturelles.

Longtemps séparés, à peine réunis, ils devaient à nouveau s'éloigner, peut-être pour toujours.

— J'approuve l'attitude de Chacal, déclara Narmer ; il souhaite lever ses doutes avant d'entreprendre une attaque insensée contre les Sumériens.

— C'est toi qui utilises le terme : insensée.

— L'Ancêtre m'a donné une mission, je tenterai de l'accomplir ; sa voix ne parle-t-elle pas à travers celle de Chacal ? Les portes de granit sont la prochaine étape de mon voyage... Et tu ne l'ignores pas.

Le coucher du soleil se parait de couleurs chaudes, incitant à la méditation ; main dans la main, leurs joues s'effleurant, ils savourèrent ce moment de bonheur. Et puis la lumière changea, virant au rouge sombre.

— Tu es la servante de la déesse ; puisse-t-elle me protéger.

— Narmer...

— Je n'ai pas le droit de renoncer.

Il quitta l'oasis. Chacal sortit de la pénombre et le guida en suivant une piste caillouteuse serpentant entre des monticules ; une brume recouvrait le désert, le froid engourdissait les membres. Un froid d'un autre monde.

Sous ses pieds, Narmer sentit de la pierre : un rivage de granit bordant une porte immense à deux battants, scellés de deux yeux hostiles.

Chacal s'écarta.

À Narmer de trouver le moyen de provoquer l'ouverture. Songeant à l'Ancêtre, aux heures passées à apprendre les signes de puissance, il présenta la paume de sa main, gravée d'une étoile à cinq branches. Ne servait-elle pas à écrire le mot « porte » ?

L'étoile flamboya, les battants s'écartèrent.

Un nuage de poussière aveugla Narmer. Patient, il attendit qu'il se dissipât ; le ciel et le sol semblèrent se mélanger, l'espace se dilata, le désert chavira. Surmontant sa crainte, maintenant sa paume ouverte, le voyageur continua d'avancer.

La nuée se déchira, la nuit s'illumina. Adoptant des lignes brisées, des rayons jaillirent de l'échine d'un animal au corps de panthère, aux ailes de faucon et à la tête de vautour. Son long bec courbé tenta de transpercer l'intrus qui, se jetant à terre, l'évita de justesse.

Poussant un hurlement de dépit, le griffon tournoya, à la recherche de sa proie. Désorienté, Narmer ne lui échapperait pas. S'il n'avait été que lui-même, sans doute aurait-il renoncé à ce combat inégal, en acceptant de mourir ; mais la bravoure d'Oryx et la fierté de Lion, se joignant à la puissance d'Éléphante, dissipèrent sa résignation. Doté du génie des clans évanouis, il n'avait pas à redouter le feu du griffon, créature préposée à la sauvegarde du désert et à la destruction des âmes errantes, avides de sang.

Lorsque le bec de vautour voulut de nouveau le frapper, Narmer passa en dessous et agrippa le cou du monstre ; ses ailes battirent, essayant de l'assommer. Tenant bon, le jeune homme coupa le souffle du griffon qui ne parvint pas à s'envoler et, vaincu, se coucha sur le flanc, en signe de soumission.

Le soleil se leva, la lumière absorba la bête ; ces quelques secondes de combat avaient duré, en réalité, une nuit entière. Narmer franchit les portes de granit dont les battants se refermèrent derrière lui avant de disparaître dans le sable. Achevant de se dilater, l'espace et le temps revinrent à la norme terrestre.

Chacal attendait le rescapé.

— J'ignore si le feu du griffon s'incarnera parmi nous.

— Comment le savoir ? demanda Narmer.

— En retournant à l'oasis.

Demeurant à la lisière du désert, Neit était restée éveillée. Baignée des clartés de l'aube, elle étreignit l'explorateur des contrées interdites.

— Hâtons-nous, ordonna Chacal ; les dieux vont prononcer leur sentence.

Les premières lueurs atteignaient le refuge du clan Taureau, animaux et humains s'éveillaient. Incapable de dormir, Scorpion avait ressenti l'intensité du combat de son frère et savait qu'il avait triomphé.

— Chacal doute encore, lui confia Narmer ; il guette un signe.

Accompagnée de son veau, la vache, que le dernier représentant du clan Coquillage avait protégée de toute atteinte, quémanda une caresse. La beauté et la douceur de son regard émerveillaient Gilgamesh qui en dressait un portrait quotidien.

Les grands yeux noirs se teintèrent d'or, la robe de la vache se couvrit d'étoiles et son veau devint une source de lumière, semblable au soleil renaissant. Des rayons jaillirent des cornes, la mère et le rejeton s'élevèrent vers le ciel et disparurent au cœur de l'astre du jour.

— Le griffon t'a ouvert le chemin, constata Chacal en dévisageant Narmer ; désormais, tu seras nourri du lait des étoiles.

Le cri perçant de l'oie gardienne fit sursauter l'assemblée.

Scorpion fut le premier à saisir une massue, suivi de fantassins et d'archers ; les aboiements des chacals, babines retroussées et crocs apparents, dissuadèrent les attaquants d'approcher.

« Piètres adversaires », estima Scorpion, en apercevant les soldats de Lion, assoiffés, peinant à mettre un pied devant l'autre, précédés d'un chacal dont la présence apaisa ses congénères.

Un officier jeta son arme en forme de griffe.

— Lion est mort à Abydos, déclara-t-il ; notre guide nous a conduits jusqu'à vous. Acceptez notre soumission et la dépouille de notre chef.

Deux fantassins présentèrent une peau brune se terminant par une crinière flamboyante.

— Elle revient à Narmer, jugea Scorpion ; nous jurez-vous fidélité ?

La main sur le cœur, les soldats du chef s'agenouil-
lèrent, tête penchée. En se revêtant de la peau du fauve,
Narmer s'imprégnait de sa force, s'ajoutant à celle du
griffon. Même Scorpion fut impressionné ; son frère
acquérait une stature nouvelle, et Taureau accepterait
de combattre l'ennemi, à un contre cent.

Face à Narmer, Gilgamesh s'inclina.

— Je ne regrette plus d'avoir parlé, déclara le Sumérien ; Enki a commis une faute impardonnable en
attirant l'aspect maléfique de la Grande Déesse. Seule la
destruction du vase t'offrira une chance de victoire ; en
le brisant, tu rétréciras l'âme d'Enki. Elle s'étouffera.

- 57 -

Ni Taureau ni Cigogne ne croyaient à la réussite du plan de Narmer et de Scorpion, mais Chacal affirma que le franchissement des portes de granit et la soumission des soldats de Lion ouvraient la voie à un combat décisif.

— J'attaquerai les bateaux sumériens en compagnie de Nageuse et d'un commando expérimenté qui a fait ses preuves en éventrant les reptiles de Crocodile, annonça Scorpion. L'effet de surprise nous procurera l'avantage. Ensuite, à nous d'agir très vite.

— Les marins vous abattront ! objecta Taureau.

— Ils n'en auront pas le temps, la panique les desservira. En nous rendant maîtres de cette flotte, nous garantirons le succès de ton offensive terrestre.

— Les survivants du clan de Lion et du mien opposés à des milliers de Vanneaux qu'encadrent des Sumériens aguerris ! Nous serons tous massacrés.

— Non, si je réussis à détruire le vase maléfique, intervint Narmer.

— Comment pénétreras-tu dans Nékhen ? interrogea Cigogne.

— En affrontant Enki.

— Nos tâches sont réparties, estima Scorpion ; cessons de tergiverser. À toi, Taureau, de décider.

Cigogne préféra baisser les yeux.

— Nous agirons demain, décréta le chef de clan.

*

— Tu commanderas l'arrière-garde formée de vété-
rans et de blessés, dit Scorpion au Vieux; et veille sur le
prisonnier. Si nous échouons, improvise.

— Je t'ai sauvé la vie, tu dois m'emmener!

— Te crois-tu capable de nager sous l'eau et de
grimper à l'assaut des bateaux sumériens?

— L'eau, ce n'est pas mon élément. Ne commets-tu
pas une folie?

— Ce ne sera pas la dernière; montre-toi à la hauteur, le Vieux.

Scorpion se rendit à l'infirmerie qu'avaient installée
Neit et Cigogne, disposant à nouveau d'onguents
qu'elles préparaient en utilisant les plantes de l'oasis. La
prêtresse de Neit tenait à enduire les nageurs de manière
à les protéger des agressions extérieures.

Scorpion offrit son corps nu aux mains de Neit qui le
recouvrit entièrement d'une pommade brune aux senteurs suaves; Nageuse et les membres du commando
subirent le même traitement.

— Je vous accompagne, décida Fleur.

— À quoi me servirais-tu? s'étonna Scorpion.

— J'assurerai l'intendance, je porterai les sacs contenant des onguents.

— Le trajet ne sera pas de tout repos; si nous sommes
vaincus, les Sumériens ne t'épargneront pas.

— Si tu es tué, pourquoi continuerais-je à vivre?

— À ta guise, Fleur.

La gorge serrée, le Vieux regarda partir Taureau et
son armée, Narmer, Neit et Vent du Nord, Scorpion,
Fleur, Nageuse et ses plongeurs. La vie était douce dans
l'oasis, l'avenir paraissait assuré, et cette maudite guerre
rompait ce bel équilibre!

350

Chacal et les siens protégeraient la minuscule communauté, Cigogne continuerait à soigner blessés et malades.

— Il n'existait pas d'autre solution, estima Gilgamesh ; Enki ne nous aurait pas laissés en paix. Ses soldats nous recherchent et auraient fini par nous trouver.

— Vu les circonstances, prophétisa le Vieux, je vais préparer notre évacuation vers le sud. Un moment propice pour t'échapper ! Dépêche-toi, avant que je change d'avis.

— Je reste, décida Gilgamesh, et je te conseille de m'imiter. Moi, je me rends auprès du Maître du silex et nous parlerons technique en espérant la victoire des nôtres.

— Ben ça, marmonna le Vieux, ben ça...

*

À l'approche de Nékhen, il fallut se séparer. Avoir évité les patrouilles sumériennes était déjà une sorte de miracle ; quant à la suite des opérations, mieux valait oublier le risque.

Taureau, Scorpion et Narmer se concertèrent.

— Vous obstinez-vous ? leur demanda le chef de clan. Ils acquiescèrent.

— J'ai appris à vous apprécier, reconnut Taureau, et je suis fier de vous avoir à mes côtés. Naguère, je régnais sur un vaste territoire où mes sujets connaissaient la prospérité ; en m'obéissant, ils n'avaient rien à redouter de l'avenir. Malheureusement, j'ai été aveugle et me suis montré trop confiant en la supériorité de mon armée, sans percevoir le complot unissant Lion à Crocodile et leur volonté de rompre notre pacte de paix. Et j'ai eu le tort de croire que la guerre des clans, rapide et facile, rétablirait l'harmonie. Aujourd'hui, je prends conscience de mes erreurs, mais inutile de sombrer dans les regrets. Combattre est la seule voie et, grâce à vous deux, les dieux aideront le clan Taureau à mourir dignement.

L'imposant personnage donna l'accolade à ses lieutenants, puis rejoignit le général Gros-Sourcils, très nerveux.

— Seigneur, nous courons au désastre !

— Tu n'auras pas entraîné nos troupes pour les voir sommeiller la journée durant ; il est temps de prouver notre valeur. Mon clan n'a peur ni des Vanneaux ni des Sumériens. En avant, Gros-Sourcils.

Contraint de marcher en tête et d'encaisser le premier choc, le général ne trouverait pas aisément l'occasion de s'enfuir ; maudissant Taureau, il harangua ses fantassins.

*

— Taureau attirera le gros de l'ennemi, dit Scorpion à Narmer, et moi, je m'occuperai de l'équipage des bateaux ; néanmoins, Nékhen ne sera pas vidée de ses défenseurs. Comment y pénétreras-tu ?

— Neit sera mon alliée, nous présenterons une offrande qui suscitera l'intérêt d'Enki. Pourquoi se méfierait-il d'un couple inoffensif ?

— Elle est vraiment amoureuse de toi !

— Nageuse ne prend-elle pas un maximum de risques ?

— Cette Vanneau défie son destin et savoure chaque instant comme si c'était le dernier... Toi et Neit, c'est différent. Nous aurions pu bâtir un autre monde, et ces Sumériens ravagent nos rêves !

— Nous ne sommes pas encore vaincus.

— Tu as raison, mon frère ! Ce soleil écrasant me plaît... À bientôt, Narmer.

Le groupe de nageurs de combat réussirait peut-être à gagner le fleuve sans être repéré ; il se heurterait à forte partie et n'aurait qu'une infime chance de réussir.

Restés seuls, Narmer et Neit apercevaient, au loin, les murailles de Nékhen.

— J'ai eu tort de solliciter ton aide, estima-t-il ; tu dois survivre à ce carnage. Retourne à l'oasis, je t'en prie.

— Quelle est ta nouvelle stratégie ?

— J'escaladerai une muraille et je briserai le vase maléfique.

— Bien entendu, les archers sumériens oublieront de tirer.

— Certaines parties des remparts sont moins surveillées et...

— Cesse d'inventer des fables, Narmer ; seul, tu cours au suicide, et ton sacrifice sera inutile. Si le général sumérien nous estime inoffensifs, il ouvrira la porte de la cité. Sinon, nous serons abattus et mourrons ensemble.

— Neit...

— Telle est ma volonté. N'avons-nous pas eu le privilège de connaître le bonheur ?

Ils s'étreignirent intensément, leurs lèvres se séparèrent à regret.

Une chaleur anormale accablait la région de Nékhen, rendant les efforts pénibles ; la tâche des combattants n'en serait que plus difficile.

Narmer fit appel à l'esprit des clans qui vivait en lui ; n'avaient-ils pas affronté le danger au mépris de leur propre existence ?

Il avait été long et semé d'embûches, le chemin menant du territoire marécageux du clan Coquillage à la place forte du Sud, tombée entre les mains d'envahisseurs décidés à imposer leurs lois. Se voir confier une mission par l'Ancêtre, devenir le frère de Scorpion, être aimé de Neit... D'immenses joies avaient illuminé la vie du voyageur de l'impossible.

Les deux jeunes gens prirent la direction de Nékhen, sous la conduite de Vent du Nord.

- 58 -

Assis sur la berge, le garde sumérien épongea son front trempé de sueur, espérant que la relève ne tarderait pas.

Ce fut sa dernière pensée.

La lame en silex du couteau de Scorpion l'égorgea.

La voie libérée, les membres du commando se glissèrent dans le fleuve. Répartis en quatre groupes, ils nagèrent sous l'eau pour atteindre leurs objectifs, les bateaux sumériens. Cachée au sein des roseaux, Fleur attendait les éventuels survivants.

Scorpion se chargeait du navire amiral, Nageuse du plus gros bâtiment, servant au transport ; mille fois répétés, les gestes furent effectués avec rapidité et précision.

À cause de la canicule, la plupart des marins sommeillaient, et la surveillance était réduite au minimum ; qu'avaient à redouter les équipages ? Il ne subsistait qu'un groupuscule de résistants, terrés au fond du désert, que des patrouilles extermineraient tôt ou tard.

En bâillant, le préposé au contrôle de l'ancre traînait des pieds afin d'accomplir sa tâche : au moment où il se penchait, il vit la tête de Scorpion sortir de l'eau mais n'eut pas le temps de donner l'alerte, car un javelot lui transperça la gorge.

Suivant leur chef qui bondit sur le pont, les nageurs surprirent les Sumériens assoupis. Seul le capitaine, jaillissant hors de sa cabine, opposa une résistance ; de ses poings réunis, Scorpion lui brisa la nuque.

Le silence surprit les vainqueurs, maîtres du navire amiral.

— Bandez les arcs et tirez ! ordonna Scorpion.

Le bateau voisin faisait l'objet d'une lutte féroce : les archers remplirent un rôle décisif, éliminant les marins regroupés à la poupe. S'inspirant de cet exemple, les nageurs prirent à leur tour pour cibles les Sumériens du troisième bateau, menaçant de terrasser leurs adversaires.

Nageuse jouait de malchance. L'homme de proue avait repéré les assaillants à l'instant où ils sortaient du fleuve, et les marins, brutalement réveillés, s'étaient emparés de leurs piques aux lames de bronze. Le corps à corps s'engagea, d'une absolue férocité ; la Vanneau montra l'exemple, fouillant les chairs de son poignard, insensible aux multiples blessures que lui infligeaient les Sumériens. Ivre de fureur, ne songeant qu'à frapper, Nageuse percuta le capitaine qui tentait de se réfugier dans sa cabine ; affolé, il essaya d'étrangler cette femelle déchaînée. D'un coup de genou porté au menton, elle se dégagea et, de toutes ses forces, l'éventra.

Redoutant l'irruption d'un autre marin, elle se retourna.

Des cadavres entremêlés encombraient le pont ; Nageuse était l'unique survivante. Un voile noir obscurcit sa vue, elle se sentit soudain au bord du malaise. Ayant perdu beaucoup de sang, elle n'était plus en état de combattre. Les onguents que Cigogne avait confiés à Fleur fermeraient les plaies. La Vanneau plongea, l'eau calma les brûlures.

Scorpion et les siens livraient une lutte acharnée à bord du dernier bateau sumérien présentant encore une résistance ; une surprenante victoire se dessinait.

Heureuse, Nageuse atteignit la rive; Fleur quitta l'abri des roseaux.

— Aide-moi, supplia la Vanneau, je suis épuisée.

Les yeux vides, Fleur brandit une lame de silex et perfora la poitrine de la rivale qui l'avait humiliée. Rageuse, elle la piétina.

Au même moment, Scorpion poussa un cri de triomphe d'une violence inouïe.

ᐞ

L'armée de Taureau avait belle allure; au premier rang, les fantassins de Lion. Ayant retrouvé leur fierté, ils étaient pressés d'en découdre. Leur présence sema un vent de panique chez les Vanneaux disposés à l'ouest de la place forte; des officiers sumériens peinèrent à rétablir la discipline.

— Cette masse est incapable de manœuvrer, jugea le chef de clan; nous l'enfoncerons au centre et nous harcèlerons ses flancs. Les Vanneaux se marcheront dessus!

Le taureau brun-rouge, les naseaux fumants, se porta à la hauteur de son maître; sur la tête du monstre se posa l'abeille de Neit, venue l'oindre du miel de la déesse.

Taureau caressa l'encolure de son meilleur guerrier.

— Cette bataille n'est peut-être pas perdue, Gros-Sourcils!

Malgré les admonestations des gradés, les Vanneaux peinaient à s'organiser, et des consignes contradictoires fusaient.

Le grand mâle brun-rouge ne résista pas à l'attrait du combat; en s'élançant, il répandit une onde de frayeur. Les hurlements des premiers Vanneaux encornés provoquèrent la dislocation de leurs rangs.

Et Taureau s'engouffra dans la brèche.

*

Vent du Nord précédait Neit, portant l'étoffe sacrée de la déesse, et Narmer, une jarre de vin.

Des soldats sumériens les encadrèrent.

— Laissez-nous passer, ordonna la prêtresse ; nous apportons des offrandes au général Enki.

Un âne et un couple désarmé… Un gradé accepta de prévenir le chef suprême qui finissait d'inspecter les locaux réservés à sa garde rapprochée. Intrigué, Enki, accompagné de deux lionnes enchaînées, accepta d'écouter ces solliciteurs.

Et la grande porte de Nékhen s'entrouvrit.

Les fauves feulèrent, Vent du Nord s'immobilisa ; Neit et Narmer s'inclinèrent, respectueux.

La beauté de la femme éblouit Enki.

— Ton nom ?

— Je suis la prêtresse de la déesse Neit et je te présente cette étoffe en signe de soumission des derniers résistants ; mon serviteur, afin d'honorer ta grandeur, t'apporte cette jarre de vin. Cet âne vigoureux t'appartient, lui aussi.

Enki tourna autour du trio.

Était-ce la fin du conflit et la reconnaissance de sa victoire ?

— Quand les rebelles se rendront-ils ? interrogea le général.

— Si tu leur accordes la vie sauve et si tu leur permets de travailler pour toi, ils déposeront les armes aujourd'hui même.

— Accordé.

Dès que la colonne des vaincus approcherait de Nékhen, Enki ordonnerait de les massacrer.

— Toi, dit-il à Narmer, bois un peu de ce vin.

Le jeune homme obéit sans hésitation et s'accorda une belle rasade ; ce comportement rassura le Sumérien, craignant d'être empoisonné. Ce couple inoffensif venait bien lui signifier la reddition de l'ennemi; il offrirait le garçon à ses lionnes et la fille à ses officiers.

Tête basse, portant l'étoffe à bout de bras, Neit gardait une attitude soumise.

Narmer comprit pourquoi le général était un adversaire redoutable. Froid, méfiant, déterminé, il ne laissait rien au hasard; en lui, toute joie s'était éteinte et le désir de domination, à n'importe quel prix, brûlait son âme.

Le moment décisif approchait. D'un geste, Enki pouvait décréter la mort des porteurs d'offrandes; mais il commit l'erreur qu'escomptait la prêtresse.

— En dépit du talent de nos tisserands, je n'avais jamais contemplé une étoffe d'un tel raffinement; remets-la-moi, jeune fille.

À peine les doigts du Sumérien commettaient-ils le sacrilège de toucher l'étoffe de la déesse qu'en jaillirent des rayons rouges en forme de flèches croisées qui lui transpercèrent le buste.

Stupéfait, Enki eut la force de brandir son épée, avec l'intention de décapiter cette magicienne, occupée à recueillir la précieuse étoffe.

Abattant la lourde jarre, Narmer acheva le conquérant.

Éberlués, les gardes s'empressèrent de détacher les lionnes; au lieu de s'enfuir, le jeune homme s'avança vers elles.

— Reconnaissez-moi, je suis votre maître! En moi survit l'esprit de Lion, le chef de votre clan! En m'obéissant, vous continuerez à le servir.

Gueules ouvertes, griffes sorties, regards furieux, les lionnes se disposèrent de part et d'autre de Narmer, se dressèrent et posèrent leurs pattes sur ses épaules, se gardant de le blesser.

— C'est lui le maître des animaux, s'exclama un officier sumérien, il a terrassé Enki! Rendons-nous ou bien les fauves nous massacreront!

L'un de ses collègues refusa d'écouter l'avertissement et fonça, lance pointée en direction de Narmer; d'un seul bond, les lionnes brisèrent sa course, et le lacérèrent avant de revenir auprès de leur seigneur.

Les soldats jetèrent leurs armes et se tassèrent dans un coin de la forteresse, redoutant la colère du mage, incarnation du dieu suprême.

Narmer interpella l'officier qui avait reconnu la défaite des Sumériens.

— Où Enki a-t-il dissimulé le vase maléfique?

— À l'intérieur de la grande tombe décorée... Personne ne peut y toucher!

— Je vais le briser et j'en piétinerai les fragments devant vous tous.

Laissant les prisonniers sous la surveillance des lionnes, Narmer et Neit forcèrent la porte de la sépulture, marquée au sceau d'Enki.

L'atmosphère était presque irrespirable, un halo jaunâtre empêchait de distinguer les parois.

— Cet endroit est dangereux, jugea la prêtresse.

— Si nous ne détruisons pas le vase, cette victoire ne sera qu'un trompe-l'œil, et la malédiction d'Enki aura survécu à sa mort.

— Ce que je ressens est effroyable... Le général a capté la violence des ténèbres! Il ne souhaitait pas le bonheur de son peuple, mais sa destruction et celle de notre pays. Nul ne devait lui survivre. Seule l'étoffe sacrée réussira peut-être à supprimer les émanations de cette bouche d'enfer.

— À moi de repérer le vase; ensuite, tu agiras.

— Trop risqué! Ce brouillard t'asphyxiera et...

Narmer s'était déjà élancé. Vite, le souffle lui manqua, et sa vue se brouilla; faisant appel aux capacités de la

360

chouette dont il avait hérité lors de sa première épreuve, il réussit à distinguer le réceptacle des forces démoniaques.

— Ici ! cria-t-il en levant le bras, avant de perdre connaissance.

Traversant à grandes enjambées l'espace embrumé et bloquant sa respiration, Neit parvint au but et enveloppa le vase orné d'une bouche tordue et d'yeux globuleux, disposés à des hauteurs différentes. Une vapeur malodorante s'en dégagea, le halo se dissipa, la jeune femme respira normalement.

Narmer gisait, inconscient.

— Reviens, supplia-t-elle, reviens-moi !

- 59 -

Scorpion s'était rendu maître des quatre bateaux sumériens ancrés à proximité de Nékhen ; en prime, les arcs et les épées aux lames de bronze ! Pas un ennemi n'avait survécu, et il ne subsistait qu'une vingtaine de membres du commando, plus ou moins valides.

— À l'aide ! implora une voix féminine.

Scorpion aperçut Fleur, sur le point de couler, maintenant hors de l'eau la tête de Nageuse.

Il plongea et, ne se déplaçant qu'avec ses jambes, ramena à terre les deux femmes.

Fleur vomit, Nageuse demeura inerte.

— Elle est morte, constata Scorpion.

— Je l'ai vue tomber d'un bateau, affirma Fleur en hoquetant, et j'ai tenté de la sauver.

— Son corps est parsemé de blessures… Nageuse s'est bien battue ! Suis-moi, nous regagnons le navire amiral.

*

Le commandant sumérien se rendit à l'évidence : Taureau, ses bêtes sauvages et ses guerriers surexcités se frayaient un chemin à travers la masse des Vanneaux, incapables de leur résister.

— Ces pouilleux ne savent pas se battre, déplora-t-il ; envoie un messager à Nékhen, que nos bateaux se déplacent et que le général Enki nous procure des renforts sumériens. Il ne nous faudra pas longtemps pour briser l'ultime offensive des résistants.

Taureau s'en donnait à cœur joie ; à coups de massue, il faisait le vide autour de lui, et le monstre brun-rouge, aux cornes dévastatrices, continuait à éclaircir les rangs des Vanneaux.

La manœuvre réussissait : enfoncés au centre et harcelés sur leurs flancs, les alliés des envahisseurs réagissaient de façon désordonnée. Comme les fantassins de Lion prenaient un plaisir particulier à tuer les officiers, la chaîne de commandement était rompue.

Le général Gros-Sourcils ne cédait pas à l'illusion ; cette percée ne constituait qu'un succès dérisoire. La contre-offensive d'Enki la réduirait à néant.

Alors que Taureau reprenait son souffle, Gros-Sourcils lui planta un poignard entre les épaules et s'éloigna en courant, rameutant ses fantassins afin de poursuivre l'assaut. Au moment opportun, il révélerait à Enki sa participation au triomphe sumérien.

Malgré l'atroce souffrance, le chef de clan arracha le dard et continua d'avancer. Si près du succès, pas question de renoncer.

*

Le messager était décomposé.

— Impossible d'entrer à Nékhen, déclara-t-il.

— Pour quelle raison ? s'étonna le commandant.

— Des lionnes interdisent l'accès de la cité, il n'y a plus un seul archer sur les remparts. Et nos bateaux sont aux mains des insurgés qui ont abattu mon escorte !

— Enki s'est enfui, murmura le commandant, consterné ; le général nous a abandonnés ! J'ordonne la retraite.

Lorsque Scorpion, maniant sa lourde massue, accentua la déroute des Vanneaux, les derniers Sumériens, démoralisés, implorèrent grâce. Le jeune guerrier ne la leur accorda pas ; à ceux-là de payer la mort de Nageuse.

Une foule de Vanneaux tenta de se réfugier dans ses repaires habituels, les massifs de roseaux des bords du Nil, mais un adversaire leur barra le chemin : Narmer, accompagné de ses deux lionnes, d'une meute de hyènes affamées et du griffon du désert. Le maître des animaux lança ses troupes contre les fuyards, et les fauves opérèrent un carnage.

Sauvé par la magie de Neit, Narmer lui avait confié la garde de Nékhen ; assistée d'un groupe de lionnes libérées de leurs cages, elle ne redoutait pas la garnison sumérienne démobilisée, ne quittant pas du regard le cadavre du général Enki et les débris du vase maléfique qu'avait piétinés Narmer avant de rejoindre le lieu de l'ultime affrontement.

La masse des Vanneaux s'éparpillait, l'armée de Taureau remportait une victoire éclatante. Abasourdi, le général Gros-Sourcils ne comprenait pas comment un tel miracle avait pu se produire, tant la supériorité des Sumériens et de leurs alliés était évidente. L'assassin de Taureau se félicitait d'avoir utilisé un poignard à la lame de bronze qui prouvait la culpabilité de l'ennemi.

La fureur s'apaisait, les vaincus se jetaient à terre, réclamant pitié ; sous l'impulsion de Scorpion, dont la colère ne retombait pas, bien des existences furent tranchées.

Le rire des hyènes, quittant le champ de bataille après s'être rassasiées, interrompit l'élan de Scorpion.

Face à lui, Narmer.

— C'est terminé, mon frère.

— Terminé...

Scorpion regarda autour de lui. Des morts, des blessés, de la souffrance, des râles...

— Nékhen ?

365

— Nous l'avons conquise, le vase maléfique est détruit.

La massue s'abaissa.

— Où se trouve Taureau ? s'inquiéta Narmer.

L'agressivité de Scorpion se dissipa ; lui aussi éprouva une brutale angoisse.

Gros-Sourcils accourut à leur rencontre.

— Venez vite, Taureau est gravement atteint !

Le chef de clan gisait au milieu du champ de bataille, surveillé par le grand mâle brun-rouge, couvert de plaies.

— Qu'on envoie chercher Cigogne, exigea Narmer.

Livide, Taureau respirait encore.

— Un Sumérien m'a frappé dans le dos, indiqua-t-il en montrant le couteau à lame de bronze ; nous sommes vainqueurs, n'est-ce pas ?

— Nous le sommes, confirma Narmer, et le Sud appartient à ton clan.

Un faible sourire anima le large visage, inondé d'une mauvaise sueur.

— Transportez-moi à Nékhen.

— Ne faudrait-il pas attendre Cigogne ?

— Je veux revoir ma capitale avant de mourir.

— Elle te guérira, tu…

— Hâtons-nous, Narmer.

On confectionna un brancard, et il ne fallut pas moins de vingt hommes pour soulever la lourde carcasse de Taureau ; tout en adoptant un rythme soutenu, ils tentèrent d'éviter les mouvements brusques qui faisaient grimacer leur chef.

En voyant Narmer, les lionnes se couchèrent et libérèrent le passage ; Neit accueillit le convoi, la revoir soulagea Taureau.

Le brancard fut déposé sur le seuil de la résidence qu'avait occupée Taureau. À l'ombre, goûtant cette immense victoire, il se sentit mieux, comme si la vie ne consentait pas à le quitter.

— Inutile de me soigner, dit-il à Neit, la blessure est trop grave. Demande à mon clan de m'entourer.

Les vainqueurs s'approchèrent, Narmer et Scorpion à leur tête; déjà, l'on s'interrogeait : quel serait le successeur du chef agonisant?

— Naguère, déclara-t-il, j'aurais désigné le nouveau maître du clan; mais les temps ont changé, le pays aussi; il revient aux dieux et aux puissances célestes de choisir celui qui tentera de libérer le Nord, mon ancien territoire. Puisse ma mort être le ferment de cet exploit.

Un battement d'ailes fit se lever les yeux. L'immense vautour, la mère protectrice de Nékhen, survolait la cité; dans ses serres, elle tenait un objet reflétant la lumière du soleil, une couronne blanche de forme allongée et se terminant par une sorte de bulbe. Après avoir décrit sept cercles au-dessus de sa ville, le rapace la déposa aux pieds de Cigogne et de Chacal qui venaient de franchir le seuil de la grande porte. Ressentant la souffrance de Taureau, la vieille dame avait depuis longtemps quitté l'oasis afin de le rejoindre, en compagnie de Chacal et des siens.

Les trois chefs de clan alliés, rescapés d'une guerre meurtrière, se trouvaient réunis avant le départ du plus puissant d'entre eux.

— Ne tente pas de me donner le moindre espoir, recommanda-t-il à Cigogne; toi et moi savons que mes instants sont comptés. Tu m'as toujours soutenu et souvent empêché de commettre des erreurs; je te souhaite de revoir nos terres du Nord.

Chacal présenta la couronne blanche à Taureau.

— Un roi... un roi doit naître!

Le grand mâle brun et rouge, paisible, s'avança en direction de Narmer et, au moment où le vautour femelle planait au-dessus de lui, s'agenouilla, cornes baissées.

— Que Narmer soit couronné roi du Sud, ordonna Taureau en se redressant pour contempler le rite.

Chacal et Cigogne posèrent lentement le symbole de son nouveau pouvoir sur la tête du jeune homme, tétanisé.

L'assistance eut le souffle coupé, chacun percevant la naissance d'un monde inconnu aux dimensions imprévisibles.

Les nombreux partisans de Scorpion furent surpris ; étant donné son engagement et ses capacités, n'aurait-il pas dû être désigné comme chef suprême ? Mais les dieux avaient parlé, et nul ne remettait en cause la légitimité du premier roi du Sud. Scorpion demeura impassible, ne manifestant aucune émotion. À l'exemple du taureau sauvage et des autres participants à cette extraordinaire cérémonie, il s'agenouilla, reconnaissant ainsi la souveraineté de Narmer.

Alors, la couronne devint si lumineuse et si brillante que les sujets du monarque furent contraints de fermer les yeux.

Ses dernières forces épuisées, Taureau s'allongea et cessa de lutter.

— Je vivrai en toi, Narmer, promit-il.

- 60 -

Personne n'avait repéré l'espion de Crocodile qui, depuis sa cachette, suivait la cérémonie du couronnement ; ne souhaitant pas prendre davantage de risques, il quitta Nékhen dès qu'il fut assuré de la mort de Taureau et, utilisant le courant, nagea jusqu'au repaire de son chef.

Crocodile écouta attentivement le rapport détaillé de l'espion.

Taureau décédé, Cigogne très âgée, Chacal ne disposant que de faibles troupes, le roi Narmer à la tête d'une armée dérisoire... L'élimination des Sumériens et la soumission des Vanneaux ne conféraient à cette coalition qu'un avantage provisoire.

Les autres rapports, émanant des émissaires de Crocodile infiltrés au Nord, se montraient éloquents : les conquérants libyens affichaient une puissance militaire inégalable.

Soit Narmer serait assez fou pour les attaquer, soit les Libyens envahiraient le Sud ; dans les deux cas, le roitelet et ses fidèles seraient massacrés.

Crocodile devait anticiper et tirer parti de la situation.

*

L'humeur sombre, Ouâsh, le guide suprême, remâchait sa hargne à l'encontre de Neit, la magicienne qui avait osé le bafouer. Et quand le maître adulé des Libyens avait l'humeur sombre, il prenait des otages parmi les vaincus et les torturait des heures durant afin de retrouver son calme.

Jamais il ne renoncerait à se venger. Il remettrait la main sur cette prêtresse et lui infligerait les pires sévices; nul ne se moquait impunément du guide suprême.

La conquête du Nord était un total succès; remarquable administrateur, Piti mettait les indigènes en coupe réglée, leur imposait un maximum de servitudes et offrait aux Libyens une existence agréable. D'excellentes nourritures, des femelles à foison, des huttes confortables, des fortins imprenables... la gestion du territoire conquis se révélait parfaite.

Ikesh, le géant nubien, veillait à éradiquer la moindre tentative de révolte. La présence de sa police décourageait les rares esclaves prônant la résistance, et le colosse procédait à de fréquentes exécutions d'innocents, en présence de villageois forcés à se rassembler, de manière à prouver que sa vigilance ne se relâchait pas. Répandre la terreur n'était-il pas le meilleur moyen d'asservir une population?

Pourtant, le guide suprême n'était pas satisfait. Pourquoi se contenter de posséder le Nord, alors qu'il se sentait capable d'envahir le Sud? Un élément décisif lui manquait : l'information. Comment évoluait la guerre des clans, un vainqueur s'affirmait-il? Malgré les réticences de Piti, redoutant un échec, Ouâsh songeait à envoyer un bataillon pour obtenir des réponses.

Son fidèle serviteur interrompit le cours de ses réflexions.

— Seigneur, une étrange requête : un délégué du clan Crocodile prétend que son chef désire vous rencontrer de toute urgence afin de vous relater des faits essentiels. À mon avis, il s'agit d'un piège grossier.

« Ou bien d'une opportunité ? » pensa Ouâsh, perplexe.

— Le lieu de cette rencontre ?

— Le délégué propose l'emplacement de l'ancienne forteresse de Taureau.

— Des conditions ?

— Aucune.

— J'accepte.

— Seigneur, je...

— Qu'Ikesh rassemble les soldats de ma garde privée à laquelle s'ajoutera une escouade d'archers d'élite.

*

Envahies d'herbes folles, les ruines étaient sinistres ; tendus, les Libyens se déployèrent. Pas d'ennemi en vue.

Crocodile s'était-il moqué d'Ouâsh ?

Le guide suprême tint à parcourir les misérables vestiges de l'orgueilleuse place forte ; dérangées, des corneilles s'envolèrent.

— Je t'attendais, dit une voix sourde.

Aussitôt, des fantassins entourèrent le guide suprême et brandirent leurs piques.

Enjambant un muret à demi effondré, un être étrange apparut. Le front bas, le nez proéminent, la peau calleuse, il effrayait.

— Es-tu venu seul ? s'étonna Ouâsh.

— Mes reptiles ne sont pas loin. Personne ne doit entendre nos propos.

Le Libyen acquiesça ; d'un geste, il ordonna à ses hommes de reculer.

— Tiens-tu à savoir ce qui se passe dans le Sud ? demanda Crocodile.

Ouâsh eut un regard suspicieux.

— Que souhaites-tu en échange ?

— Une alliance honnête.

— Toi, un chef de clan, te soumettre…

— Pas me soumettre, rectifia Crocodile : m'allier.

Le guide suprême était habitué à jauger ses interlocuteurs ; celui-là lui parut particulièrement dangereux.

— Mon armée pourrait écraser tes troupes, rappela le Libyen.

— De toute mon existence, je ne me souviens pas d'avoir eu une telle envie de rire ! Mes reptiles ignorent les frontières, et tes meilleurs éléments ne les empêcheront pas d'agir. Si tu refuses ma proposition, je te pourrirai l'existence à un point que tu n'imagines pas ; et j'accorderai mon aide à tes ennemis. Te vaincre ? Sans doute pas ; mais te nuire, certainement. Et l'accumulation de tes petites défaites suscitera chez tes esclaves un sentiment de révolte ; comment prévoir l'issue de ces perturbations ?

— Du chantage ?

— Exactement.

Ouâsh appréciait l'aplomb de ce provocateur dont les arguments ne manquaient pas de pertinence.

— Prétendrais-tu me dicter ma conduite ?

De l'ongle de son pouce gauche, Crocodile gratta la peau calleuse de son avant-bras.

— Loin de moi cette idée ! Décide-toi : soit nous collaborons, soit nous nous affrontons.

Le guide suprême détestait être mis au pied du mur, et jamais quiconque n'avait osé lui parler sur ce ton ; cependant, on n'écrasait pas du talon un être de la trempe de Crocodile. À cet instant, le Libyen prit conscience de la puissance d'un chef de clan ; l'éconduire ne serait-il pas une erreur fatale ? Difficile de l'abuser, mais Ouâsh avait résolu des problèmes plus ardus. Il devait inspirer une relative confiance à cet allié de circonstance en utilisant ses compétences avant de l'abattre.

— J'accepte ta proposition, Crocodile ; renseigne-moi, et ton clan survivra.

— Survivre ne me suffira pas ; j'exige le respect de mes territoires, tout au long du fleuve. J'y assurerai l'ordre.

Ouâsh prit le temps de la réflexion.

— Entendu, Crocodile, tu as la parole du guide suprême des Libyens. Maintenant, je t'écoute.

Le chef de clan s'assit sur le muret et garda les yeux mi-clos.

— Des Sumériens, venus du lointain pays des deux fleuves, ont envahi le Sud.

Ouâsh fut stupéfait.

— Taureau n'aurait-il pas réussi à les repousser ?

— La victoire des Sumériens fut de courte durée, car les troupes des alliés, Taureau, Chacal et Cigogne, bien qu'inférieures en nombre à l'armée adverse, comprenant des milliers de Vanneaux, ont repris la ville de Nékhen.

— Taureau est donc plus puissant que jamais !

— Taureau est mort.

— Alors... qui détient le pouvoir ?

— Les dieux ont couronné roi du Sud un jeune homme, Narmer ; ni Chacal ni Cigogne ne contestent son autorité, mais des failles se produiront peut-être.

— Ce Narmer a-t-il décidé d'attaquer le Nord ?

— Je ne connais pas ses intentions.

— Découvre-les, Crocodile, et préviens-moi !

— Si tu respectes notre pacte, je te ferai parvenir les rapports de mes espions.

— Je te le répète, tu as la parole du guide suprême.

— En ce cas, notre collaboration sera efficace, et nous éliminerons nos ennemis.

Silencieux et rapide, Crocodile s'éclipsa, laissant le Libyen perplexe. Menteur inné et méprisant la parole donnée, il était certain que cet allié, redoutable et incontrôlable, ne lui avait pas tout dit et qu'il tenterait de le manipuler. À cc jeu-là, Ouâsh était passé maître.

- 61 -

Les funérailles de Taureau, conduites par Narmer et placées sous la protection de la déesse Neit qu'invoquait sa prêtresse, furent le premier acte solennel du règne. Accompagné d'un taureau mort au combat, d'une vache et d'un veau recouverts d'onguents et de bandelettes, le chef de clan reposait dans une tombe aux murs tapissés de nattes de roseau.

Utilisant une patte de bovidé en bois, Narmer avait ouvert la bouche, les yeux et les oreilles du défunt dont l'âme s'était unie aux étoiles ; cette disparition marquait la fin de l'ère des clans, mais nul ne connaissait les projets du roi du Sud.

— La guerre est terminée, dit le Vieux à Gilgamesh, et j'espère que Narmer s'arrêtera là ! Tant de disparus, tant de blessés… Tes compatriotes ont eu raison de rendre les armes. On jouira tous d'une paix durable.

— Les dieux t'entendent, approuva le Sumérien, occupé à sculpter des objets en schiste qui intriguaient le Vieux.

— À quoi ça servira ?

— Narmer m'a demandé de préparer des offrandes exceptionnelles pour célébrer le début de son règne ; j'ai eu l'idée de façonner des palettes à fards célébrant ses exploits. Regarde celle-là : le voici représenté comme maître des animaux, tenant le cou de deux fauves soumis !

Le roi avait décidé d'épargner les Sumériens survivants : peu de soldats, surtout des femmes et des enfants. La dépouille d'Enki et les débris du vase maléfique avaient été brûlés à l'extérieur de la ville, détachant les vaincus de leur passé. N'éprouvant qu'une vague tristesse, Gilgamesh s'était senti libéré d'un carcan. Se voir autorisé à utiliser les matériaux des ateliers de Nékhen, être honoré de la confiance du monarque, créer des formes nouvelles... Ne s'agissait-il pas d'un rêve éveillé ?

L'artiste dévoila ses autres œuvres, des palettes en forme de bélier, d'éléphant et de poisson ; sur l'une des faces, un godet destiné aux fards. Un trou permettrait de les accrocher aux parois des sanctuaires.

— Superbe, jugea le Vieux ; ç'aurait été dommage de te trucider, mon gars ! Bon, je t'abandonne ; Scorpion m'a ordonné de veiller aux préparatifs du grand banquet d'intronisation, et je n'ai pas droit à l'erreur.

*

Scorpion repoussa Fleur, troublée.

— T'ai-je déplu ? s'inquiéta-t-elle.

— J'ai besoin de réfléchir.

Langoureuse, elle embrassa les bras de son amant.

— Narmer n'est qu'un souverain de pacotille ; notre véritable chef, c'est toi !

La gifle fut si violente que la jeune femme poussa un cri de douleur.

— Ne répète jamais ça, Fleur ! Sinon, je te considérerai comme une rebelle.

— Tue-moi, mais reste lucide ! Narmer et sa prêtresse t'ont volé le pouvoir. Quand ils t'estimeront inutile, ils t'élimineront. Ton grand ami n'est qu'un intrigant qui t'a habilement utilisé pour parvenir à ses fins. Moi seule t'aime et te sers sans limites.

Fière, le regard droit, Fleur attendait le coup fatal.

Lui jetant un œil à la fois furieux et interrogatif, Scorpion sortit de ses quartiers et traversa la grande cour de Nékhen à la recherche de son frère.

Narmer s'entretenait avec le Maître du silex et d'autres artisans, chargés d'aménager des huttes où logeraient les familles sumériennes ; Scorpion croisa une grande femme à la peau mate et au front altier. Elle ne baissa pas les yeux lorsqu'elle se sentit dévisagée et ne manifesta pas la moindre crainte.

— Viens, Scorpion ! appela Narmer. Il nous faut répartir les habitants et leur attribuer des tâches précises.

Narmer n'avait changé ni de ton ni d'attitude, et continuait à solliciter l'avis de son frère avant de prendre des décisions.

— Je prônais l'extermination de ces Sumériens, rappela Scorpion, mais les survivants ne me semblent pas dangereux. À condition de les encadrer et de leur imposer une stricte discipline, ils nous serviront.

— Certains de nos soldats s'uniront à des Sumériennes, prédit Narmer, des enfants naîtront.

— Comptes-tu t'installer définitivement dans le Sud ?

— Ce n'est pas à moi d'en décider. L'Ancêtre exigeait une victoire sur les Vanneaux, elle est acquise ; en se soumettant, leurs villages ont renoncé à combattre et reconnu mon autorité. Quelle sera la prochaine étape, quelles seront les prochaines épreuves ? À l'Ancêtre de tracer le chemin.

— Je ne regrette pas la disparition de Taureau, confessa Scorpion, car je n'oublie pas qu'il a massacré ma première milice et probablement détruit ton clan.

Narmer sembla sceptique.

— Ne me l'aurait-il pas avoué au moment de mourir ? Moi non plus, je n'oublie pas que je me suis juré d'identifier l'assassin de la petite voyante qui m'a sauvé la vie. Au cours des conflits, un être a démontré ses capacités de dissimulation : Crocodile. Il s'est enfui, ne renoncera jamais à nous abattre et persistera à nous tendre des pièges. Nous aurions tort de le mésestimer, surtout s'il s'allie aux Libyens.

— Tu as raison, il en est capable.

— Oublions ces sombres perspectives au moins quelques jours, préconisa le roi, et célébrons une grande fête en l'honneur des dieux.

*

Le Vieux était prêt à se faire éclater la panse. Plusieurs plats de viande, des poissons à profusion, des gâteaux, vin blanc et vin rouge... Les guerres victorieuses avaient du bon. Les animaux, eux aussi, bénéficiaient de ces réjouissances ; Vent du Nord et l'oie gardienne, en bons termes, appréciaient un menu riche et varié.

Bien que Narmer eût prouvé son aptitude à maîtriser les deux lionnes, occupées à dévorer des pièces de gibier, le Vieux ne s'en approchait pas. Quant aux fauves, ils se méfiaient du monstrueux taureau brun-rouge qui protégeait Narmer ; guéri de ses blessures grâce aux soins attentifs de Cigogne, le grand mâle éprouvait une véritable vénération pour le roi du Sud, dont l'âme avait hérité de celle de Taureau.

— Tout est au point ? interrogea le général Gros-Sourcils, arrogant.

— Nous allons vivre des moments exceptionnels, assura le Vieux ; excuse-moi, j'ai d'ultimes vérifications à effectuer.

Gros-Sourcils savourait sa chance. Personne ne l'avait vu planter un poignard sumérien dans le dos de Taureau et quantité de fantassins vantaient sa conduite au combat. Narmer venait de lui confier le commandement de la troupe chargée de surveiller les Vanneaux et de réguler leurs activités de pêche et de cueillette; en prime, le général était nommé porte-enseigne; il brandirait une hampe surmontée d'un plateau sur lequel trônait un poisson-chat sculpté par le Maître du silex, annonçant le nom et la présence du monarque.

De nombreuses servantes disposaient les plats, mais une seule attira l'attention de Scorpion qui s'apprêtait à gagner une place d'honneur. La grande et belle Sumérienne s'acquittait de sa tâche avec dédain, comme si elle ne songeait qu'à s'échapper.

— Ton nom?

— Ina.

— Mariée?

— Non.

— Aimerais-tu entrer à mon service?

— Ai-je le choix?

— Nous nous reverrons à la fin des festivités.

Cette Sumérienne excitait Scorpion. Hautaine, superbe, elle ne serait pas facile à séduire, et la conquête n'en serait que plus exaltante.

*

Portant l'enseigne royale, le général Gros-Sourcils annonça Narmer, suivi des chefs de clan Cigogne et Chacal, précédant Scorpion et Neit.

Le monarque s'assit entre ses deux lionnes, ressemblant à des statues.

Le Maître du silex s'avança et présenta au roi une massue en calcaire dont la tête s'ornait d'une représentation du souverain soumettant ses ennemis.

— Les artisans de Nékhen tenaient à t'offrir ce symbole de ta victoire; puisse ton règne nous procurer bonheur et prospérité.

Narmer se saisit de l'arme et l'éleva vers le soleil; le rayonnement de la massue éblouit les participants au banquet.

— Gouverner ne saurait être le fait d'un homme seul, décréta Narmer; c'est pourquoi une reine doit être associée au pouvoir. À cet instant, si elle y consent, la prêtresse de Neit devient mon épouse et régnera à mes côtés.

Lumineuse, parvenant à maîtriser ses émotions, Neit accepta la main que lui tendait Narmer.

Le vautour femelle, protectrice de Nékhen, traça un cercle au-dessus du couple royal; et le Vieux écrasa une larme.

- 62 -

Le calme régnait à Abydos. Les chacals s'inclinèrent devant le maître de leur clan, précédant Narmer ; il le conduisit au principal sanctuaire dont la porte s'ouvrit à l'approche du roi du Sud.

Ayant confié à la reine Neit et à Scorpion le soin de gouverner la région de Nékhen, le monarque venait consulter l'Ancêtre, avec l'espoir qu'il n'avait pas quitté le site sacré.

Dès qu'il franchit le seuil, Narmer fut rassuré. Capable de voir clair dans les ténèbres, il distingua la haute stature de l'Ancêtre aux yeux brillants.

— As-tu vaincu les Vanneaux ? demanda la voix aux intonations si profondes qu'elle ébranlait les parois de la chapelle.

— Ils ont cessé les hostilités, je ne les redoute plus.

— T'es-tu emparé de leur force, sauras-tu utiliser leur masse sans en être esclave ?

— Le vautour de Nékhen m'incite à régner sur le Sud.

Un long silence s'établit.

Si l'Ancêtre désapprouvait sa désignation, Narmer n'hésiterait pas un instant à lui remettre la couronne blanche.

— Tout est né à Abydos, affirma l'Ancêtre, et tout y reviendra à la fin des temps. Aujourd'hui, Narmer, tu es responsable d'une naissance. Un monde, comme les humains n'en ont jamais connu, pourrait surgir, au terme de ton chemin et de tes épreuves ; mais nul destin n'est tracé.

— Quelle sera la prochaine étape ?

— La reconquête du Nord et l'expulsion des Libyens, ces gens de l'arc qui ne songent qu'à détruire et à répandre le malheur.

Narmer redoutait d'entendre ces paroles.

— Ne serait-il pas préférable de renforcer les défenses du Sud et d'y vivre en paix ?

— Les Libyens ne te l'accorderont pas ; si tu laisses croître leur capacité de nuisance, ils s'en serviront pour envahir le Sud. Prends grand soin d'Abydos, Narmer, et ne tarde pas à te décider. Peut-être nous reverrons-nous à la cité du pilier.

Une colonne de flammes enveloppa l'Ancêtre ; quand elles rentrèrent dans le sol, il avait disparu.

En sortant du sanctuaire, le roi vit Chacal fixer les lointaines collines du désert.

— L'année des hyènes est terminée, annonça le chef de clan ; elles ne sont plus nos ennemies et se contenteront de leur domaine. Puissent les dieux nous offrir une bonne crue !

— Un bataillon entier assurera la protection d'Abydos, décida Narmer ; quoi qu'il advienne, ton territoire sacré sera préservé.

— Ainsi la porte de l'au-delà demeurera-t-elle ouverte, même si l'Ancêtre a regagné le Nord, au cœur de la tourmente. Moi, je demeure ici ; c'est Geb, fidèle serviteur, qui te ramènera auprès de Neit afin que vous preniez ensemble une décision.

*

Le Vieux passait de longues heures à regarder sculpter Gilgamesh, auteur d'une dizaine de palettes à fards vantant les exploits de Narmer, roi du Sud et maître des animaux ; peu porté sur la boisson, l'artiste avait une main d'une sûreté exceptionnelle.

— On est rudement bien, constata le Vieux ; on ne se prive de rien et, selon les spécialistes, la crue sera excellente. Ton pays ne te manque pas trop, gamin ?

— À certains moments, si ; mais qu'en reste-t-il, après ce déluge ? Et puis, à Nékhen, nous arrivons à vivre en paix, et j'incarne les visions qui me traversent l'esprit. Il y a tant d'œuvres à créer !

— La paix… Profitons-en.

Un joyeux brouhaha intrigua les deux hommes ; le Vieux quitta l'atelier et en découvrit la cause : le roi revenait d'Abydos, guidé par un superbe chacal.

Le visage grave, il se rendit à sa résidence où il s'enferma en compagnie de la reine.

*

Lorsque Scorpion franchit le seuil de la salle d'audience du couple royal, il se sentit animé de la puissance du démon aux yeux rouges ; voué à l'animal de Seth, le jeune guerrier excluait toute forme de trêve. Seule la violence menait à la victoire. Depuis son couronnement, Narmer était tenté par un repli inadmissible sur le Sud ; son épouse conforterait-elle cette orientation ?

Scorpion ne leur dissimulerait pas sa position. Et s'il fallait se battre seul, il le ferait.

— J'ai vu l'Ancêtre, révéla Narmer.

— A-t-il indiqué ta prochaine épreuve ? demanda Scorpion.

— La reconquête du Nord et l'expulsion des occupants libyens. Autrement dit, un conflit effroyable ! Nous n'avons aucune chance d'en sortir vainqueurs, face à des combattants largement supérieurs en nombre, expérimentés et féroces.

Le ton du roi traduisait sa décision : démobiliser.

— N'avons-nous pas terrassé les Sumériens et les Vanneaux ?

— Un émissaire de Cigogne vient de nous décrire l'état des lieux : les Libyens ont implanté de nombreuses forteresses, et il n'existe plus un seul foyer de résistance. Comparées aux régiments des gens de l'arc, nos forces sont dérisoires.

— Cigogne est trop pessimiste, objecta Scorpion.

— Cette fois, elle se montre réaliste.

— Donc, tu renonces à combattre.

— Oublies-tu le sanctuaire de Neit et la ville sainte de Bouto ? intervint la reine. Les envahisseurs ont profané le premier et menacent la seconde. Quel souverain digne de ce titre accepterait une telle situation ?

— Que dois-je comprendre ?

— Que j'obéis à l'Ancêtre, précisa le roi ; il te reviendra de commander l'armée de libération.

Narmer et Scorpion s'étreignirent, les propos fielleux de Fleur étaient oubliés.

*

L'examen attentif des bateaux sumériens avait permis aux charpentiers, sous la gouverne du Maître du silex, d'apprendre leurs techniques et de façonner une flotte de guerre comportant plusieurs dizaines de bâtiments.

Le Vieux était atterré. À son âge, repartir en campagne et affronter des barbares... De quoi forcer sur les jarres de rouge capiteux, réservées à des fêtes qui ne seraient pas célébrées.

Refusant de songer à l'avenir, Gilgamesh continuait à sculpter des palettes tandis que la vieille Cigogne, neurasthénique, préparait des centaines de pots d'onguents destinés à soigner les blessés.

Seul Scorpion, allant du chantier naval aux terrains d'exercice des archers et des fantassins, était d'humeur joyeuse. Il forçait le général Gros-Sourcils à intensifier la cadence, car le futur adversaire ne manquerait pas de répondant. En dépit de leurs inquiétudes, les soldats se nourrissaient de l'enthousiasme du jeune guerrier qui les avait toujours menés à la victoire.

— J'ai une proposition honnête, lui dit le Vieux.

— Je t'écoute.

— Puisqu'on va laisser les vieillards, les femmes et les enfants à Nékhen, je me verrais bien chargé de la gestion de cette ville.

— Astucieux… Mais je ne me sépare pas de mes proches, Fleur, ma nouvelle servante sumérienne, et toi. Un beau voyage en perspective, non ?

*

La crue montait, la flotte de guerre était prête à partir, et Scorpion s'impatientait. Attaquer les premiers et à l'improviste lui semblait essentiel ; pourquoi Narmer perdait-il du temps, au risque de s'exposer à une tentative d'invasion des Libyens ?

À la proue du navire amiral, le roi contemplait le nord.

— Qu'attendons-nous ? demanda Scorpion.

— À toi de répondre.

— À moi ?

— Nous tentons l'impossible, mon frère ; sans un signe du ciel, je ne donnerai pas l'ordre d'appareiller. Et toi seul peux provoquer ce signe.

Au milieu du navire amiral, avait été aménagée une vaste cabine, jouxtant la chapelle où la reine déposerait le tissu sacré de la déesse Neit. Scorpion assista aux derniers préparatifs prouvant que le couple royal était fermement décidé à combattre les Libyens. Et c'était à lui de déclencher l'offensive !

La nuit tombée, il sortit de Nékhen et s'aventura jusqu'à un monticule dominant le désert.

Bras et jambes écartés, il en appela à son génie protecteur auquel il avait vendu son âme.

— La guerre continue, ta volonté s'accomplit ; alors, manifeste-la !

Du sommet d'un ciel étoilé et pur, jaillit un éclair d'une rare violence ; frappant la surface du fleuve, il déclencha des flammes gigantesques.

Scorpion courut jusqu'au Nil ; si les bateaux brûlaient, impossible d'attaquer le Nord !

Narmer se trouvait déjà sur la rive.

Aucun des bâtiments n'avait été touché ; les flammes dansaient autour d'eux, se contentant de lécher les coques et les mâts.

— Voici le signe, déclara Scorpion.

— Nous partirons à l'aube.

Fasciné, Scorpion contempla ce feu, capable de changer le monde.

ŒUVRES DE CHRISTIAN JACQ

Romans

L'Affaire Toutankhamon, Grasset (Prix des Maisons de la Presse).
Barrage sur le Nil, Robert Laffont.
Champollion l'Égyptien, XO Éditions.
L'Empire du pape blanc (épuisé).
Imhotep, l'inventeur de l'éternité, XO Éditions.
Le Juge d'Égypte, Plon :
    * *La Pyramide assassinée.*
    ** *La Loi du désert.*
    *** *La Justice du vizir.*
Maître Hiram et le roi Salomon, XO Éditions.
Le Moine et le Vénérable, Robert Laffont.
Mozart, XO Éditions :
    * *Le Grand Magicien.*
    ** *Le Fils de la Lumière.*
    *** *Le Frère du Feu.*
    **** *L'Aimé d'Isis.*
Les Mystères d'Osiris, XO Éditions :
    * *L'Arbre de vie.*
    ** *La Conspiration du Mal.*
    *** *Le Chemin de feu.*
    **** *Le Grand Secret.*
Le Pharaon noir, Robert Laffont.
La Pierre de Lumière, XO Éditions :
    * *Néfer le Silencieux.*
    ** *La Femme sage.*

*** *Paneb l'Ardent.*
**** *La Place de Vérité.*
Pour l'amour de Philae, Grasset.
Le Procès de la momie, XO Éditions.
La Prodigieuse Aventure du Lama Dancing (épuisé).
Que la vie est douce à l'ombre des palmes (nouvelles), XO Éditions.
Ramsès, Robert Laffont :
   * *Le Fils de la lumière.*
   ** *Le Temple des millions d'années.*
   *** *La Bataille de Kadesh.*
   **** *La Dame d'Abou Simbel.*
   ***** *Sous l'acacia d'Occident.*
La Reine Liberté, XO Éditions :
   * *L'Empire des ténèbres.*
   ** *La Guerre des couronnes.*
   *** *L'Épée flamboyante.*
La Reine Soleil, Julliard (Prix Jeand'heurs du roman historique).
Toutankhamon, l'ultime secret, XO Éditions.
La Vengeance des dieux, XO Éditions :
   * *Chasse à l'homme.*
   ** *La Divine Adoratrice.*

Ouvrages pour la jeunesse

Contes et Légendes du temps des pyramides, Nathan.
La Fiancée du Nil, Magnard (Prix Saint-Affrique).
Les Pharaons racontés par…, Perrin.

Essais sur l'Égypte ancienne

L'Égypte ancienne au jour le jour, Perrin.
L'Égypte des grands pharaons, Perrin (couronné par l'Académie française).
Les Égyptiennes, portraits de femmes de l'Égypte pharaonique, Perrin.
Les Grands Sages de l'Égypte ancienne, Perrin.
Initiation à l'Égypte ancienne, MdV Éditeur.
La légende d'Isis et d'Osiris, ou la victoire de l'amour sur la mort, MdV Éditeur.
Les Maximes de Ptah-Hotep. L'Enseignement d'un sage du temps des pyramides, MdV Éditeur.

Le Monde magique de l'Égypte ancienne, XO Éditions.
Néfertiti et Akhénaton, le couple solaire, Perrin.
Le Petit Champollion illustré, Robert Laffont.
Pouvoir et Sagesse selon l'Égypte ancienne, XO Éditions.
Préface à : *Champollion, grammaire égyptienne*, Actes Sud.
Préface et commentaires à : *Champollion, textes fondamentaux sur l'Égypte ancienne*, MdV Éditeur.
Rubriques « Archéologie égyptienne », dans le *Grand Dictionnaire encyclopédique*, Larousse.
Rubriques « L'Égypte pharaonique », dans le *Dictionnaire critique de l'ésotérisme*, Presses universitaires de France.
La Sagesse vivante de l'Égypte ancienne, Robert Laffont.
La Tradition primordiale de l'Égypte ancienne selon les Textes des Pyramides, Grasset.
La Vallée des Rois, histoire et découverte d'une demeure d'éternité, Perrin.
Voyage dans l'Égypte des pharaons, Perrin.

Autres essais

La Franc-Maçonnerie, histoire et initiation, Robert Laffont.
Le Livre des Deux Chemins, symbolique du Puy-en-Velay (épuisé).
Le Message initiatique des cathédrales, MdV Éditeur.
Saint-Bertrand-de-Comminges (épuisé).
Saint-Just-de-Valcabrère (épuisé).
Trois Voyages initiatiques, XO Éditions :
    * *La Confrérie des Sages du Nord.*
    * *Le Message des constructeurs de cathédrales.*
    * *Le Voyage initiatique ou les Trente-trois Degrés de la Sagesse.*

Albums illustrés

L'Égypte vue du ciel (photographies de P. Plisson), XO-La Martinière.
Karnak et Louxor, Pygmalion.
Le Mystère des hiéroglyphes, la clé de l'Égypte ancienne, Favre.
La Vallée des Rois, images et mystères, Perrin.
Le Voyage aux pyramides (épuisé).
Le Voyage sur le Nil (épuisé).

ET L'ÉGYPTE S'ÉVEILLA

Bandes dessinées

Les Mystères d'Osiris (Scénario : Maryse, J.-F. Charles ; Dessin :
Benoît Roels), Glénat-XO, trois volumes parus.
    * L'Arbre de Vie (I).
    ** L'Arbre de Vie (II).
    *** La Conspiration du Mal.

Composition Firmin-Didot
à Mesnil-sur-l'Estrée

Cet ouvrage a été imprimé en France par

BUSSIÈRE

à Saint-Amand-Montrond (Cher)
en octobre 2010

Nº d'édition : 1818/01 – Nº d'impression : 103054/4
Dépôt légal · novembre 2010